出
ひ
て
きで絶頂除霊!
9
presented by
Hirotaka Akagi
赤城大空
Illustration
魔太郎
Mataro

出会ってひと突きで絶頂除霊!

CONTENTS

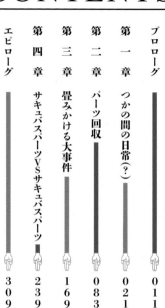

出会ってひと突きで絶頂除霊！
9
presented by
Hirotaka Akagi
赤城大空
Illustration
魔太郎
Mataro

CAST

烏丸《からすま》・葵《あおい》

退魔学園1年生。
晴久のクラスメイトで、
ド変態。

宗谷《そうや》・美咲《みさき》

退魔学園1年生。
全てを見透かす呪われた
淫魔眼を持つ少女。

古屋《ふるや》・晴久《はるひさ》

退魔学園1年生。
絶頂除霊の力を宿す、
呪われた腕を持つ少年。

太刀川《たちかわ》・芽依《めい》

退魔学園中等部3年生。
晴久に様々な情報を
授ける謎の少女。

文鳥《ふみどり》・桜《さくら》

退魔師協会監査部所属。
幼少期を晴久と
過ごした少女。

葛乃葉《くずのは》・楓《かえで》

退魔学園2年生。
晴久の幼なじみで
数々の実績を持つ退魔師。

童戸《わらしべ》・槐《えんじゅ》

九の旧家がひとつ、童戸家の娘。
サキュバスの角の呪いから
晴久たちに救われた。

皇樹《すめらぎ》・夏樹《なつき》

九の旧家がひとつ、
皇樹家の現当主。
十二師天。

ミホト

晴久の腕から顕現した、
謎の褐色美少女霊。
絶頂除霊の元凶。

シーラ・マリアフォルド

「世界一美しい王族」
と称される、
アルメリア王国の王女。

アンドロマリウス

半端な絶頂除霊により
弱体化していた魔族。

朝風《あさかぜ》・春美《はるみ》

突如晴久たちの
前に現れた黒ギャル。
してその正体は……。

プロローグ

国際霊能テロリストたちの起こした大事件を辛くも乗り越え、病院での治療も一段落した頃。

俺は宗谷《そうや》たちと相談し、再び《先見の相馬《そうま》》家へ突撃する計画を立てていた。

童戸《わらしべ》家の豪運能力とのコンボでサキュバスパーツを獲得できる未来を占ってもらい、パーツの完全消滅を目指すためだ。

正直、大事件を乗り越えた直後でゆっくり休みたい気持ちは山々だったのだが……残念ながらそうも言ってられない事情があった。

日本中で巻き起こった大規模同時多発霊能テロが、アンドロマリウス《パーツを狙う魔族》に唆《そそのか》された国際霊能テロリストどもの仕業《しわざ》だったからだ。

連中は一人一人が魔族に匹敵する懸賞金をかけられたバケモノ揃《ぞろ》い。

魔族になにを吹き込まれたのか、俺と宗谷に宿るサキュバスパーツを狙《ねら》っており、手をこまぬいていればまたどんな事件を起こされるかわかったものじゃないのだった。

『破壊しても世界のどこかにランダムで再生すると言われているパーツですが、これは完全に消し去ることが可能なんです。人に憑《つ》いていても関係ありません。宿主に悪影響を与えることなく、二度と復活しないように消すことができるんです。場所は思い出せませんが……すべてのパーツをある場所へ持っていけば』

世界レベルの怪物たちに付け狙《ねら》われる日々を終わりにするためには、時折神聖な気配を覗《のぞ》かせる謎の霊体ミホトのそんな言葉に頼るしかない。

そんなわけで俺たちは占い嫌いで知られる相馬《そうま》家当主に再び直《じか》談判し、無茶とも言えるパーツ集めを急ごうとしていた。

だが――。

『すまない、いまは無理だ。追って事情は伝えるから少し待っていてくれ』

相馬家への橋渡しを依頼した皇樹夏樹《すめらぎなつき》からはそんな短い返答があって以降、音沙汰《さた》なし。

宗谷《そうや》と楓《かえで》が旧家跡継ぎのコネを使って相馬家に連絡を入れようとしても繋《つな》がらなかった。

「どうなってんだ？　いやまあ、どこもまだテロの余波でばたついてるってだけだろうけど」

不審に思うも、俺たちが状況も考えず先走りすぎていただけかと反省。

少し間をあけてから再挑戦しようと先に退院の準備を進めていた――そんなときだった。

「お兄ちゃん！」

「古屋《ふるや》君！」

「うわっ!?」

桜《さくら》と宗谷、それから楓が病室に飛び込んできて俺は肩を跳ね上げた。

「ど、どうしたんだよお前ら急に」

ケモ化事件での醜態を気にして俺としばらく顔を合わせようとしなかった三人の強襲に俺は目を白黒させる（相馬家突撃の相談はスマホ越しだった）。

けどそんな戸惑いは次の瞬間、いとも容易《たやす》く吹き飛ばされる。

「相馬本家が、テロリストの襲撃を受けたらしいの……っ！」

「は……？」

「いま、小娘や旧家の本家筋に監査部から正式な連絡があったわ。それによると相馬家は壊滅。本家のヤクザ巫女《みこ》は全員、意識不明の重体だそうよ。けど、被害はこれだけじゃないわ」

桜の言葉を引き継ぐように楓が情報を補足する。

そしてなにがなんだかわからず固まる俺に、宗谷が顔を青くしてその決定的な一言を口にした。

「相馬家当主の千鶴《ちづる》さんと、童戸《わらしべ》家当主の手鞠《てまり》さんが封印されちゃったって……っ」

「……っ!?　はあ!?」

日本の退魔師《たいまし》業界のトップに君臨する最高峰の退魔師、十二師天《じゅうにしてん》。

そのなかでも替えの効かない能力を持つ二人がやられたという信じがたい話に、俺はしばらくの間アホ面で立ち尽くすことしかできなかった。

「おい菊乃《きくの》ばーさん！　千鶴《ちづる》さんと手鞠《てまり》さんが封印されたってのは本当なのか!?」

病院から飛び出るように退院したあと。

俺たちはその勢いのまま、退魔師《たいまし》協会本部に駆け込んでいた。

千鶴さんと手鞠さんが封印されたと聞いた直後、退魔師協会のトップである葛乃葉《くずのは》菊乃ばーさんから本部に顔を出すよう連絡があったのだ。

要件は不明だったが、このタイミングでの呼び出しなんて手鞠さんたちの封印関係以外にあり得ない。淫魔眼《いんまがん》のせいで協会施設を出禁になっている可哀想《かわいそう》な宗谷《そうや》に目隠ししてから、俺たちは呼び出しを受けた執務室《しつむ》に飛び込んでいた。

……が、手鞠さんたちの安否を確認するように声を張り上げながらドアを開けたところ、

「あら～。晴久《はるひさ》君に美咲《みさき》ちゃんたち～。ごめんね～、パーツ探しに協力する約束だったのにこんなことになっちゃって～。そんな汗だくで来てくれて、心配かけちゃったわね～」

「え？　あれ……？」

執務室に駆け込んだ俺たちはきょとんと目を丸くした。

なぜなら封印されたと聞いていた手鞠さんがのほほんとした様子で椅子《いす》に腰掛けていたから

だ。手鞠さんだけじゃない。

「あら早かったわねぇ。やっぱり若い子は行動力が違うわぁ」

着物をだらしなく着崩した気怠《けだる》げな美女。お面で少し顔を隠した相馬《そうま》千鶴さんまでそこにいて、ソファーにだらりと寝そべっていたのだ。

「え、ええと……？」

「どういうことよ。二人とも封印されたんじゃなかったの？　無事に見えるけど……」

少し目隠しをずらした宗谷と桜《さくら》が、予想外の光景にぽかんと口を開ける。

俺も封印云々《うんぬん》がなにかの間違いだったのかと一瞬期待したのだが、

「残念じゃが無事ではない。二人とも完全に封印されておる」

「え」

俺たちの期待を否定するように幼い声が響いた。

狐《きつね》耳幼女の姿をした日本最強クラスの退魔師、菊乃ばーさんだ。

ばーさんは普段の緩《ゆる》い雰囲気を保ちつつ、「まったく、してやられたわい」と困ったように溜息《ためいき》を吐《つ》く。

「幸い、手鞠たちとはこうして普通に話はできるし、地面を歩いたり椅子に座ることも可能じゃがな――それ以外は互いに一切干渉できん状態なんじゃよ」

言って菊乃ばーさんが手鞠さんの豊満な胸に触れた瞬間、俺たちはまた目を丸くした。

菊乃《きくの》ばーさんの手が、手鞠《てまり》さんの身体《からだ》を服ごと貫通したからだ。

手鞠さんは確かにそこに存在する。

けどまるで立体映像かなにかのように、触れることができないようだった。

「な、なにこれ!?」

桜《さくら》たちが手鞠さんに触れようとするも結果は同じ。

面食らう俺たちに、菊乃ばーさんがさらに驚くべき事実を告げてくる。

「どうやら手鞠たちは存在そのものを異空間に封印されておるようでな。不思議と地に足のついた移動や会話に支障はないんじゃが、互いに触れるなどの干渉は不可能。手鞠の豪運能力も千鶴《ちづる》の予知能力もこちらの世界から完全に切り離されておる。つまり霊能力の一切がことごとく無効化されておるのじゃ」

「そんな封印術が……?」

ばーさんの説明に楓《かえで》が目を見張る。

けどそれも当然だ。

霊力や怪異《かいい》能力を封じる術式はいくつもあるが、存在そのものを異空間に封じて能力を無効化するなんて術式、聞いたこともない。

「無論、普通の封印術ではない。霊的上位存在……恐らくは魔族が作った上位邪神具の類《たぐ》いじゃろうな。パーツを狙《ねら》うにあたり、千鶴と手鞠の能力が邪魔だったのじゃろう」

「も〜、ホントに最悪よ〜」

菊乃ばーさんの説明を遮《さえぎ》るように手鞠さんが頬《ほお》を膨《ふく》らませた。

「この状態じゃあ美味《おい》しいご飯も食べられないんだから〜。手鞠の本体が封印されてる異空間は時間が止まってるみたいだから死にはしないんだけど、楽しみが減っちゃって〜。槐《えんじゅ》ちゃんのことも撫《な》で撫でできないし、本当に最悪なの〜」

手鞠さんが切実そうにだだをこねる。

……ああ、うん。まあとりあえず本人が元気そうで一安心だ。

けど手鞠さんと千鶴さんの能力が封じられたというのはどうやら間違いないらしい。

俺は気を取り直して菊乃ばーさんに向き直る。

「それで、その能力封じってのはどうにかできないのか？　封印だってんなら……アレだ、俺の手でなにかしら絶頂させれば解除できたり……」

この世のすべてを絶頂させる俺の両手は、どんなに強力な封印や結界も問答無用でゆるゆるのガバガバにできる。なので俺はそのために呼び出されたのかと思い、恥を忍んで自分からそう提案してみた。だが、

「無理じゃな。たとえお主の両手でも、そもそも触れられないものをどうこうすることはできんよ。封印に使った邪神具は敵の手中じゃろうしな」

ばーさんの答えは明快だった。

「神族の力を借りればどうにかなるじゃろうが、互いの干渉そのものを封じる特殊な術式じゃ。彼らでも解除には時間がかかるじゃろう。しばらくはどうしようもないの」

「マジか……」

日本最強クラスの退魔師《たいまし》に断言されては納得せざるをえない。

というか、確かに触れられないなら絶頂させるもクソもなかった。

(でも、それならなんで菊乃《きくの》ばーさんはわざわざ俺たちを呼び出したんだ?)

と、俺が首を傾《かし》げていたところ、

「……とまあ、ここまではただの現状確認でな。本題はここからじゃ」

菊乃ばーさんが執務室《しつむ》の椅子《いす》に座り、俺たちに鋭い視線を向けてきた。

「凶悪な国際霊能テロリストどもが国内に入り込んだうえに、手鞠《てまり》と千鶴《ちづる》が完全封印。つまり日本の退魔師業界はこの先しばらく未曾有《みぞう》の人手不足に陥るわけじゃが……幸か不幸か、そんな折に厄介《やっかい》な予言がきおってな」

「予言……?」

「賊に封印される直前、ひとつだけ大きな予知を掴《つか》めたの」

ソファーにだらしなく寝そべっていた千鶴さんが、菊乃ばーさんの言葉を引き継ぐように口を開く。

続けて告げられた言葉に、俺たちは今度こそぎょっとした。

「予知の内容はこうよ。『日本国内に封印された最後のパーツが敵に奪われる』」

「……っ!?　国内最後の封印!?」

まさか宗谷《そうや》に取り憑《つ》いた淫魔眼《いんまがん》以外に、国内で封印されてるパーツがまだあったのか!?

初めて聞く話に驚愕《きょうがく》する俺たちをよそに、菊乃ばーさんが話を続ける。

「知っての通り、千鶴の占いは対処しなければ高確率で実現する神域の予知じゃ。そこでお主らには極秘任務を受けてもらうことになった」

そして菊乃ばーさんは決定事項のように、有無を言わさぬ口調で俺たちにこう命じたのだ。

「国内に封印された最後のパーツ。これを魔族どもより先に回収せよ」

第一章　つかの間の日常（？）

1

『国内に封印された最後のパーツ。これを魔族どもより先に回収せよ』

突如として明かされた国内パーツの存在。

そしてそれを回収しろという唐突な命令。

それはパーツ集めを目標としている俺たちにとって、まさに渡りに船と言える話だった。

「本当に国内にパーツがあるの!?」

話を聞いた宗谷《そうや》は目隠ししたまま大喜び。

謎の霊体ミホトも『絶対に入手しましょう!』と俺の中でうるさいくらいにはしゃいでいる。

けどその一方、俺は菊乃《きくの》ばーさんの指令にひとつの疑問を覚えていた。

（なんでいまさら俺たちにそんな命令を出すんだ？）

これまで国内パーツの存在を俺たちに隠していたのは恐らく、パーツを封印したままにして諸々のリスク分散を図りたかったからだ。それなのに、なぜテロリストまで動き出したいまになって俺たちにパーツの回収を命じるのか。

そう疑問に思っていたところ、こちらの懸念などお見通しとばかりに菊乃《きくの》ばーさんが極秘任務の真意を語りはじめた。

「これはな、囮《おとり》作戦でもあるんじゃよ」

「囮？」

俺の相づちに、菊乃ばーさんは「一から説明しよう」と片目を閉じる。

「実は千鶴《ちづる》の予知によると、封印地のパーツが『いつ』奪われるか完全に不明だったんじゃ。つまりお主らが敵に攫《さら》われると予知されたときと同様、この先ずっと奪われる可能性が拭《ぬぐ》えん。たとえパーツの隠し場所を変えても結果は同じとのことじゃった」

どこからか出てきた茶を啜《すす》りながら菊乃ばーさんは続ける。

「予知を覆《くつがえ》すにはパーツを隠すのではなく、守るための戦力が必須。じゃが先ほども言ったように、十二師天《じゅうにしてん》が二人も封印されたことで今後は深刻な人手不足が続く。魔族クラスの敵を撃退できるような戦力をパーツの守りに専念させる余裕なぞないんじゃよ」

であれば――と菊乃ばーさんの瞳が好戦的にギラリと光った。

「いっそのことパーツをお主らに統合し、防衛戦力を一か所に集中。パーツにおびき寄せられたテロリストどもを確実に迎撃し、敵戦力を減らしていくという『防御は最大の攻撃』作戦でいくことにしたんじゃ。ゲリラ戦を得意とするテロリスト相手に、戦力の分散や両面作戦は愚策もいいところなのでな」

「……そりゃまた、随分と戦闘民族じみた作戦だな」

つまるところ、ジェーンを迎撃したときのように俺たちをエサにして敵をおびき寄せ、万全の迎撃態勢で刈り尽くしてやろうという魂胆だ。かなり強引かつ脳筋じみた策である。

けど同時多発テロなんて起こす連中の狙《ねら》いが俺たちに集中すれば、今後国内の被害は大きく減るだろう。俺たちも念願のパーツゲットでミホトの記憶回復にも期待できるのだから、誰もが得する良策と言えた。

……ただ、それはあくまで俺たちが襲い来るテロリストに勝てればの話だ。

「話はわかりましたが……それはあまりに危険な策ではありませんか、おばあさま」

俺と同じ懸念を抱《いだ》いたらしい楓《かえで》が腕組みしながら低い声を漏らす。

「おばあさまと手鞠《てまり》さんのおかげで弱体化したとはいえ、敵にはまだあの淫売《いんばい》……いえジェーン・ラヴェイもいます。常に複数の十二師天が護衛してくれるのでもなければ迎撃は難しいのでは……」

「無論、対策は用意しておる」

楓を宥《なだ》めるように、ばーさんが不敵に笑った。

「小僧には少し話したがな。お主らにはもともと強力な護衛をつける予定だったんじゃ。そやつの協力があれば、弱体化したジェーンを含め大抵の敵はどうにかなろう」

言われて思い出すのは、世界最強の地雷女とも呼ばれる凶悪な悪魔憑《つ》き、ジェーン・ラヴェイを撃退した夜のことだ。確かに菊乃《きくの》ばーさんはあの日、ジェーンに対抗しうる護衛に心当たりがあると言ってたが……。

(そこまで自信満々に紹介できる護衛って一体何者だ？)

と、俺たちが疑問を口にしようとしたところ、

「ただまあなんというか……この護衛というのが少々ややこしい存在というか、色々と面倒な輩《やから》でのぉ」

いまのいままで自信満々に説明していた菊乃ばーさんの歯切れが急に悪くなった。

「できるだけ穏便にいくために、そやつとお主らにはしかるべき場で顔合わせをさせたいと思っとるんじゃ」

「？　なんだ？　やけにもったいぶるな」

「まあ色々と事情があってな。それで、パーツ回収任務の前にその護衛と顔合わせしてもらう場所なんじゃがな――」

含みのある言い方をしつつばーさんが俺たちの疑問をはぐらかす。

そして俺たちが護衛について追及する間もなく、またしても驚くべきことを口にした。

「今回の同時多発テロ騒ぎを受けて、緊急の神族会議が開かれる予定になっとる。護衛もそこで正式に紹介するから、お主ら全員それに出席せい」

「え……神族会議って、あの神族会議に私たちも!?」

それまで静かに話を聞いていた桜《さくら》がぎょっとしたように目を見開いた。

俺も桜の隣で「え」と声を漏らす。

なにせ神族会議といえば、その名の通り霊的上位存在である神族が降臨する日本退魔師《たいまし》協会のトップ会談。普通は十二師天《じゅうにしてん》と旧家の本家筋くらいしか出席できない最重要会議なのだ。

（それをたかだか顔合わせなんかの場に使うって……まさかその護衛ってのは……）

変な汗が出てきた俺に、菊乃ばーさんがさらに続ける。

「今回の神族会議では複数の魔族がパーツを狙《ねら》っていることについても話す。紅葉《もみじ》姫様よりも上位の神族が来るでな。パーツに関してもなにか話が聞けるかもしれんし、ひとまず小僧の関係者は全員出席しておいたほうがよかろう」

「「……っ！」」

畳みかけるばーさんの言葉に、俺と宗谷《そうや》は顔を見合わせた。

ジェーンに安定して対抗できる護衛を紹介してもらえるうえに、この謎だらけの呪《のろ》いに関する情報まで聞けるかもしれないというのだ。

どうするかなんて、言葉を交わすまでもなかった。

「それで、緊急の神族会議っていうのはいつなんですか!?　今晩!?　それとも明日!?」

宗谷が目隠ししたままハイテンションで菊乃ばーさんに詰め寄る。

だが返ってきた言葉は随分と拍子抜けするものだった。

「あー、それなんじゃが……まあ大体五日後じゃ」

「は？」

なんだか微妙に気まずそうな菊乃《きくの》ばーさんの言葉。

さらには五日後というもたついた日程に俺は気が抜けたように漏らす。

「五日後って……〝緊急〟会議じゃなかったのかよ……」

「いやまあ、これでもかなり早いほうなんじゃよ？　霊的上位存在は時間感覚がおおらかでの。儂《わし》らがすぐ相談したい事案が数年放置されることもざらでな……」

ばーさんが珍しく遠い目をして言う。

「まあそう焦《あせ》ることはない。さっきは封印されたパーツが「いつ」奪われるか不明と言ったがな。正確にはいまから十日以上先だと予言には出とるんじゃ。テロリストどももさすがに消耗しておるのじゃろう。五日後の神族会議で護衛をつけてから封印地に向かっても十分間に合う」

ばーさんは若干言い訳するように呟《つぶや》く。それから少し真面目な調子で、

「まあそういうわけじゃから、今日から数日は焦らず骨休めしておくといい。ひとまずお主らが攫《さら》われるという予言も回避できたいま、しばらくは危険も少ないしの。パーツを回収したあとは気の休まる時間もとりにくくなる。いまのうちにのんびりしておくことじゃ」

「それはまあ……」

確かに菊乃ばーさんの言う通りではある。

せっかくゆっくりできる時間ができたというなら、いまのうちにのんびりしておくべきだろう。慌ただしく協会本部に駆け込んできた手前、色々と拍子抜けではあるが……気を張りすぎていざというときに潰《つぶ》れてしまっては本末転倒《ほんまつてんとう》だ。

そんなこんなで――。

俺たちは五日後に控えた神族会議の詳細や封印地についての情報を共有し、パーツ回収とそれに伴う囮《おとり》作戦を正式に承諾。

「あ、そうそう。それともう一つ、小僧にはパーツ回収とは別に野暮用を頼みたい」と思い出したように言う菊乃ばーさんの依頼をこなしたあと、退魔学園《たいまがくえん》の寮へと戻るのだった。

降って湧いたパーツ回収任務に、全力で挑めるように。

2

それは逢魔《おうま》が時。昼と夜の間。雑踏を見下ろすビルの屋上。

「へー。こいつらが例のパーツ持ちとその取り巻きかぁ」

夜を迎えつつある藍色の空に照らされながら、一人の少女がスマホを見下ろしてニヤニヤと楽しそうに呟いていた。

着崩された高校の制服。短いスカートから伸びる小麦色の長い足。ゴテゴテと装飾されたスマホのカバー。派手な色をした髪を風になびかせて胡座《あぐら》をかくその姿は、少々品位に欠けるきらいがある。

しかしそんな仕草も奔放《ほんぽう》な色気の一部にしてしまうほど容姿の整った彼女は、スマホに表示された写真を眺めながら意地の悪い笑みを浮かべ続けていた。

サキュバス王の性異物に魅入《みい》られたという少年、古屋晴久《ふるやはるひさ》と彼を取り巻く少女たちの写真だ。

「すっごくイジりがいがありそ。いますぐちょっかい出したいなー」

言いつつ、少女は胸の内から溢《あふ》れ出る悪意に突き動かされるように屋上の縁に立つ。

「上からはまだ手ぇ出すなって言われてっけど……まあいっか☆」

無邪気な子供のような笑みを浮かべる少女の瞳はご馳走を前にした怪物のように細められる。

その身体《からだ》からは、漆黒《しっこく》の闇に似たドス黒い人外の魔力が滲《にじ》んでいた。

●

振り替え実習でずれこんだ夏休みも終わりが近づいてきた九月の上旬。

まだ人の少ない退魔学園《たいまがくえん》の学生寮で、俺は疲弊《ひへい》した心身を癒やすようにひたすら寝て過ごしていた。だがそうして惰眠を貪《むさぼ》る日々が二日ほど続いた頃、

「さすがに暇だな……」

ここ半年ほどの慌ただしさにすっかり慣れてしまったせいか、すぐに飽きが来てしまう。

とはいえ夏休み明けにどれだけ通えるかわからない学校の課題をする気にもならないし、息抜きしろと言われているのに激しい鍛錬をするのもなんか違う。

（ぼーっとしてると余計なこと考えちまうだけだし……どうしたもんかね）

と、朝食に手をつけながら暇つぶしの方法を考えていたところ、横から声がかかる。

「なにだらしないこと言ってんのよお兄ちゃん」

朝食を用意してくれた桜《さくら》だ。

暇、という俺の呟《つぶや》きを聞いていたのか、呆《あき》れたようにジト目を向けてくる。

かと思えばなにやら目を泳がせ、こんな提案をしてきた。

「そんなに暇なら、その……ちょっと出かけるなり遊ぶなりしない？」

「遊びに？」

「ほら、菊乃《きくの》会長も息抜きしろって言ってたでしょ。なら天気も良いし、エクササイズがてら校内の運動場で軽いスポーツでもどうかって話」

なぜかモジモジしながら上目遣いで桜が言う。

運動はそんな趣味でもねえけど……まあ確かに部屋でくすぶってるよりは軽く汗でも流したほうが気晴らしになるか。と俺が桜の案に頷《うなず》こうとしたときだった。

「はいはいはい！　どうせ遊ぶならわたしとゲームしようよゲーム！　外はまだ熱中症になり

そうなくらい暑いし！」

桜《さくら》を押しのけるようにして元気いっぱいの声が響いた。

当たり前のように俺の部屋に上がり込んでいる宗谷《そうや》だ。

「ちょっ、いきなり割り込んでくんじゃないわよ美咲《みさき》！」

いきなり話の腰を折られた桜が、なぜか少し声を抑えながら宗谷に詰め寄る。

「てゆーかこの間からずっと私の部屋に入り浸ってるうえに、私とお兄ちゃんのご飯の時間まで邪魔してくるとかどういうつもりなわけ!?」

「どういうつもりもなにも、古屋《ふるや》君とわたしは魔族に狙《ねら》われてるし、いつでも全力で戦えるよう常に一緒にいたほうがいいよね？　だからこれは仕方ないし、監視役の名目でずっと一緒にいようとする卑怯《ひきょう》な桜ちゃんに文句を言われる筋合いはないんだよ？」

宗谷がなにやら準備してきたかのようなセリフを淡々と言う。

かと思えば――、

「宗谷美咲の言う通りね」

宗谷と同じく、さも当然という顔で俺の部屋にいる楓《かえで》が同意するように頷《うなず》いた。

「不測の事態に備えて、古屋君の近くにいたほうがなにかと都合が良いというだけの話よ。いままで自分が不当に得てきたポジションを奪われたからといって変に騒がないでほしいわ」

「こ、こいつら……夏休み前くらいまでは煮え切らない態度だったくせに……！」

桜《さくら》がなにやらドン引きしたように言う。

けどまあ、桜が苦言を呈するのもわかる。

菊乃《きくの》ばーさんから息抜きを命じられ寮に戻ってきてから、楓《かえで》と宗谷《そうや》の二人はなぜか桜の部屋を拠点にし、ことあるごとに俺の部屋へ押しかけてきているのだ。

……いやまあ、ジェーンの成り代わり事件のせいで念には念をと警戒を強めてるってのはわかるんだが……。

「な、なあ。ばーさんもしばらくは襲撃の心配はないっつってたし、まだパーツも回収してない段階で無理に俺の護衛なんてやんなくていいんだぞ？　わざわざ桜の部屋に寝泊まりしてまで……」

シーラ姫の護衛任務を通して共同生活には多少慣れたんだろうが、ずっとそれではさすがに疲れるだろうと二人を気遣いながら言う。けど、

「問題ないわ。これでもあなたがいないところではそれなりに上手《うま》くやれているから。それに、あなたを狙《ねら》っている淫売《いんばい》は敵だけではないのだし」

楓は自分で調達したらしい朝食を口にしながら端的にそう言うだけでとりつく島もない。

「ああもうわかったわよ！　好きなだけ居座ればいいわ！　正直、あんたらがいて部屋が騒がしいのも悪くはないし……」

宗谷と言い争いを続けていた桜がヤケクソ気味に叫ぶ。

「けどまあそれはそれとして、今日の息抜きはスポーツにするわよ！　適度に汗をかくのが一番のリフレッシュになるのは間違いないんだから！」

「……桜ちゃんさぁ」

と、桜の提案を聞いた宗谷がなにやらジト目で低い声を漏らした。

「前からやたらと古屋《ふるや》君を運動させようとするけど、絶対にいやらしいこと考えてるよね？」

「はー!?　あ、あんたこの前から言いがかりがすぎるわよ!?　淫魔眼《いんまがん》があるのを利用してそういう陰湿なデマをバラ撒《ま》くのはどうかと思うわよ私はーっ！」

「……へぇ。古屋君のお尻《しり》に顔を埋《うず》めてココ掘れわんわんとか言ってたくせに？」

「ぎゃああああああっ!?　獣化したときのことは言うなっつってんでしょうがあああああっ!?」

「うわああああああああっ!?　桜ちゃんが大人げなく監査部仕込みの対人格闘術仕掛けてきたあああああっ!?」

「おいバカやめろお前ら！」

取っ組み合いになった桜と宗谷を慌てて止める。

すると楓がその様子を呆《あき》れたように眺めつつ、

「まったく。息抜きにゲームだの炎天下での運動だの。発想が幼稚だわ」

言って楓がポケットから取り出したのは、映画のチケットだった。

「知人から押しつけられて処分に困っていたの。たまにはこういうのもいいんじゃないかしら」

「へー。確かこれ、いま話題になってる映画だろ？」

なぜかそっぽを向きながら楓《かえで》が差し出してきたチケットに手を伸ばす。

けどその瞬間、俺の目の前からチケットが消えた。

さっきまで取っ組み合いをしていた宗谷《そうや》と桜《さくら》が横からサッとチケットをかすめ取ったのだ。

異常なほどの速度だった。

二人はしばし無言でチケットを眺め、やがてぽつりと呟《つぶや》く。

「……この映画、エッチなシーンが多いって話題になってなかったっけ？　しかも年上の幼なじみがヒロインだったような……」

「うわ……なに考えてんのこの女」

「なっ!?　いや私はただの年の差がある幼なじみの映画としか……っ！　まさか、謀《はか》ったわねおばあさま……!?」

なにか予想外のことがあったのか、楓が珍しく顔を赤くして取り乱す。

けどすぐに気を取り直し、

「い、言いがかりはよしてちょうだい。いま話題の映画を観に行こうというだけの話でしょう。あなたたちの身勝手な息抜きよりよほど健全だわ」

「そんなこと言って、自分に都合の良い息抜きを提案したいだけでしょこの女狐《めぎつね》！」

「桜ちゃんが言えたことじゃないよ！　てゆーか二人とも今回は遠慮してよ！　シーラ姫護衛

のときに散々みんなで遊んでたでしょ！　わたしだけ式神越しで仲間はずれみたいだったんだから！　だからほら、古屋《ふるや》君、今回はわたしとゲームしようよ！　健全だよ！」

「……ねえちょっと待って。このゲーム、なんか夫婦で協力プレイとかあるんですけど」

「え（ギクッ）」

「素材を集めて村を発展させていくゲームで、結婚システムや子育て協力プレイも……？　私と小娘に変な言いがかりをつけておいて……能天気そうに見えてどこまで卑しい女なの？」

「なっ!?　ち、ちがっ、違いますーっ！　ゲームを通して将来の具体的なイメージを抱《いだ》かせて深層心理から誘導しようとか思ってないですーっ！」

「語るに落ちたわねこのクソ女！　いいから大人しくしてなさい！　息抜きは運動よ運動！」

「まだ言っているの？　創作の世界に没入するのがもっとも気分転換になると科学的な根拠もあるのよ。息抜きは映画に決まっているわ」

「いやお前ら、休みの過ごし方程度でなにをそんなムキになってんだ。時間はあるんだから順番に全部やれば――って、聞いてねえな……」

むしろこれ以上口を挟んだら余計に面倒なことになる気がする。

そんな予感がした俺は三人を刺激しないよう部屋を脱出。

気分転換がてら人気《ひとけ》の少ない退魔学園《たいまがくえん》の敷地内をぶらつくことにした。

　これはこれでシンプルに良い息抜きだ。けど、

「……うーん。やっぱ一人でぼーっとしてると、嫌でもパーツやミホトについて余計なこと考えちまうな」

　残暑の中で響くセミの声を聞きながら、俺は呪《のろ》われた両手を見下ろす。

　ぐるぐると頭の中を巡るのは、パーツ回収を命じられた二日前のこと。

『小僧にはパーツ回収とは別に野暮用を頼みたい』

　そう言われて仕方なく行った絶頂司法取引と、そこで知ったとある情報のことだった。

3

　パーツ回収を命じられたあの日。

　俺は協会本部から帰る前に、菊乃《きくの》ばーさんからひとつの依頼を受けていた。

　それというのも、

　——実は、捕まえたテロリストどもが気になることを言っておっての。

　——末端だけでなく大物の口も割らせて情報のすり合わせがしたい。そういうわけでお主には、アーネスト・ワイルドファングの事情聴取に協力してやってほしいんじゃ。

そうしてやってきたのは、国内最小にして最堅牢《けんろう》の霊能犯罪者収容所。退魔師《たいまし》協会本部の地下深くにある重犯罪者専用の極秘収容施設だった。

『本当はここには来たくねーんだがな……』

そうぼやきながら俺を先導するのは、監査部部長である生き霊《りょう》退魔師ナギサだ。

なぜか酷《ひど》く億劫《おっくう》そうなナギサに、俺は素朴な疑問を投げかける。

「事情聴取に協力するのはいいんですけど……なんで俺が必要なんですか？　そもそもナギサさんがいるならそれで十分だと思うんですが」

生き霊退魔師であるナギサは、憑依《ひょうい》霊視という凶悪な尋問方法を有している。

それなのに人を絶頂させるしか能のない俺がなにをどう手伝えるのかと不思議に思い訊《たず》ねてみたのだが、

『相手は世界最悪クラスの霊能犯罪者だからな。魔族とも組んでるし、あたしの霊視が百％通用するとも限らねえ。だからまあ二重チェックっつーか……とにかく行きゃわかる』

「？　はあ……」

なぜか珍しくナギサの歯切れが悪く、それ以上の答えは得られなかった。

宗谷《そうや》たちを地上に残してきたことといい、なんか公言しづらい事情があるのか？　と不思議に思いながら、いくつもの強力な結界を通過。最下層へと辿《たど》り着く。

そして目的の独房が目と鼻の先に迫り、否が応でも緊張感が高まっていたそのときだ。

「あーっ！　やっと来てくれたんですねぇナギサちゃん！」

「うおっ⁉」

突如、すぐ横の独房から理性が飛んだような大声が響く。

驚いて声のしたほうを見た俺は、そこでさらにぎょっと身体《からだ》をこわばらせた。

なぜならその独房にいたのは——俺が初めて遭遇した凶悪な霊能犯罪者。

霊体性愛者《ゴーストフイリア》のイカれた死霊《しりよう》術師、鹿島霊子《かしまれいこ》だったのだ。

〈アンドロマリウスに協力したあげくに〈サキュバス王の角〉の感度三千倍攻撃を食らってそのまま捕まったとは聞いてたけど……こいつもここに収監されてたのかよ……っ！〉

国内最高峰の能力封じが施《ほどこ》されているとはいえ、十二師天《じゆうにしてん》級ともいわれる霊能者の迫力は健在。ネジの外れた鹿島霊子の表情に俺は思わず気圧《けお》される。

けど……あれ？　なんか鹿島霊子のヤツ、やたらナギサのほうを熱っぽい目で見てるような、と俺が違和感を抱《いだ》いていたところ……鹿島霊子が興奮したように叫んだ。

「はぁ、はぁ……それにしても、昔私と相打ちになったナギサちゃんが生き霊化《りよう》してるなんて、捕まるまで知りませんでしたよぉ！　ああ、その霊体姿、凄《すご》くそそりますっ、興奮してきました……っ！　ねえねえナギサちゃん、私への憑依霊視《エッチな拷問》とやらはまだなんですかぁ♥⁉」

「ええ……」

大興奮してガチャンガチャンと拘束具《こうそく》を揺らす鹿島霊子に俺はドン引き。

『チッ……だからここには来たくなかったんだ』

ナギサは心底げんなりしたように吐き捨てる。

ああなるほど……。

そりゃこんなヤツに性的な目で見られるような場所には来たくないわな……。

他人事《ひとごと》ながら心底同情する。

が、俺がナギサの災難を他人事だと思っていられるのはそこまでだった。

「……ん？　あれ？　ナギサちゃんと一緒にいるあなたはもしかして……ああやっぱり！　私を感度三千倍の呪《のろ》いから助けてくれたパーツ持ちの子じゃないですかぁ！」

「え」

急に鹿島霊子が俺に視線を向けてきて心底ビビる。

かと思えば、その凶悪な霊能犯罪者はうっとりした表情で獣のように叫んだ。

「ああ、あの感度三千倍の地獄の中で感じた絶頂除霊《ぜっちょうじょれい》のえもいわれぬ快感、解放感！　なんとしてでもまた味わいたいと思ってたんですよぉ！　是非《ぜひ》、どうか是非ナギサちゃんと憑依《ひょうい》ックスしてる最中に私を突いてください！　なんでもしますから……っ！」

「……っ!?」

な、なんだこいつ……まるで中毒者みたいな顔して絶頂除霊をねだってくるとか、ヤバさに拍車がかかってないか!?　と俺がさらにドン引きしていたそのとき。

「おいコラ変態女！　なにを好き勝手言ってやがんだ！　そのガキはあたしの獲物だぞ、横からしゃしゃり出てきてんじゃねえ！」

奥の独房からドスの利いた声が響いた。

声の主は、俺が今日ここに来た理由。

鹿島霊子《かしまれいこ》と同様、霊力を完全に封じられているアーネスト・ワイルドファングだった。

そして彼女は俺と目が合った途端、その野性味溢《あふ》れる美貌《びぼう》をドロドロに崩し、

「あはぁ♥　待ってたぜクソガキ……♥」

「……っ!?」

熱っぽい表情で、術式が付与された強化ガラスに舌を這《は》わせる。

さらにアーネストは理性を失った獣のように息を荒げ、

「散々待たせやがって……もう我慢できねえ！　ほら、さっさとあたしの身体《からだ》を突けよ！あの夜みてえにもう一回あたしを気持ち良くして、無茶苦茶にしろよぉ♥！」

ガシャンガシャン！

鹿島霊子よろしく拘束《こうそく》具を激しく揺らし、アーネストがその豊満な尻《しり》を下品に振る。

そのヤバイ有様《ありさま》を見て、俺の戸惑いはいよいよ頂点に達した。

お、おいこれ、俺が取り調べに呼ばれたのってまさか……。

『おいガキ、まだ突くんじゃねえぞ』

戸惑う俺を、ナギサが釘を刺すように睨《にら》む。

そして暴れ回るアーネストに鋭い視線を向けると、はっきりとこう言い放った。

『いいかアーネスト。司法取引の基本は、囚人《しゅうじん》が先に差し出すことだ。てめえが望む通りパーツ持ちの小僧は連れてきた。〝報酬〟が欲しいならてめえらがパーツを集める目的や魔族に加担するクソテロリストの名前、知ってる情報全部吐きな』

おいおいおいおいおい！

これやっぱりマジで絶頂除霊《ぜっちょうじょれい》をエサに事情聴取しようとしてんのか⁉

いやけど、この凶悪な犯罪者が絶頂除霊してほしさに情報なんか吐くか⁉

つーかナギサも菊乃《きくの》ばーさんも本気でそんなことのために俺をここに連れてきたのかよ⁉

俺は本気でばーさんたちの正気を疑う。だが、

「……本当に、情報を吐けば突いてくれるんだよな？」

『当たり前だ。こいつは取引だからな』

まるで重度の快感中毒者のような表情で低い声を漏らすアーネスト。

それにナギサが頷《うなず》けば、彼女は怖いくらいに情熱的な目で俺を見つめてきて……そしてその大犯罪者は、静かにこう語ったのだ。

「あたしらがパーツを集める理由。それはサキュバス王を完全復活させるためさ」

「『……っ！』」

それは、先のテロで捕まった他のテロリストも吐いたらしい「敵の目的」。パーツを集めてこの世から完全消滅させるという俺たちの目的とは相反する、常軌を逸した供述だった。

「サキュバス王の復活って……世界を滅ぼしかけたなんて存在を復活させてどうするつもりなんだよ」

「正確にはサキュバス王が築いたっつー淫都《いんと》、ソドムとゴモラを復活させんのさ」

思わず訊《たず》ねた俺に、アーネストが口の端《は》を上げる。

「性的な願いがすべて叶《かな》い、欲求不満なんぞとは一生おさらばできるっつー性の理想郷。サキュバス王の復活で、あたしらは理想の生活を手に入れる予定だったんだよ」

「な、なんだそれ……」

熱に浮かされたように頭の悪いことを喋《しゃべ》るアーネスト。

だがそこに嘘《うそ》を言っているような様子はひとつもなく、その事実に俺は愕然《がくぜん》とする。

（こいつら……本気でそんなことのために同時多発テロなんて大それたことを……!?）

あまりにあんまりな供述に開いた口が塞《ふさ》がらない。

だが……本当に驚愕《きょうがく》させられたのは次の瞬間だった。

——理想郷？

アーネストの言葉を聞いた途端、俺の両手がいきなり熱を放ったのだ。

なんだ!?　と思っていれば、

——サキュバス王の復活が理想郷の建設に繋《つな》がるなんて、そんなこと絶対にありえません！

「ミホト……!?」

頭の中で強く強く響くのは、エネルギー節約とやらで普段は口数の少ないミホトだった。その激情に満ちた声に、「お前、やっぱりなにか知ってんのか!?」と俺は思わず聞き返す。

だが、

——え？　……あ、あれ？　私、なんで急に叫んで……？

返ってきた答えは、ミホト自身困惑したような曖昧《あいまい》な言葉だけで。

それ以上はいくら追及してもまともな答えは返ってこなかった。

『おい、どうした急に』

「いやそれが……」

ナギサに問われ、俺も混乱しつつ事情を語る。

『……前々から怪しいとは思ってたが、やっぱその霊体、なんかあるな。まあ今度の神族会議で聞いてみりゃわかることもあんだろ。いまはそれより――』

ナギサはすぐさま切り替えると、再びアーネストに視線を向ける。

『パーツを集めてサキュバス王を復活させるっつったな？　とても正気とは思えねえが、どこまで信じられんだその与太話をよ』

「次期魔王候補クラスの魔族が動いてやがる」

ナギサの尋問に、アーネストが挑発的に笑いながら答える。

次期、魔王候補……？

「確証はねーが、あたしのとこに来た使い魔の質から考えて、黒幕はそのレベルの魔族だ。アンドロマリウスどころじゃねえ。そのうえ有史以来除霊不可能といわれてたパーツが実際に除霊できて、魔界の第三位《レヴィアタン》の悪魔憑《つ》きジェーン・ラヴェイまで動いてるとなりゃあな。信じるだけの根拠があると思ってあたしもこの与太話に乗ったわけだ」

くくく、と笑うアーネストはとても正気とは思えない。

だがそのイカれた瞳には確かな確信がこもっていて、とても頭ごなしに否定できるものじゃなかった。けどそうなると、

（パーツを集めるとサキュバス王が復活する。パーツを集めるとすべてのパーツが消滅する。どっちが正しいんだ……⁉）

あるいは……テロリストを唆《そそのか》した魔族とミホト、どちらの言い分も正しいのか。

「ははっ。まあ疑うのも無理はねぇよ。あたしだって信じてるとは言ったが、半分以上は賭《か》けてえなもんだったからな。――だが！」

と、思考の渦に沈みそうになっていた俺を現実に引き戻すようにアーネストが吠《ほ》えた。

「そんな不確かな話よりも、確実に気持ちよくなれるもんが見つかった！　はぁ、いまでも信じられねぇよ♥　獣化ファックより気持ちいいことがこの世にあるなんてなぁ♥　なあおい、ちゃんと情報は吐いただろ！　突っ立ってねぇでさっさとあたしを絶頂させろよオラァ！」

ガシャンガシャン！

アーネストが興奮したようにまくし立て、そのデカ尻《じり》を強化ガラスに押しつけてくる。

いわゆるガニ股《また》の立ちバック体勢で激しく腰を上下させる下品な姿に、俺は真面目な思考も吹き飛んでドン引きだ。俺はこの短時間で何回ドン引きすればいいんだよ⁉

「え、ちょ、ナギサさん⁉　これ本当にヤらないとダメなのか⁉」

『……司法取引だからな』

「つーかそもそも俺はＯＫしてねえんだけど!?」

「ごちゃごちゃ言ってねえで早くしろオラァ！　あたし以外のテロリストの情報が欲しくねえのかアアン!?」

俺はこちらから目を逸《そ》らすナギサに軽く抗議するのだが、アーネストの獣声にすべてかき消される。ああくそっ！

「もうどうにでもなれやあああああっ！」

これが司法取引ということは、俺がちゃんとヤらないと今後の防衛に支障が出るということで。俺は仕方なくブレスレットを外し、牢屋《ろうや》の配膳口に指先をセット。

ちょうどアーネストの尻《しり》に出現していた快楽媚孔《かいらくびこう》を全力で突いた。

途端、

「あ、あ、あぁ♥!?　キタ、キタキタこれこれこれ――おほおおおおおおおおおっ♥♥♥!?!?」

ぶしゃあああああああああっ！　ガクガクガクガク！

アーネストはケダモノめいた嬌声《きょうせい》をあげて絶頂。

全身から体液という体液をまき散らし、幸せそうに全身を痙攣《けいれん》させる。

『……そんじゃ、もっと突いてほしけりゃ魔族の口車に乗ったクソどもの情報もさっさと吐くんだな』

「……あ、ひ……おほっ……♥　捕まってよかったぁ……♥」

ゴミを見る目でアーネストへの真面目な尋問を続けるプロ、ナギサ。

その隣で俺はひたすらを凶悪犯を絶頂させることしかできなくて、

（……噴いた潮とかどうやって掃除すんだろ）

俺は気まずさを誤魔化《ごまか》すように、淫匂《いんこう》立ちこめる地下収容施設でそんなどうでもいいことを考えることしかできないのだった。

●

……とまあ、実は二日前にそんな酷《ひど》い絶頂司法取引《できごと》があったわけだ。

（アーネストが酷すぎて、その場では色々とスルーしちまってたけど……）

ミホトがなにか重要なことを知ってそうなこととか、パーツを集めたときにサキュバス王が復活するのかパーツが完全消滅するのかどっちなんだとか……。よくわかんねーことが多いんだよな。

確定情報が少なすぎるいま、考えても仕方のないことだらけではある。

楓《かえで》たちとも情報は共有して、ひとまずパーツが敵の手に渡らないよう専念するだけ、という結論には達した。

けどやっぱり一人でいると色々と考えてしまい、いまいち気が休まらないのだった。

（かといって、ジェーンの一件以来やたらとパワフルな宗谷《そうや》たちの争いに巻き込まれてたら身がもたねえしなぁ）

どうしたもんかと頭を悩ませながら学園の敷地内を歩いていた、そんなとき。

「あ、晴久《はるひさ》お兄さん？」

「ん？　あれ、槐《えんじゅ》か」

ばったりと、俺は小さな人影に出くわした。

ここ最近、成仏サポートセンターでお手伝いをしている心優しい少女。童戸《わらしべ》槐だ。

嬉しい偶然に俺は笑顔で手をあげ応じるのだが、

「……？　どうしたんだ？　なんか元気なさそうだな」

槐がどこかしゅんとしていて俺は心配になって訊《たず》ねる。

すると槐は「あ、えと、それが……」と少し言いよどんだあと、

「晴久お兄さんなら、もう知ってますよね。手鞠《てまり》さんのこと」

槐の口から出てきた名前に、俺は「あ」と察しがつく。

そんな俺の前で槐はぎゅっと手を握りうつむきながら、

「手鞠さんがテロリストに襲撃を受けたって聞いて……。全然元気そうだったし、いまのあたしの不幸能力を中和するお守りならほかの人でも作れるから大丈夫って逆にあたしを励ましてくれるくらいだったんですけど……なんだか怖くて。手鞠さんが心配で……」

「……そっか」

心優しい槐《えんじゅ》にとって、身近な人が霊能犯罪の被害に遭うというのはショックが大きかったのだろう。自分の不幸体質に色々と配慮してくれた手鞠《てまり》さんがやられたとなればなおさらだ。

せっかく最近明るくなっていた槐の悲しそうな姿にいたたまれなくなる。

なにかしてやれることがあればいいんだが……。

「あ」

そこで俺はふと閃《ひらめ》く。

「なあ槐、前に約束してたよな。夏休み、一緒にお出かけでもしようって」

「え……？」

「実はぽっかり時間ができてな。もしよかったら、槐も俺たちと遊びに行かないか？」

きょとんとする槐に視線を合わせ、俺は優しくそう呼びかけた。

4

槐を誘ったその日のうちに、俺たちは近場の水族館にやってきていた。

退魔学園《たいまがくえん》から数駅。ビルの屋上にある特殊な水族館である。

あれだけ息抜きの内容について揉《も》めていた宗谷《そうや》たちも槐には弱いのか、わりとすんなり俺の提案に乗って同行してくれていた。

「ちぇ。本当は古屋《ふるや》君とゲームしたかったけど……まあ桜《さくら》ちゃんたちの怪しい息抜きになるよりマシかな。槐《えんじゅ》ちゃんが元気ないのも嫌だし」

「ま、卑しい打算だらけの美咲《みさき》や女狐《めぎつね》の案に乗るよりずっといいわね」

「まったく……古屋君は相変わらずお人好しだわ。打算と欲望に忠実な獅子身中《しししんちゅう》の虫どもとは大違いね」

……なにやらまだ三人が火花を飛ばし合ってる気がしないでもないが、ひとまず忘れよう。

「わー、ビルの中なのに海の生き物がたくさん……っ」

宗谷《そうや》たちの反対側に目を向ければ、お出かけ用の格好をした槐が水槽に目を輝かせていた。

けどその微笑《ほほえ》ましい表情も長くは保たず、またすぐに陰ってしまう。

「こんなところがあるんだ……でも、こんなときにお出かけなんてしていいのかな……」

「全然問題ない。つーか、お出かけしてはしゃがないとダメまであるぞ」

素直に楽しんでいいのか迷っているような槐に、俺はできるだけ明るい調子で話しかける。

「退魔師《たいまし》ってのは正の感情から生まれるエネルギーで術を使うだろ？　だからできるだけ心を強く保って、大変なときでも深刻になりすぎないくらいがいいんだよ」

「そうなんですか……？」

「そうそう。ほら、成仏サポートセンターを手伝ってるDクラスのアホども……もとい小林《こばやし》や烏丸《からすま》たちも能天気な感じだろ？　上位クラスに比べりゃ術の精度なんかはアレだけど、実はああいうノリが現場では結構大事だったりするんだ」

もちろんプロの退魔師は常に強く心を律し、変にはしゃいだりせずとも安定して力を発揮できるわけだが。深刻になりすぎないほうがいいってのは共通認識だ。

自粛や萎縮《いしゅく》は視野を狭め霊力を削り、負の連鎖を生む毒にしかならないのである。

「だからまあ、今日のお出かけもたくさんの人を助けるための訓練だと思って、がっつり楽しもうぜ」

「う、うん！」

そうして俺たちは槐を中心に、ここにきて初めて夏休みらしいお出かけに興じるのだった。

穂照《ほてり》ビーチでの海水浴？　忘れたよ、あんな惨劇のことは。

●

水族館からはじまったお出かけだったが、息抜きは当然、これひとつでは終わらない。

周辺の食べ歩きやら雑貨屋巡りやら。

退魔学園《たいまがくえん》に入学予定の槐に近場のオススメスポットを紹介するように、俺たちは様々な場所に足を運んだ。なかなかの強行軍だったが、見るものすべてに新鮮な反応を返してくれる槐とのお出かけは楽しく、面倒見の良い宗谷と桜を中心に騒がしい道中となった。

そうして日も暮れかけた頃。

俺たちは槐《えんじゅ》が興味を示した大通り沿いのゲーセンに立ち寄っていた。

最初はゲーセンに初めて来る槐に手ほどきしながら普通に楽しんでいたのだが……。

「次はUFOキャッチャーで勝負だよ！　桜《さくら》ちゃん苦手そうだし！」

「はー!?　料理で暗黒物質精製しそうなあんたや女狐《めぎつね》なんかに、私がUFOキャッチャーごときで負けるわけないでしょ!?　手先の器用さが違うわ！」

「死にたいの小娘？」

シーラ姫護衛の際にゲームで遊ぶことに慣れたのか、宗谷《そうや》たち三人は途中からゲームに熱中。朝のようになにやら張り合いはじめ、体力の違いを痛感させられることになった。

「あいつら、一日中遊び回ったのになんであんな元気なんだ……？」

そして一日中歩き回ってお疲れなのは槐も同じで、俺は槐と一緒にゲーセンのベンチで休憩しているのだった。

「どうだった槐。ちょっとは気晴らしになったか？」

「はい！」

朝の様子とは打って変わり、赤いほっぺで目をキラキラさせる槐。

よしよし。自分でどうにもできないことで気落ちしても仕方ないからな。

元気になってくれたみたいでなによりだ。

と、俺が槐の様子に一安心していたところ、

「あ、でも実は、まだちょっと不安なことがあって……」

槐がそう言って手をもじもじさせながら目を伏せる。

どうしたのかと訊《たず》ねてみれば、

「実は、色々とバタバタしてるからすぐではないんですけど……早ければ年明けには退魔学《たいまがく》園《えん》に編入できそうなんです」

「マジか。それはよかった」

退魔学園入学。

それは槐が幼い頃から夢見ていたことで、報告を聞いた俺は思わず笑みを浮かべる。

けどそれならどうして槐はちょっと複雑そうな表情なんだ？

「上手《うま》くやれるかわかんなくて、不安なんです」

槐は「すごく嬉しいのは確かなんですけど」と補足しながらぽつりと漏らす。

「普通の学校にもずっと通ってなかったし。中途半端な時期に一人で入学してなじめるかわかんなくて……急に怖くなってきたんです」

「あー、なるほどな」

それは確かに不安だろう。けど、

「意外と大丈夫だと思うぞ。中途半端な時期に入学してくるヤツって結構いるし」

「そうなんですか？」

「そうそう。多分この夏休み明けにも十数人単位でいるはずだぞ」

退魔術――いわゆる霊能力の類《たぐ》いは、思春期を境にいきなり目覚めたりすることが多い。怪異《かいい》なんかもその一種で、退魔学園《たいまがくえん》に入学できるレベルのやつも結構いたりするのだ。

実際、今日も学生寮に引っ越しトラックが何台か停まってたしな。

「だから生徒側も編入生には結構慣れてるし、なにより槐《えんじゅ》は良いヤツだからな。全然大丈夫だろ。校舎は違うけど、いざとなったら俺らやDクラスの連中もいるし。安心しろよ」

「う、うんっ。ありがとう晴久《はるひさ》お兄さんっ」

思い切って相談してよかったと、そこでようやく槐は安心した笑みを浮かべてくれた。

不安が晴れたようでなによりだ。

……とはいえ。

(厄介《やっかい》な連中に狙《ねら》われてる以上、俺たちがこの先普通に登校できるかは微妙なとこだが……）

そこら辺は俺らの頑張りと、菊乃《きくの》ばーさんが紹介してくれるという護衛次第だろう。

(にしても……悪魔憑《つ》きのジェーンに対抗できて顔合わせの場に神族会議が選ばれるってことは、やっぱその護衛って神族だよな)

生き恥能力を持つ身としては正直、そんな神々しい存在にくっついて回られるのは結構な冷や汗ものだったりするんだが……まあ四の五の言っても仕方ない。

「よし、そんじゃ悩みも晴れたとこで、俺らも宗谷《そうや》たちに挑んでみるか」

「うんっ」

休憩を終えた俺と槐は立ち上がり、ぎゃーぎゃーとやかましい宗谷たちに合流するのだった。


そうして体力お化けの宗谷たちに惨敗したあと。

日暮れと同時に迎えにやってきた童戸《わらしべ》緑《みどり》さんに槐を預けて今日のお出かけは終了……とな
るはずだったのだが、

「明日はどこに出かけるか、こうなったらゲームで白黒つけるわよ！」

「望むところだよ！」

「まったくどこまで幼稚なのかしら。面倒だからすぐに決着のつきそうなパンチングマシーン
とやらで済ませましょう」

「パンチングマシーン？　……あ！　あんたまさか獣尾を使うつもりじゃないでしょうね⁉」

却下よ却下！」

「あ、あいつらまだやるつもりか……」

槐と別れてからも勝負し続ける三人に俺は軽く戦慄《せんりつ》する。

体力もそうだが、息抜き程度のことでなにをあんなムキに……。

「まあなんにせよ、ありゃしばらくかかりそうだな」

出かける先どころか勝負内容さえろくに決まらなそうな三人の様子を見て、俺はジュースでも買っておくかとゲーセンの端へと移動する。

と、そのときだった。

「ちょっと！　いい加減しつこいんだけど！」

ゲーセンの喧噪《けんそう》を貫くように、女の子の怒声が聞こえてきたのは。

5

声のしたほうへ行ってみると、そこではなにやら言い争いが起きていた。

「しつこいっつってんじゃん！」

「そんなツンケンせずにさー。ちょっとカラオケでも行こうってだけじゃん」

「そうそう。一人でゲーセンにいるってことはどうせ暇っしょ？」

「いいから離せってば！」

いかにもガラの悪い男三人に、派手な格好の女子高生が絡まれている。

しつこく言い寄られているようで、女子高生が怒鳴りながら振り切ろうとしても男どもが強引に囲んで逃がさないようにしているようだった。

（あー、つまりタチの悪いナンパか）

なんつーか、ベタな状況だな……。

けどまあ、困っているのは間違いない。

そう思って助けに入ろうとしたのだが――そこでふと俺の足が止まった。

（なんか、俺の前に都合良く困ってる女の子が現れるってのに嫌なデジャブを感じるな……）

頭をよぎるのは、シーラ姫に化けたジェーンを助けたせいでとんでもない目に遭ったつい最近の記憶だ。

ただのナンパと犯罪者に追われるお姫様じゃ色々とワケが違うけど、まさかまた似たような罠《わな》なんじゃあ、とトラウマで身体《からだ》がこわばる……けどそのときだ。

「……っ」

男たちに囲まれた女子高生と目が合う。

その瞳は助けを求めるように心細く揺れていて――。

「……ああもうっ！　放っとけるかよっ」

俺は溜息《ためいき》を吐《つ》くように悪態を漏らしながらブレスレットを外していた。

（ジェーンもさすがに同じような手を使ってくるほどバカじゃねーだろ！）

自分に言い聞かせながら、俺は男たちの間に割って入る。

「おいあんたら。嫌がってんだからやめてやれって」

「あ？　んだお前」

「かっこつけんならよそでやれよガキ！」

案の定、穏便にとはいかず、男たちがいきなり殴りかかってきた。

春までの俺ならここで男たちを絶頂させるしか能がなかっただろう。

だがいまは違う。

「……感度増幅」

頭から生えた小さな角に力を込める。

俺の五感が強化され、見聞きできる情報の質が跳ね上がった。

あまり感度を上げすぎると性感まで上がって下半身が自爆してしまうが……この程度の相手なら低出力でも十分に動きを先読みできる。迫る拳を余裕で回避。

さらには同時に襲いかかってきた三人の攻撃も紙一重で躱《かわ》し続ける。

「な、なんだこいつ⁉」

そして困惑した相手が攻撃の勢いを強めて息があがったところで足払い。

男たち三人を同時に転倒させ、ダン！　その顔のすぐ横に全力で足を振り下ろした。

「俺もあんまり酷《ひど》いことしたくないんだ。このへんでお互いやめとこうぜ？」

「……っ。い、行くぞ！」

男たちは立ち上がると、ヤバイものに遭遇したような勢いで逃げていった。

よかった……芽依《めい》を助けたときみたく、公共の場で男を絶頂させずに済んだ……。

「わ、おにーさんつっよ！」

と、俺が文字通り手を汚さずに済んでホッとしていたところ、絡まれていた女子高生が目を丸くして駆け寄ってきた。

「マジ助かったよー。あいつらしつっこくてさー」

明るい調子でそう言う女子高生。

その容姿を改めて近くで見て、俺は思わずドキッとする。

なぜなら見慣れない制服に身を包んだその子は、凄《すさ》まじい美少女だったのだ。

いわゆる黒ギャルと言われる類《たぐ》いの派手な金髪に小麦色の肌。着崩した制服から覗《のぞ》く谷間や太ももはムチムチで、遠目に見てもきめ細かい肌が健康的に光を弾く。

かといってケバケバしくはなく、どこか健康的な色気が発散される様はある種の芸術品のようだった。

そりゃしつこく絡むわけだ、とナンパ男たちの気持ちが少しわかってしまったほどだ。

と、俺がその人間離れしたルックスに少しばかり言葉を失っていたところ、

「あーしは朝風春美《あさかぜはるみ》っていうんだけど、おにーさんは？」

「え？　あ、ああ、古屋晴久《ふるやはるひさ》っつーんだ」

「へー。いい名前だね。助けてくれてあんがと、晴久っち」

黒ギャル——朝風は真面目に謝意を述べつつ、軽い調子で笑みを浮かべる。

なんか変な渾名《あだな》までつけてきてるし……まあこの調子なら怪我《けが》とかもなさそうだし一安心か。

改めて胸をなで下ろしていたところ、俺は妙なことに気づく。

なんだか朝風《あさかぜ》が、やたらと俺に近いのだ。甘い体臭が漂ってくるほどに。

しかもなにやら観察するようにジロジロこっちを見てくる。

な、なんだ？　と俺が思わず身を引くと、

「へー。近くで見ると結構可愛《かわい》い顔してるし、体つきとかも悪くないじゃん」

朝風が囁《ささや》くように言う。続けて俺の手をとり、

「ねぇ、ゲーセンにいるってことは晴久《はるひさ》っちも暇なんっしょ？　助けてくれたお礼になんでも奢《おご》るからさー。あーしとちょっと遊ばない？」

「え、ちょっ、おまっ」

ニヤニヤと笑う朝風が腕を組んでくる。

しかも朝風はその豊満な胸が俺の腕に当たるのもお構いなしで。

いやちょっ、なんでナンパから助けたと思ったら俺が逆にナンパされてんだ!?

と、俺が謎の展開に泡を食っていたときだ。

「はいはいはいはいはい！　ストップストップ！　離れて！　いますぐ離れて！」

「わっ、なんだ!?」

急に凄《すさ》まじい力で俺と朝風が引き剥《は》がされた。

驚いて振り返れば、そこにいたのは怒髪天《どはつてん》を衝《つ》く勢いの宗谷《そうや》。そして宗谷が操る二頭身式神

だ。さらには桜《さくら》が駆け寄ってきて「なんだ、じゃないわよこのバカ！」とさっきまで朝風のおっぱいが押しつけられていた俺の腕をバシバシ！　と叩《たた》いてくる。

「途中から見てたわよお兄ちゃん！　ジェーンの件があったのにほいほい助けて、なに考えてんの!?　また頭おかしい地雷女の擬態かなんかだったらどうすんのよ！」

「い、いやまあ確かにそうなんだけど、普通に困ってるみたいだったし……。菊乃《きくの》ばーさんいわくしばらくは安全って話だったし……」

「そうかもしんないけど、せめて私たちに任せるとかあったでしょ！」

桜がそうまくし立てる横で、楓《かえで》が呆《あき》れたように溜息《ためいき》を吐《つ》く。

「はぁ……。いくら危険な予知がないとはいえ、相変わらず考えなしに動くのだから。それで宗谷美咲《みさき》。淫魔眼《いんまがん》で視《み》てその尻軽女《しりがる》は白？　黒？」

「うーん……」

「わ、わ、なになに？」

戸惑う朝風を、楓から指示を受けた宗谷が怖いくらいの近距離でガン見する。

「性情報はジェーンと全然かぶらないし……処女歴十七年表示ってことは見た目通りの年齢。変な性癖《せいへき》もないみたいだし、とりあえず安全……かな……？　普通の霊視もしてみた感じ、ちょっと霊力が強いくらいで変なとこはないし……」

ジェーンの擬態を見破れなかったことをよほど不覚に思っているのか。

今度は相手を気遣って淫魔眼《いんまがん》で視《み》ないなんてバカはやらない、とばかりに宗谷《そうや》は眼《め》にハートが浮かぶ本気モードで朝風《あさかぜ》を凝視しまくっていた。

その結果を受けて、楓《かえで》と桜《さくら》が思案するように目を細める。

「そう。淫魔眼で視る限りはひとまず一般人というわけね。……余計にタチが悪いわ」

「いやけど念のため、数日拘留してしっかり霊視したほうがいいわよ。初対面でいきなりお兄ちゃんに好意的な女なんて全員問答無用で怪しいっての」

「そうね。手配しておこうかしら」

「お、おいおい、それはさすがにちょっとやりすぎじゃあ……」

ガチの取り調べに移行しようとする桜と楓を俺は慌てて制止した。

いやまあ警戒するに越したことはないんだが、いくらなんでも限度ってもんがあるだろ。

つーか楓たちにしろ宗谷にしろ、なんか朝風を見る目に妙な情念がこもってないか？　と若干怖く思いながら三人を宥《なだ》めていたところ、

「えー。なになに？　なんか鬼気迫ってて怖いんですけど。あ、それともまさか……」

それまで戸惑っていた朝風が、なにか面白いことに気づいたとばかりに笑みを浮かべる。

そして次の瞬間、ニヤニヤと俺たちを見回しながらとんでもないことを言い放った。

「もしかして三人とも、晴久《はるひさ》っちのことが好きで嫉妬《しっと》してる系？」

「「は、はぁ!?」」

　途端、それまで人でも殺しそうな目をしていた宗谷と桜が悲鳴混じりの奇声をあげて固まった。かと思えば冗談みたいに顔を赤くし、大声でまくし立てる。

「い、いきなりなにとんでもないこと言ってんのよこの女！」

「そうだよ！　いきなりこんな場所で言えるわけ――じゃなくて！　適当なこと言って煙《けむ》に巻こうとしないで！」

「えー？　じゃあなんで晴久っちから全力であーしを遠ざけようとするわけ？　必死すぎて好き好き光線出まくりなのバレバレなんですけど。ウケる！」

「出てないわよそんな怪光線！　欠片《かけら》も！　一ミリも！」

「そうだよ！　ただわたしたちは退魔学園《たいまがくえん》の生徒で！　詳しくは言えないけどこれは護衛任務的なアレで！　だから警戒は強めないといけないだけだよ……っ」

　二人が全力で叫び誤解を解こうとする。

　だが朝風はそれをちゃんと聞いているのかいないのかニヤニヤ笑いを深め、

「ふーん？　ただの仕事なんだぁ。でもだったらさぁ、別にあーしが晴久っちになにしてもよくない？　霊視？　とかも問題なかったみたいだし？」

「お、おい!?　やめろって！」

朝風《あさかぜ》が再び腕を組んできて、さすがにこれはヤバイと俺は速攻で引き剥《は》がしにかかる。

けど朝風の力が思いのほか強く、距離をとるのに難儀していたところ——ゾッ。

俺の背中を凄《すさ》まじい寒気が襲った。この威圧感は……と恐る恐る振り返れば、

「……いい加減にしなさい」

そこには完全なる仕事モードで殺意をまき散らす楓《かえで》がいた。

「正式な任務も請け負う退魔学園《たいまがくえん》の生徒は、警察や消防と同じで公的な責任のある立場よ。護衛云々《うんぬん》以前に、公共の場での軽率な振る舞いは御法度なの。わかったらいますぐ古屋《ふるや》君から離れなさい」

理路整然《りろせいぜん》かつ有無を言わさぬ圧を込めて楓が言う。

その時点で俺はもう怖くて泣きそうだったのだが……驚くべきことに朝風はどこ吹く風で楓の顔を見返し、あっけらかんとこう言うのだ。

「んー？　お姉さんもしかして、この中で一番晴久《はるひさ》っちのことが好きな感じ？」

「………………あなた、朝風春美《はるみ》と言ったわね？　住所と、ご両親の勤め先は？」

いかん！　潰《つぶ》す気だ！

あり得ない無礼を働いた朝風を、葛乃葉《くずのは》の力で穏便かつ合法的に潰す気だ！

さすがにヤバイものを感じた俺は全力で朝風を引き剥がしにかかるのだが、

「わー、怖い」

そこで朝風《あさかぜ》はあっさりと自分から離脱。

軽い調子で俺たちから距離をとると、こんなことを言い出した。

「ま、そんなに言うなら今日はこのくらいにしとこっかなー。晴久《はるひさ》っちが退魔学園《たいまがくえん》の生徒だっていうなら、明日以降も絡む機会めっちゃありそうだし」

「は？　明日からも？」

どういうことだ？　と戸惑う俺たちの前で、朝風が「それはねー」と持っていたバッグからなにかを取り出す。そして俺たちは朝風が取り出したソレに目を丸くした。

なぜなら朝風が手にしていたのは――、

「退魔学園の学生証!?」

「そ☆」

驚く俺たちに朝風がニヤニヤと笑みを向け、さらに言葉を続ける。

「霊力よわよわだからDクラスだし、ダブったせいで一年からやり直しだけど。夏休み明けから退魔学園の高等部に編入予定なんだ。そういうわけで、これから色々よろー☆」

「「な……っ!?」」

俺たちが絶句し、楓《かえで》が引き続きヤバイ顔で朝風を睨《にら》みつけるなか。

退魔学園の編入生だという朝風本人だけがからかうような笑みを浮かべ続けていた。

6

明日以降も絡む機会はたくさんある。

去り際にそう宣言した通り、朝風は翌朝いきなり俺の部屋を訪ねてきた。

「よーっす晴久っち☆　おはー」

「朝風!?」

まだ桜《さくら》たちと朝食を食べている最中の来訪に、俺はドアを開けた状態で目を丸くする。

「お前なんでこんな朝っぱらから……つーかなんで俺の部屋を知ってんだ!?」

「いやー、夏休みが明けたら編入生のあーしはボッチじゃん？　だから学校の案内でもしてもらうついでに、せっかく知り合えた在校生の晴久っちと仲深めときたいなーって思って。昨日引っ越しの終わった女子寮の管理人さんに晴久っちの名前聞いてさ、来ちゃった的な」

「来ちゃった的なって……」

退魔学園の制服を派手に着崩して笑う朝風の回答に俺は唖然《あぜん》とするしかない。

いくらなんでも行動力ありすぎだろ……。

「ちょっとあんた!?　昨日の今日でまた来たわけ!?」

「朝っぱらから男の子の部屋に来るなんて常識ってものがないのかな!?」

と、戸惑う俺を押しのけて玄関に突っ込んできたのは桜と宗谷《そうや》だ。

昨日に引き続き朝風《あさかぜ》をやたらと警戒していて、噛《か》みつかんばかりの勢いで吠《ほ》えまくる。

だがそんな二人の剣幕より、朝風はもっと別のことに驚いたようで、

「え……。そっちこそなんで朝から晴久《はるひさ》っちの部屋にいんの？　もしかして朝チュンってやつ？」

「「朝チュ……っ!?」」

「わー、顔真っ赤。ごめんごめん、その調子じゃ朝チュンどころかまともなチューもまだっぽいねー」

「「……っ！」」

顔を真っ赤にして絶句する二人と、意地悪くニマニマ笑う朝風。

そうして二人を黙らせた朝風は、改めて俺に向き直る。

「で、話は戻るけどさー。学校の案内くらいいいっしょ？　昨日のお礼も兼ねて、なんでも好きなもん奢《おご》るしさ」

「あー、いや、それなんだが……」

ずいと遠慮なく顔を寄せてくる朝風に、俺はリビングのほうから漂ってくる殺気にビクビクしながら口ごもる。宗谷《そうや》たちと同じく、昨日から引き続き朝風を警戒している楓《かえで》の「わかってるでしょうね？」という圧が凄《すご》いのだ。

なので俺は速攻で朝風のお願いを断ろうとしたのだが……、

「……ぶっちゃけさー。こっち来たばっかで知り合いとかマジでゼロだから、結構ガチで心細いんだよね」

「う……っ」

そのときふと見せた朝風の寂《さび》しそうな顔が、昨日の槐《えんじゅ》と重なる。

槐にああ言って励ました手前、ここで朝風を放り出すのはどうにも気が引けた。

「……はぁ」

まあ確かに宗谷たちが警戒するように、やたらと距離の近い朝風には俺も思うところはある。

けど以前、霊的上位存在であるアンドロマリウスの擬態さえ一瞬で見抜いた淫魔眼《いんまがん》でも、朝風に不審な点は見当たらなかったのだ。しばらくは安全という菊乃《きくの》ばーさんのお墨付きもある。

なので俺は散々迷ったあと、

「……今日は宗谷たちと遊ぶ約束だから、とりあえず午前中だけな」

「ホント!?　えへへ、そんじゃよろしくね☆」

どうにも朝風を放り出す気になれず、溜息《ためいき》を吐《つ》きながら首を縦に振ってしまうのだった。

……凄い顔で見てくる宗谷たちをなんとか宥《なだ》めすかしながら。

そうして俺たちは朝食を片付けたあと、散歩がてら朝風に学校を案内することになったのだが……俺は早くも自分の決断を後悔しはじめていた。

というのも——

「晴久《はるひさ》っち、身体《からだ》硬くね？　手伝ってあげっからさ、もうちょい頑張ってみなって」

「ちょっとあんた！　なにどさくさに紛《まぎ》れてお兄ちゃんの背中に胸押しつけてるわけ⁉」

「この淫売女《いんばいい》……っ」


運動場を紹介すれば、朝風《あさかぜ》がガンガンボディタッチしてきて桜《さくら》たちがキレる。


「はい晴久っち。アイスあーしの奢《おご》りね。てゆーか味が気になるからちょっとずつ分け合おっか☆　間接キスとか高校生にもなって気にしないっしょ？　はいまずはこっち、あーん☆」

「はいはいどいてどいて春美《はるみ》ちゃん！　はい古屋《ふるや》君！　違う味が食べたいなら全部買ったからあげる！」

「食えるかこんな量！」


案内の休憩がてら学校近くのアイス屋へ行けば、ニヤニヤ笑いの朝風が気恥ずかしい提案をしてきて宗谷《そうや》が暴走。

なにをするにしても朝風の距離が近く、ジェーンの件で色々と過敏になっているらしい宗谷たちを巻き込んでいちいち大騒ぎになるのだ。

「ねえ、あの朝風春美って女、やっぱりおかしいわよ。いくらお兄ちゃんに助けられたからって、普通いきなりあんなぐいぐい来る？」

「怪しくても怪しくなくても関係ないよ。さすがにそろそろ目に余るよ。打ち首獄門だよ」

「そうね……宗谷と葛乃葉《くずのは》から学校側に圧力をかけて朝風春美のクラスを変更。あるいは素行不良を理由にキツい罰則労働を科してこちらに絡む時間をなくすという手も……」

しまいには宗谷たちが学校のベンチでひそひそと怪しい作戦会議をはじめる始末。

「……なあ、知り合いがいなくて寂《さび》しいのはわかるけどさ」

さすがにこのまま放置はできず、俺は真面目な顔で朝風に向き直った。

「あの三人が俺の護衛についてるってのは、まあわりとガチな話なんだ。色々あって神経質になってるから、あんまりからかわないでやってくれよ。案内なら普通にしてやるからさ」

「えー、別にからかってるつもりはないんだけどなー」

朝風が心外とばかりに唇を尖《とが》らせる。

「そっちはそう思ってなくても実際に宗谷たちがキレてるだろ。自重してくれって」

「んー、あーしが不真面目に見えるのがよくないんかな。あ、だったらさぁ……」

と、真面目な調子で俺の言葉に耳を傾けていた朝風が、またニヤリと怪しい笑みを浮かべた。

そしてこちらの手を軽く引き、宗谷たちから少し見づらい位置のベンチに俺を座らせる。

かと思えば朝風《あさかぜ》は続けて——当たり前のように俺の上に跨がってきた。

「は——!?」

膝《ひざ》の上に腰掛けるとかそんな可愛《かわい》いもんじゃない。

朝風は真正面から俺を抱きしめるように——いわゆる対面座位のような体勢で絡みついてきたのだ。

「あ!?　なにやってんだよお前!?」

白昼堂々の破廉恥《はれんち》に俺は慌てて脱出しようとする。

だが次の瞬間、朝風の発した言葉に思わず動きが止まった。

「晴久《はるひさ》っちさぁ。試しにあーしと付き合ってみない？」


「……は!?」

あまりに突拍子もない告白に思わずでかい声が出る。

だが朝風は俺の反応にもまったく怯《ひる》んだ様子を見せず、平然と言葉を続けた。

「要はさー、美咲《みさき》っちたちは晴久っちの護衛にあたって色仕掛け的なことを警戒してるってことじゃんね？　だったら正式に付き合っちゃえばイチャイチャしても文句言われないっしよ？」

いやそれは違うんじゃね!?

つーかそうやって籠絡《ろうらく》するのをまさに色仕掛けっつーんじゃねーのかよ!?

混乱する俺に、朝風はさらに言葉を重ねる。

「あ、でも真面目に付き合うっていってもそんな重く考えなくていいよ？　あーしが晴久っちのことい いなって思ったのは確かだけど、ほかにちゃんと好きな子ができたらいつでも別れていいし。お互いに経験積むための半分セフレみたいな感じでさー。……ダメ？」

「ダメもなにも……」

そんな関係論外に決まってんだろ。

だが朝風の示す好意はジェーンのように押しつけがましいものではなく、どう断れば傷つけずに済むのか考えてしまった俺の口からは咄嗟《とっさ》に強い言葉が出てこない。

しかしそうこうしているうちに朝風の行為はさらにエスカレートしていき、

「あーし、結構本気だよ？」

俺の首に腕を絡めた朝風の唇がこちらに近づいてきて――そこで俺はようやく我に返る。

（ちょ、ちょっと待て！　宗谷《そうや》たちほど朝風のことは疑っちゃいなかったけど……昨日の今日でこれはいくらなんでもおかしいだろ！）

いくら朝風が開放的な性格をしているとはいえ、いきなり交際を迫ってきたうえにキスまでせがんでくるのはどう考えても異常だ。

さすがになにか裏があると、封印のブレスレットを外しながら朝風《あさかぜ》の対面座位を逃れるべく身をよじった――そのときだった。

「え」

愕然《がくぜん》としたような宗谷《そうや》の声が、俺の耳に届いたのは。

ぎょっとして首を捻《ひね》れば――先ほどの俺の大声が聞こえていたのだろう――いまにもキスしそうな俺と朝風の対面座位をがっつり目撃した宗谷が突っ立っていて。

俺が自分の判断の遅さを呪《のろ》った次の瞬間、

「ダ、ダメエエエエエエエエエエエッ！」

宗谷の絶叫が轟《とどろ》いた。

かと思えば宗谷の周囲に霊級格《スケールフォー》４の二頭身式神が複数出現。

俺と朝風を引き剥《は》がそうと凄《すさ》まじい迫力で突っ込んできた。

って、おいおいおいおいおい!?

（あいつ、咄嗟《とっさ》のことで式神の力加減忘れてねーか!?）

宗谷の操る二頭身式神は見た目こそ可愛《かわい》らしいが、霊級格４といえば建物も軽く破壊する力を持った怪物だ。俺はもちろん、Ｄクラスレベルの朝風が轢《ひ》かれたらタダでは済まない。

「すまん朝風どいてくれ！　くっ、間に合うか!?」

俺が朝風に流されたせいで宗谷が人に怪我《けが》をさせるなんてこと、あってはならない。

そうして俺が今度こそ朝風を突き飛ばして式神を迎撃しようとした──そのときだった。


キュインーーードゴン！


宗谷の式神軍団が、禍々《まがまが》しい魔力の込もった一撃で爆散したのは。

「……は？」

俺の口からアホみたいな声が漏れる。

なぜならその魔力攻撃を放ったのは……俺に突き飛ばされたはずの朝風だったからだ。

「あ、しまった」

一瞬だけ鋭い目をしていた朝風が先ほどまでの軽い調子に戻って舌を出す。

「やっばー。美咲《みさき》っち、いくらなんでも殺意ありすぎっしょ。つい本気で迎撃しちゃったじゃん。上手《うま》いこと擬態できてたから、もっと遊べると思ってたんだけどなー」

そう言って残念そうな声を漏らす朝風の気配は、数秒前までとはまるで違っていた。

全身から溢《あふ》れる禍々しい気配。

それは負の感情から精製される莫大なエネルギー、魔力の波動だ。

そしてそんな凶悪な力を全身に纏《まと》える存在を、俺はひとつしか知らなかった。

「朝風《あさかぜ》お前その気配……魔族か!?」

「え、え、春美《はるみ》ちゃん!?」

対面座位から抜け出していた俺は朝風から距離をとり、驚愕《きょうがく》する宗谷《そうや》と肩を並べる。

「ちょ、なんなのこの気配!? 朝風あんた、魔族だったわけ!?」

「どうりで古屋《ふるや》君への態度がおかしかったわけだわ……っ!」

と、異変を察して駆けつけた桜《さくら》と楓《かえで》も朝風の豹変《ひょうへん》に驚愕しつつ霊力を練り上げる。

「でも普通の霊視ならまだしも、わたしの淫魔眼《いんまがん》でも普通のデータしか出なかったのにどうやって擬態して……!?」

「まあなんでもいいわ。相手が魔族だっていうなら法も倫理も気にせず真正面からぶっ殺せるんだから!」

「同感ね。いますぐこの淫売《いんばい》魔族を殺……祓《はら》うわよ」

式神、護符《ごふ》、狐尾。

三人が各々《おのおの》の武器を構え、俺もミホトの封印を解いてもらった状態で五感を研《と》ぎ澄ませる。

と、俺たちが完全な臨戦態勢《りんせんたいせい》に入る一方、

「あ、ちょいちょい落ち着いて。話聞いてよ。騙《だま》したのは謝るけどさー、実はあーし、晴久《はるひさ》っちたちの味か――」

なぜかまったく戦意を見せず、魔力さえ消して朝風がなにか口を開いた。

そのときだ。

さらなるトラブルが降って湧いたのは。


「見つけたわよパーツ持ち。まさかこの期に及んで呑気《のんき》に学生生活を続けてるなんてね」


「「「え⁉」」」

俺たちが朝風に気をとられている隙を突いたのか。それとも実力か。

ベンチの並ぶ中庭に、いつの間にか凄《すさ》まじい霊力の持ち主が降り立っていた。

全身を包帯で包んだグラマラスな美女だ。

明らかに日本人ではない整ったその相貌《そうぼう》が、俺と宗谷を見てにたりと歪《ゆが》む。

「私たちを舐《な》めてるのかなんなのか知らないけど、無防備でいるなら好都合。ほかの連中が休んでる間にパーツをいただいてやろうじゃないの」

言って、女がいきなり包帯を脱ぎ捨て全裸になった。

そして俺たちが驚く間もなく、

「あはあああああああっ♥　見て見てもっと見てえええええええええっ！」

「「「っ⁉」」」

女が一人で勝手に興奮しはじめ、その身体《からだ》と霊力が加速度的に膨《ふく》らんでいく!?

あっという間に校舎より大きくなり、下からアソコが丸見えになったその威容はまさにウルトラマ●コだ。

包帯の日焼け跡が特徴的な肌といい、こいつまさか――!?

「霊能同時多発テロで暴れ回ってた全裸の巨女か!?」

「アーネストクラスの国際霊能テロリスト!?　魔族だけでも手に余るっていうのに！」

「……っ！　しばらく安全だっていうおばあさまの見立ては完全にハズレね……っ。全員いったん引くわよ！　幸い校内にはまだ人が少ない。どうにかこの敷地内で迎撃するわよ！」

「し、式神百鬼夜行《ひゃっきやこう》！」

いくらなんでも魔族と国際霊能テロリストの挟み撃ちなんてヤバすぎる！

あまりにも危機的な状況に迷わず逃走を選択した俺たちが全力でその場を離れようとした、そのときだった。

「あーもー邪魔臭いなぁ」

ゴロゴロゴロピシャアアアアアアアアアッ！

「な――!?　があああああああああっ!?」

強大な魔力の波動が弾けた。

かと思った瞬間、巨大化した全裸痴女に目が眩《くら》むような雷が直撃。

その巨体を形作っていたらしい異常に濃密な霊的物質《エクトプラズム》が霧散し、もとのサイズに戻った全裸痴女が口から煙を吐いて地面に倒れていた。

「は……？」

あまりに唐突すぎる展開に、逃げようとしていた俺たちの足が止まる。


魔族と判明したはずの朝風《あさかぜ》が、国際霊能テロリストを瞬殺したのだ。


「あ、あんた、一体なんのつもり!?」

「だからさー、話聞いてって言ってんじゃん」

混乱したように叫ぶ桜《さくら》に朝風が飄々《ひょうひょう》と言う。

話を聞くもなにも、魔族と判明した以上は敵でしかないはず。

だが言われてみれば朝風はさっきからずっと俺たちに敵意を向けていないし、いまも魔力を抑えている。楓《かえで》もそんな朝風を不審に思ったようで、

「この戦力差でわざわざ同士討ちしてまで油断を誘う意味なんてないし……けどその強大な

魔力は確実に魔族。わからないわ、あなた一体何者……!?」

「んー、あーしについては色々と説明が難しいんだけどさー」

楓《かえで》の尋問を受け、朝風《あさかぜ》は自らの顎《あご》に可愛《かわい》らしく指を当てる。

そして写真でも撮るかのようなピースを決めると、軽い調子で自らの正体を明かした。

「まあ端的に言うと、神族のクソどもと退魔師《たいまし》協会に依頼されて受肉した、晴久《はるひさ》っちたちの護衛。朝風春美《はるみ》こと最年少魔王候補のゼパルちゃんでーす☆　改めてよろ☆」

「「「……はぁ!?」」」

あまりにも唐突。あまりにも情報過多。そしてあまりにも信じがたい朝風の言葉に、俺たちは数秒遅れで悲鳴じみた驚愕《きょうがく》の声をあげるのだった。

第二章　パーツ回収

1

「いやしかし参ったね」

とある霊護団体の所有する屋敷の一室で、一人の女性が紅茶のカップを傾けていた。

目の覚めるような美貌《びぼう》に達観したような雰囲気を纏《まと》う二十代中盤の西洋人。

魔族アンドロマリウスから性異物の情報を教えられ、自らの欲望のためにパーツを狙《ねら》う国際霊能テロリストの一人だ。

「ソウマとワラシベ。日本側の反則を予定通り封じたまではよかったが、まさかあのジェーン・ラヴェイがパーツ持ちを攫《さら》うどころか日本側の戦力を削れもせず撃退されるとは。それも神具による弱体化のオマケ付きだ。さすがは極東の島国にして世界三大霊能圏に数えられる国。改めて層が厚い」

左右で色の違う瞳を細めながら、女は物憂げに息を吐く。

「しかも日本退魔師協会は此度《こたび》の事件に応じて霊的上位存在との連携も密にしはじめているらしい。なかなか一筋縄ではいかないね」

「ふーん。そりゃ大変だ」

言って行儀悪く椅子《いす》に腰かけるのは、元十二師天《じゅうにしてん》の霊能犯罪者。逆神忍《さかがみしのぶ》だ。

「ま、私は金さえもらえればどうでもいいんだが。そんな体たらくじゃ、パーツを集めて伝説の淫都《いんと》を復活させるっていうあんたらのイカれた目的の実現も難しいんじゃねえの?」

まるで依頼主の苦戦さえも楽しんでいるかのように、逆神がひねくれた笑みを浮かべる。

「ただでさえ、パーツに憑《つ》かれて平気なツラしてるつー意味不明なガキどもがいつ暴走するかもわかんねーっつのに。パーツ持ちが死んだら、パーツは長期間行方不明になるんだろ?」

「そうだね。だから〝上〟も少し焦《あせ》っているようだ。中東に封印されたアレの情報が偶然手に入った途端、私の部下に随分と強引な命令をくだしてくれたほどに」

そのぶんの成果はあったようだけど、まったく参るよ、とオッドアイの女性は肩を竦《すく》める。

「まあしばらくは〝上〟に任せてみよう。先のテロで私たちも少なからず消耗しているし……なんとなく、面白いモノが見られそうな気がするしね」

言って、オッドアイの国際霊能テロリスト――ラピス・フランシュテインは遠くを眺めるように窓の外へ視線を向けた。

そこは、この世のどこでもない場所だった。

魔界に属していながら、厳密には地上と魔界の間に位置する次元の狭間《はざま》。

そこは霊的上位存在の中でもさらに高位の者しか出入りできない隠れ家のような場所で、茫《ぼう》洋《よう》と広がる一面の荒野に生物の気配は一切ない。

そんな荒涼とした世界の中心にそびえる半ば朽ち果てたような城の地下に、せわしない足音が響いていた。

「……」

次期魔王候補とも呼ばれる、少女のような外見の少年だ。

見た目こそまだ子供のようだが、実際は百年以上の年月を生きた霊的上位存在。アンドロマリウスにパーツの回収を命じていた高位魔族である。

結界で厳重に保護された包みを抱《かか》え、少年は歩みを進める。

巨大な扉を押し開き、その先にある玉座へと早足で進んだ。

そして開口一番、力を温存するように玉座に腰掛ける女性へ、真剣な表情で声をかけた。

「サキュバス王殿。話がある」

玉座から返事はない。

返ってくるのは異常ともいえる膨大《ぼうだい》な霊力の圧だけだ。

だがその異様な圧にも怯《ひる》まず、少年は続けた。

「アンドロマリウスを解放してやってほしい」

嘆願するのは、年上の幼なじみである魔族の救済だった。

アンドロマリウスは度重なる失敗を咎《とが》められ、サキュバス王の尻《しり》から伸びる触手に飲み込まれたままになっていたのだ。触手の中ではいまもアンドロマリウスへの快楽責めが続き、サキュバス王の糧《かて》として搾取《さくしゅ》され続けているのである。

「確かに《サキュバスの角》をみすみす逃すなどの失態もあったが、アンドロマリウスの働きは本物だったはずだ。ヤツが声をかけていた国際霊能テロリストどもは日本の戦力を大きく削り、度重なる襲撃に伴う協会の防衛戦力の動きから、国内に封印されたパーツの位置もおおよそ見当がつきはじめている。それになにより――」

一度言葉を切り、少年は持っていた包みの封印を解いた。


「彼女の連れてきたテロリストたちは、実際にパーツのひとつを手に入れてくれたぞ」


そう言って少年が掲げたのは、禍々《まがまが》しい気配を帯びる呪《のろ》いの品だった。

サキュバス王の性異物。

中東に封印されていた、世界でもっとも危険な呪物のひとつを手土産に、少年魔族は続ける。

「日本の退魔師《たいまし》協会はいま、神族だけでなく魔族との連携も密にしはじめているらしい。この先のパーツ争奪戦で勝利するには人間のテロリストだけでなく、地上で動ける魔族も必要になってくるだろう。レヴィアタンが弱体化を強《し》いられたいま、我々には手駒が少ない。だから」

アンドロマリウスを解放してやってくれと、少年魔族が頭を下げる。

「……随分と熱心に嘆願するものだな」

と、玉座に腰掛ける女性が小さく呟《つぶや》いた。

ただそれだけで異様な圧が発され、少年魔族の肌をビリビリと震《ふる》わせる。

そうしてしばしの沈黙が流れたあと、

「そうだな。ではチャンスをやろう」

玉座に腰掛ける女性がおもむろに呟いた。

途端——べちゃっ。

女性の尻から生えた触手が大きく膨《ふく》らみ、その先端から一人の少女を吐き出す。

何日にもわたって触手の中に囚《とら》われていたアンドロマリウスだ。

「大丈夫か!?」

少年が駆け寄って抱き起こす。だが、

「あひ……っ♥　おっほ……っ♥」

その有様《ありさま》はとても大丈夫そうには見えなかった。

焦点の定まらない瞳に、だらしなく口から出た舌。

快感で脳が破壊されたかのように、その可憐《かれん》な唇からは蕩《とろ》けた嬌声《きょうせい》がダダ漏れで、全身が小刻みに痙攣《けいれん》し続けている。何十日にもわたって連続絶頂させられ続けた影響は甚大《じんだい》で、もはや理性が残っているのか怪しいほどだった。

さらにそれだけの快楽責めを受けながら、以前快楽媚孔《かいらくびこう》を一か所だけ突かれたことによる寸止め状態はいまだ継続中らしい。この期に及んでまだ満足いく快感を得られていないようで、アンドロマリウスは疼《うず》く下半身を持て余すようにガニ股《また》の下半身をヘコヘコと振っていた。

(戦力補充を理由に解放を嘆願したはいいが……これは使い物になるのか……?)

助け出した幼なじみの様子に少年魔族がドン引きする。

と、そのとき――ヒュパッ。

少年魔族が持っていたパーツを、玉座の女性が触手を使って奪い取る。

もともと女性に献上するために持ってきたのだからと少年魔族は特に気にすることもなかったのだが……。

「?　どうされましたサキュバス王」

パーツを手にした玉座の女性は、いつまで経ってもパーツを取り込もうとしない。

それを不思議に思い少年魔族が声をかけたところ、

「わざわざこの城まで連れてこなくとも、パーツ持ちがパーツ持ちを絶頂させることでパーツは奪える」

独り言のように言いながら、玉座の女性が触手を振るう。

凄《すさ》まじい速度の触手でアンドロマリウスを持ち上げ、快感でドロドロになった彼女を自らの眼前につるし上げた。

「人間どもの戦力が増しているというのなら、こちらも戦力を増すまでだ」

「なにを……!?　サキュバス王殿!?」

凄惨《せいさん》な笑みを浮かべる玉座の女性を、少年魔族が咄嗟《とっさ》に止めようとする。

だが間に合わなかった。

玉座の女性は手にしていたサキュバス王の性異物を、躊躇《ためら》いなくアンドロマリウスの口にねじ込んだのだ。途端、

「ッッ!?　アアアアアアアアアアアアアアアアアアッ♥♥!?」

アンドロマリウスの身体《からだ》が大きく痙攣し、盛大な嬌声が室内に満ちる。

かと思えば――その身体が異様な魔力に包み込まれた。

そして魔力は形を成し、肌を褐色に染め、黒い鎧《よろい》のような外皮と長い尾を形成する。

それはまるで、パーツの侵食で完全な暴走状態となった際の童戸《わらしべ》槐《えんじゅ》を彷彿《ほうふつ》とさせる姿だ。

しかし、

「はぁ、はぁ、はぁ……っ♥　あああああああっ！」

姿形だけ見れば完全にパーツに飲まれたとしか思えないアンドロマリウスの瞳には、確かな理性が宿っていた。快楽責めの余韻《よいん》さえ少なからず克服したように立ち上がるアンドロマリウスを見て、玉座の女性が満足気に頷《うなず》く。そして、

「人間どもからパーツを奪ってこい」

玉座の女性は、厳《おごそ》かにそう命じた。

「さすれば快楽媚孔《かいらくびこう》を半端に突かれた貴様の疼《うず》きも、自らの〝手〟で解消できるようになるだろう」

「あはっ♥　あはははははははははっ♥♥！」

玉座の女性から命じられたアンドロマリウスが、身体《からだ》の内から溢《あふ》れる力に高揚するように叫ぶ。そして異様に長くなった舌で自らの指を舐《な》め回しながら、恨みのこもった声を漏らした。

「あのクソ人間ども……っ！　ボクが触手に飲まれて散々イかされまくったのも、それだけヤられてまだスッキリしないのも、全部あいつらのせいだ……っ！　パーツを奪って無力化したら、徹底的に嫌がらせして負の感情を搾り取ってやる！」

「ア、アンドロマリウス……っ」

少年魔族が変わり果てた幼なじみの姿に絶句する。

そんななかでアンドロマリウスは身体の疼きと復讐《ふくしゅう》心に突き動かされるように瞳をギラつ

かせ……パーツ持ちの人間どもを陥れるための策を練りはじめるのだった。

2

朝風春美《あさかぜはるみ》こと魔族ゼパルが霊能テロリストを瞬殺し、俺たちの護衛を名乗った直後。

「もー、そんな警戒しなくていいっしょー。ほらほら怖くないよ〜☆」

魔力を完全に抑えた朝風がそう言って味方アピールしてくるも、すぐに信用などできるはずもなく……俺たちは速攻で菊乃《きくの》ばーさんに連絡を取っていた。

「なにかの間違いですよね!?　古屋《ふるや》君を誑《たぶら》かすクソビッ……邪悪な魔族なんて、問答無用で討伐対象ですよね!?　倒しちゃっていいですよね!?」

殺気をまき散らしながらゼパルを指さし、ビデオ通話越しに訴える宗谷《そうや》たち。

しかしそんな宗谷や朝風を見た菊乃ばーさんは溜息《ためいき》を吐《つ》くと、

『やれやれ……だから正式な場で顔合わせをさせようと思っておったのに。勝手に動きおってからに。どういうつもりじゃゼパル』

「いやー☆　それがあんまりにもからかいがいのありそうな人間たちだったから、つい我慢できなくなっちゃってさー。許して菊乃っち☆」

『はぁ……この調子ではどう顔合わせさせても同じ結果じゃったかな。……いつまでも煮え切らん楓《かえで》に発破をかけてくれんかと期待する面はあったが、さすがにこれは劇薬すぎたか』

まるで知り合いのように会話する二人。

それを見て俺は若干頬《ほお》を引きつらせる。

「おいおい……ってことはやっぱり、マジでこの魔族が例の護衛なのか？」

『まあそうじゃな』

「……っ」

テロリストを倒したうえに、俺たちにまったく敵意を向けない朝風《あさかぜ》を見て薄々は覚悟してたが……肯定されるとその衝撃はかなりのものだった。

（魔族にパーツを狙《ねら》われてんのに、同じ魔族に護衛を頼むなんてなに考えてんだ……!?）

俺が内心で冷や汗をかくと同時、俺と同じことを思ったらしい宗谷《そうや》たちが叫ぶ。

「ふぁー!?　なに考えてるんですか菊乃《きくの》さん！　こんなのが古屋《ふるや》君の側にいたら別の意味で危険だよ！　いますぐ排除しなくちゃダメだよ！」

「おばあさま、人手が足りないのはわかりますが、これはさすがに……」

「てゆーか魔族よ!?　なんでそんな害獣みたいな種族が味方してくれるわけ!?」

『その辺りも顔合わせのときに説明するつもりだったんじゃがなぁ』

凄《すさ》まじい剣幕で詰め寄る宗谷たちに、菊乃ばーさんが若干引きながら言う。

『実は魔族と神族は古代と違い、いまは地上への不干渉協定を結んでおってな。基本的には休戦講和状態なんじゃよ。地上へ勝手に進出して害をなすアンドロマリウスなどは魔族の間でも犯罪者扱いされる手合いでな。そもそも積極的に人へ害をなそうとする魔族は少数派なんじゃ。霊的上位存在と交流のある一部の者しか知らんことじゃがな』

「……マジで？」

初めて聞く話に面食らう。

いや、でも確かにアンドロマリウスも『自分みたいな勤勉な魔族は珍しい』とか言ってたし、でなきゃもっと魔族が地上に進出して神族と争ってたりしてないとおかしい、のか……？

「ま、そんなこんなでさ☆」

菊乃ばーさんの話を引き継ぐように朝風ことゼパルが口を開く。

「アンドロマリウスやレヴィアタンが地上でやらかしまくってるってことで、あーしら魔族側もここらでケジメをつける必要があったわけ。そもそも神族は不干渉協定の範囲内で地上を良くするのにクソ忙しいし。そんなわけであーしら魔族が護衛するしかないんだよね☆」

『まあそういうことじゃな。ついでに言えばジェーン・ラヴェイに対抗できて、なおかつ発生から間もないがゆえにパーツ収集を企てられるほど魔界での政治力もないと断言できる魔族はゼパルくらいなんじゃ。色々と思うところはあるじゃろうが、仲良くするように』

「チェンジで」

ばーさんたちの説明を、宗谷が食い気味にぶった切る。

いやお前、ばーさんたちの話聞いてたか？

やたらと固い意思でゼパルを拒否る宗谷《そうや》に俺が面食らっていると、

「まあそう言わずにさ〜☆」

殺気立つ宗谷や桜《さくら》に遠慮なく抱きつきながら、ゼパルが笑みを浮かべる。

「あーしはアンドロマリウスほど嫌がらせに熱心ってわけじゃないから。イジるのもほどほどにするし、仲良くやろうよ☆」

「ほどほどじゃなくて、嫌がらせはきっぱりやめなさいよ！」

桜が正論を叫ぶ。

だがゼパルは涼しい顔。それどころかニマ〜と笑みを浮かべて囁《ささや》くように、

「あーしが晴久《はるひさ》っちにちょっかい出すのが気にくわないなら、さっさと告白でもなんでもしてつがいになればいいじゃん。盗られるのが嫌だからそんなムキになるんっしょ？　ほら、勇気がないなら恋愛成就の悪魔ゼパルちゃんが身体《からだ》を張って後押ししてあげっからさ☆」

「ちょっ⁉」

「なっ⁉」

瞬間、俺と桜はぎょっと目を見開いた。

なぜならゼパルが自分のスカートをたくしあげ、挑発的に笑いながら俺に派手なヒモパンを見せつけてきたのだ。

「ほらほら。もたもたしてるとゼパルちゃんが晴久っちを悩殺しちゃうぞー☆」

「この女……っ！」

「いい加減にしなさいよマジで！」

「……っ」

と、桜《さくら》や宗谷《そうや》だけでなく楓《かえで》まで狐尾を出して全力全開。

ゼパルを本気で取り押さえにかかり、とんでもない大騒ぎになる。

だがゼパルはそれを余裕の表情でいなしつつ人外の笑みを浮かべ、

「あは～☆ 人間の男にちょっかい出して周りの女を煽《あお》るのマジ楽しいわ～☆」

……こいつやっぱりアンドロマリウス並みに邪悪な魔族では？

ジェーンの件で神経質になってるから、からかうのはやめろっつってんのに……。

宗谷たちほどじゃないにしろ、俺も改めて不安になる。

しかしゼパルはこちらをからかってケラケラ笑う厄介《やっかい》さはありつつも、菊乃《きくの》ばーさんが言うように一線を越えた悪意はゼロで――。

『まあとにかく上手《うま》いことやってくれ。特に小僧。ぶっちゃけゼパルを上手く扱えるかどうかはお主次第じゃからな。頼んだぞ』

色々と忙しいらしい菊乃ばーさんは丸投げするようなことを言って通話を遮断。

困惑を続ける俺たちの護衛として、編入生朝風春美《あさかぜはるみ》こと魔族ゼパルはそのまま学園内に居座ることになるのだった。

マジかよ……。

3

そんなこんなで退魔学園《たいまがくえん》の女子寮で暮らしはじめたゼパルに俺たちは色々と警戒していたのだが――、

「うひゃー☆　やっぱり地上の娯楽って最高～☆　魔界って怠け者ばっかだから娯楽を作るヤツもろくにいないんだよね～。そりゃアンドロもレヴィアタンも協定無視して地上に出るわ」

さいわいというかなんというか。ゼパル本人が言っていた通り、彼女は俺たちを常にからかうようなことはせず、わりと大人しくしていた。

地上の娯楽に興味津々のようで、女子寮に引きこもってゲームやアニメ漬けになっていたのだ。

（アンドロマリウスが自分のことを勤勉って言ってたのはこういうことか……）

魔族の生態は人間への嫌がらせが主だと思っていただけに、少しばかり安堵《あんど》する。

……まあ、たまに俺の部屋に上がり込んでは宗谷たちの前で「晴久《はるひさ》っち、なんか疲れた顔してない？　大丈夫？　おっぱい揉《も》む？」とか言ってからかってくるから油断は禁物なんだけど。

（色仕掛けしてくる魔族なんて、ジェーンにやられかけた俺たちがいま一番敏感になってる存在だっつーのに……）

まあそれにしたって宗谷《そうや》たちが少し殺気立ちすぎてる気もするが……そんなゼパルの悪ふざけもどうにかいなし続けて早三日。

「よーし、いよいよ神族会議だよ！」

俺たちはパーツ回収に先立ち、緊急神族会議に出席すべく協会本部へとやってきていた。

護衛魔族のゼパルとはなし崩しで顔合わせを終えてしまったが、上位神族とやらからパーツについてなにか話を聞けるかもしれないからだ。

「うは～☆　朝だからまだ人は少ないけど、この辺りもなんか遊ぶとこ多そうでアガるわー」

協会本部周辺に立ち並ぶビル群を興味津々に見回すゼパル。

そんなゼパルがなにかやらかさないか目を光らせる桜《さくら》と楓《かえで》。

それから協会本部へ向かうにあたって、また目隠しされている可哀想《かわいそう》な宗谷に肩を貸しつつ、俺たちは協会本部へ足を踏み入れる。

と、そのときだ。

「あれ？　そういえば葵《あおい》ちゃんは？」

俺の肩に掴《つか》まっていた宗谷がいま思い出したとばかりに烏丸《からすま》の名前を口にした。

烏丸葵。俺と宗谷のチームメイトで、変態緊縛術を使う問題児だ。

「いやそれが、ちゃんと連絡はしたんだけどな……」

宗谷に言われ、俺は烏丸とのメッセージを読み返す。

『神族会議とやらだが、私は遠慮しておくのだ』

『は？　なんでだよ』

『神族というのは気位が高い上に外見も頭抜けているのだろう？　私の好みど真ん中。セクハラを働かない自信がないのだ！（息を荒げたオッサンのスタンプ）』

『そこはお前ちゃんと我慢しろよ！』

『我慢できたら私ではないのだ！　逆に神族の機嫌を損ねても構わないというなら行ってもいいが？（期待するように息を荒げる子犬のスタンプ）』

「……まあ、あの問題児は来なくていいわね」

俺のスマホに表示されたメッセージを見て楓が冷え切った声を漏らす。

うんまあ、さすがの烏丸もいざ神族を前にすればヘタれて大人しくなるとは思うんだが、天罰が下る可能性は一％でも低い方がいい。

珍しく自重した烏丸の英断を尊重しつつ、俺たちは指定された時間通りに協会本部最上階へと向かった。

協会本部最上階。

そこは、ほかのフロアとはまったく雰囲気の異なる空間だった。

神社の参道を思わせる廊下に、満ち満ちる清浄《せいじょう》な空気。

細かい意匠の施《ほどこ》された扉を開ければ、現れるのは宮殿めいた作りの広間だ。

普通の会議で使うような部屋とは明らかに違うその場へ、少し緊張しながら入る。

「お、時間ぴったりじゃな小僧ども」

そこには菊乃《きくの》ばーさんをはじめ、すでに十二師天《じゅうにしてん》たちの姿があった。

だが国際霊能テロリストへの対処に追われて忙しいせいか、ほとんどがモニターや式神越しでの参加らしい。ぱっと見ではかなり人が少なく見えた。

そのおかげか、十二師天が集まる緊急会議だというのに重圧や緊張感は薄い。

直接この場にいるのは会長である菊乃ばーさんと、能力を封じられて暇を持て余しているらしい手鞠《てまり》さん。そして派手な着物に身を包んだ男装の麗人、皇樹夏樹《すめらぎなつき》くらいだった。

「……っ。来たか、古屋晴久《ふるやはるひさ》」

と、夏樹が俺たちに気づくやいなや、なにやら駆け足で近づいてきた。

それを見た俺は少し驚きをこめて口を開く。

「夏樹お前、会議のためにわざわざこっちまで来たのか？　ニュースじゃ紅富士のほうもテロリストの襲撃を受けて大変だって言ってたけど……」

複数のダムが破壊されたとか報道されてた記憶がある。

しかし夏樹は俺のそんな心配に「ふん」と鼻を鳴らし、

「確かに大変だったが、住民の救出や復興も含め、俺と紅葉《もみじ》姫様の力があればあっという間だ。そちらはなにも問題はない。それより……」

夏樹が急に言葉を切る。

そしてなぜか酷《ひど》く不満そうな顔でゼパルを睨《にら》むと、忌々《いまいま》しげに言葉を続けた。

「……本当に魔族が護衛についたんだな。霊的上位存在の護衛が必要だというなら、オレと紅葉姫様でもよかっただろうに……」

「？　いや確かにそうかもだけど、お前はお前で忙しいだろ」

「それはそうだがそういう話ではない！」

「あ!?　なに急にキレてんだお前!?」

ダダをこねるように叫ぶ夏樹に俺は大いに困惑する。

なんだ？　テロ対策で疲れてんのか？　と俺が改めて夏樹を心配していたところ、

「おんや〜？」

俺の背後からゼパルのニヤついた声が聞こえてきた。

あ、マズイ。なんか嫌な予感がする。

「あんた、確か天人降ろしの夏樹っちだっけ？　人間の性別って正直ちょっとわかりにくいんだけど……もしかしてあんたも晴久《はるひさ》っちラブ勢な感じ？」

「は!?」

ゼパルの軽口に、夏樹《なつき》が動揺したように顔を赤らめる。

こんな神聖な場で軽薄な言いがかりをつけられたのだから当然だ。

隣にいた楓《かえで》が「なぜ皇樹《すめらぎ》の当主までゼパルに目をつけられて……？　まさか、いつの間に」となぜか殺気めいたものを噴出するなか、夏樹がゼパルに食ってかかる。

「な、なにをいきなり馬鹿なことを言ってるんだこの魔族は!?」

「え？　いやだって、あーしに護衛ポジとられて思いっきりヤキモチＭＡＸじゃん。わかりやすすぎてハゲそう☆　ウケる！」

「適当なことを抜かすな！　なにがヤキモチだ！」

「お、おい夏樹やめとけって！　ムキになっても喜ばすだけだぞ!?」

凄《すさ》まじい勢いで噴き上がる夏樹を止めようとするが、夏樹はパニクったように止まらない。

なにか必死に言い訳するかのように、ゼパルの言いがかりに口角泡を飛ばす。

「オ、オレはただ！　くだらない嫌がらせが趣味の魔族などに頼らずとも、紅葉《もみじ》姫様の力があればテロリストもレヴィアタンも余裕で対処できただろうと言っているだけだ！」

『ちょっ、夏樹きゅん!?　この場であまりそのようなことを自信満々に言われると色々とマズイことが……！』

と、取り乱す夏樹の角あたりから焦《あせ》ったような声が響く。

紅富士にくくられ、夏樹に憑《つ》いている神族。紅葉姫様の声だ。

夏樹を介してこの場の会話を聞いていたらしい紅葉姫様の慌てように「なにをそんなに焦ってるんだ……？」と首を傾《かし》げていた、そのときだ。

「ほう。魔界第三位のレヴィアタンに余裕で対処可能とは。随分と信頼されているようですね。紅葉姫先輩」

「っ!?」

『うひぃ!?』

厳《おごそ》かな女性の声が響き、紅葉姫様が短い悲鳴を漏らしたその瞬間。

部屋の奥に設置されていた祭壇からとてつもなく神聖な気配が溢《あふ》れ出す。

驚いてそちらを見れば——そこにはいつの間にか一人の少女が立っていた。

外見は俺たちと同い年くらい。

前髪ぱっつんの黒い長髪に皺《しわ》ひとつないセーラー服は育ちの良い深窓の令嬢を思わせる。

だが、

「これはこれは、よくぞお越しくださいました辰姫《たつひめ》様」

「お久しぶりです～」

菊乃《きくの》ばーさんや手鞠《てまり》さんが当たり前のように頭を下げる光景。

そして文字通り人外じみた美しさと神々しいまでの気配から、その少女が人ではないと一発でわかった。

(外見の綺麗《きれい》さに反してなんか目が死んでるのが気になるけど……間違いない。アレが神族会議に降臨するっていう上位神族、辰姫《たつひめ》様か……っ)

人の域を超えた存在に自然と頭が下がる。

そうして俺たちが上位神族の降臨に少なからず圧倒されていたところ……コツコツ。

(？　なんだ？)

辰姫様は祭壇近くに設置された上座には座らず、なぜかこちらに近づいてきた。

そしてその神々しさに反する死んだ魚の目で夏樹《なつき》にずいと顔を寄せる。

もっと言えば紅葉《もみじ》姫様と繋《つな》がっているらしい夏樹の角に冷たい視線を向けると、辰姫様は低い声を漏らした。

「それで、紅葉姫先輩？　レヴィアタンと戦えるということは、そろそろ地上での療養は十分ということですか？」

『い、いやぁ……それは夏樹きゅんが勝手に言っているだけで、妾《わらわ》はまだまだよわよわのダメ神なので！』

「紅葉姫様⁉」

突然始まった辰姫様の詰問に、紅葉姫様が必死な様子で自虐を叫ぶ。

それを聞いた夏樹が慌てたように紅葉姫様を庇《かば》い辰姫様に抗議の視線を向けるのだが……

辰姫様はまるで意に介さず紅葉姫様に絡み続ける。

「ほう。まだ休養が足りませんか。先輩は良いご身分ですね。地上での緩《ゆる》い仕事を任されて人の子とイチャイチャイチャイチャしながら遊び呆《ほう》けて幾百年。そろそろ私たちの道連れに……もとい、私たちの仕事を手伝ってもらえると助かるのですが」

『い、いやいや、ちゃんと仕事はしておるよ？　妾だってちゃんと力を使って、紅富士へ観光に来た人の子や周辺住民を笑顔にしておるよ？』

「その程度のことは天人降ろしに憑《つ》いた神族としては当然のことで、仕事のうちに入らないのでは？　というか先輩は天人降ろしに力を貸しているだけで、基本的に引きニートですよね？神族ならもっと人の子の安寧のために身を粉にして働くべきでは？」

『がはっ⁉』

「も、紅葉姫様！　お気を確かに！」

喀血《かっけつ》するような悲鳴を漏らした紅葉姫様を案じて夏樹が叫ぶ。

けど紅葉姫様は辰姫様からの口撃に大ダメージを受けたらしく、『あ、あ、夏樹きゅんの膝《ひざ》枕《まくら》で一晩中すーはーしたい……』とうつろな声で繰り返すだけになってしまった。

お、おいおい。

なんか紅葉《もみじ》姫様が開幕からなんかめっちゃ説教されてんだけど。大丈夫なのかアレ。誰か止めないのか？　そう思って首を巡らせるも、

「今回は会議がはじまるまでもう少しかかるかのー」

「ですね～」

辰姫《たつひめ》様が好き勝手やるのはいつものことなのか、菊乃《きくの》ばーさんたちは触らぬ神に祟《たた》りなしとばかりに離れた場所で談笑していた。

悪い意味で場慣れしてやがるな!?

いやまあ、上位神族にアレコレ言えるわけねーからそうなるのも仕方ないんだが……このまま紅葉姫様への説教が終わるまで待ってるしかないのか？　と思っていたところ、

「あーやだやだ。クソ真面目な神族様はこれだから☆」

「え、お、おい、ゼパル!?」

不意に。

この場で唯一辰姫様と対等に話せるのだろう上位魔族ゼパルが、辰姫様と夏樹《なつき》たちの間に割って入る。そして辰姫様に対し、バカにするような口調でこう言うのだ。

「窮屈っていうか不寛容っていうか。勤勉すぎ。生きてて楽しいの？　って感じー」

「……なんですって？」

辰姫様が、地獄の底から響くような低い声を漏らした。神族なのに……。

「だってそうじゃね？　仕事仕事っていつもピリピリしててさー。そんなだから地上に負の感情が満ちてどうしようもなくなるたびに癇癪《かんしゃく》起こして、ノアの箱舟んときみたいなメチャクチャやるんだよねー。生き方に余裕がないって罪だわー。あーしら魔族みたいにもっと肩の力抜けばいいのに☆」

「はああああん⁉　それができれば苦労しないわよクソ魔族！」

瞬間、それまで超然とした態度を貫いていた辰姫様がブチ切れた⁉

ちょっ、大丈夫かコレ⁉

菊乃ばーさんたちは「やはり神族と魔族は相性が悪いのー」とか言って呑気《のんき》に茶ぁ啜《すす》ってるし、夏樹も「紅葉姫様、もう安心ですから！」とダウンした紅葉姫様につきっきりでこっちのことなんてほぼスルーしてるが、ホントに大丈夫なのかコレ⁉

俺たちが困惑しまくるなか、辰姫様の絶叫は止まらない。

「そりゃ魔族はいいですよ！　ゴロゴロしてれば人の子が勝手に傷つけ合って負の感情をドッバドバ噴出してくれるんですから！　種族単位で怠け者になるレベルの人生イージーモード連中が！　宗教とか奇跡とか、神族がエネルギー源である正の感情を増やすためにどれだけ苦労してきたかも知らずに勝手なこと抜かすなーっ！」

「うわ、ヒスこわー。そんなに大変ならさっさと跡継ぎでも作って引退すりゃいいじゃん」

「こんな激務を引き継がせるなんて子供が可哀想《かわいそう》でしょうがこの悪魔！」

よほど神族の仕事とやらが大変なのか、黒髪を振り乱して叫ぶ辰姫《たつひめ》様。

その迫力もさることながら、俺は聞こえてきた口論の内容に思わず声を漏らす。

「跡継ぎって……霊的上位存在に子供なんてできるのか？」

その瞬間——シュバババババッ！

「あ、もしかして興味あるのかな晴久《はるひさ》っち☆」

俺の呟《つぶや》きを聞きつけたゼパルが瞬時に辰姫様との口論を切り上げ、速攻でこっちに近づいてきた。し、しまった！

完全に余計なこと言っちまった！

「うんうん。お察しの通り、あーしら霊的上位存在にも普通に子供ができるんよ。互いの魂を粘度みたくブレンドして新しい個体を作るって感じだからあんま面白味はないんだけどねー。ち・な・み・に☆」

ゼパルがニヤリとからかうような笑みを浮かべる。

「人間同士の子作りも魂ブレンドの要素があるっぽくてさ。そのせいか、受肉したあーしら上位存在と人間の間にも超低確率でデキるらしいんだよね。あーしもせっかく受肉したならヤれる娯楽は網羅しときたいしさー。興味あるなら……試してみる？」

「なっ……!?」

る。

「あの女、また……！」

眼前でぐいっと胸元を露出させるゼパルに俺がたじろぎ、桜《さくら》たちが速攻で引き剝《は》がしにかかる。

い、いかん。これじゃまた大騒ぎだ、と俺が頰《ほお》を引きつらせたそのときだった。

「人の子を相手になにしているのあなた!?　サキュバス王でもあるまいし、慎みを持ちなさいクソ魔族！」

「あいったあああああああ!?」

顔を真っ赤にした辰姫様がゼパルの脳天に強烈な拳骨を振り下ろす。

「ちょっ、いくら口論で勝てないからって腹いせに手ぇ出すのは反則っしょ!?　ちょっとした冗談じゃん！　エッチな冗談！」

お仕置きを食らって涙目になるゼパル。

それを見た俺は「ほらみろ、だからおふざけもほどほどにしとけってんだ」と小言のひとつも言ってやりたくなるが——正直、いまはゼパルに構ってる場合じゃなかった。

辰姫様の言葉に、聞き捨てならないものが混ざっていたからだ。

「サキュバス王でもあるまいし、って……なにか知ってるんですか辰姫様！」

俺より先に、目隠し状態の宗谷《そうや》が明後日《あさって》の方向を向きながら叫ぶ。

そんな宗谷の向きを直しながら俺たちが辰姫様に真剣な表情を見せると、

「……ああ、あなたたちでしたか。今日の議題の関係者――例のパーツに憑《つ》かれて平気な人の子というのは」

上位存在からすると人間の区別はつきづらいのか、いま気づいたかのように辰姫様《たつひめ》が言う。

そうして上位存在の興味がこちらに向いたことで、俺たちはようやく本題を切り出すことができた。

「はい。なので今日は辰姫様になにか話が聞けないかと思ってて。それで、その……魔族がわざわざ復活を企ててるサキュバス王ってのがなんなのか、ご存じなんですか？」

かつて紅葉《もみじ》姫様からは「世界を滅ぼしかけた大魔族」と説明されたことがある。

だがそれだけでは魔族の狙《ねら》いもミホトの存在もなにもかもが不明瞭なのだ。

俺たちの身に降りかかった呪《のろ》いの正体を掴《つか》むためにも、パーツ回収前に情報は少しでも欲しかった。なので単刀直入に辰姫様へ疑問を投げかけたところ、

「……」

真剣な表情を向ける俺たちに、辰姫様が上位存在らしい人外の瞳で見つめてくる。

やがていくつか思案するような表情を見せたあと、祭壇近くの上座に腰掛け小さな溜息《ためいき》を吐《つ》いた。その可憐《かれん》な唇がそっと開く。

「古代の話などあまり人の子にするものではないのですが……魔族がパーツを狙い、国際霊能テロリストまで使役するなど前代未聞。私も当時を生きていたわけではないので詳しくはな

いですが……会議をはじめる前に最低限の情報共有はしておきましょうか」

「「……っ」」

重い口を開いた辰姫様に、俺と宗谷《そうや》は顔を見合わせる。

「ただ、サキュバス王について説明するにはまず神族の生態と歴史について軽く触れる必要があります」

俺たちが慌てて席に着くと、辰姫様はそう前置きして語りはじめた。

「まずご存じかと思いますが、我々神族は人が発する正の感情を糧《かて》としています。正確には正の感情から生まれる正のエネルギーですね」

それはまあ常識の範疇《はんちゅう》だ。

だから魔族とは逆に、人を助けようとする神族は人々に崇《あが》められているのである。

「しかし正の感情というのは負の感情に比べると放出量が少ない。特に古代は負の感情のほうが圧倒的に多く、我々神族は食料確保に苦労していました。そこのクソ魔族たちが現代と同じく楽して負のエネルギーを貪《むさぼ》る一方でね……」

「イエーイ！　退屈だけど人生楽勝ーっ☆」

「……」

軽口を叩《たた》くゼパルに辰姫様が苛《いら》ついたように頬《ほお》を引きつらせるが、すぐに気を取り直す。

「こほんっ。ただ、正の感情が少ない時代でも我々神族は魔族との生存競争に敗れることはありませんでした。人の世に特殊な正エネルギーが存在したからです」

言って、辰姫《たつひめ》様は少し躊躇《ためら》うように目を泳がせると、

「特殊な正エネルギー。すなわち性エネルギーです」

正気か？

思わず辰姫様に不敬な口を利きそうになるが、その前に辰姫様が続ける。

「性的な快感と悦楽。これは特殊な正の感情とも言われ、通常の正感情と違って正エネルギーへの変換効率はかなり低い。ですがその精製効率の低さを補ってあまりある膨大《ぼうだい》なエネルギーを内包していたため、神族にとって貴重なエネルギー源になっていたのです。古代において性的な事柄を信望する土着信仰が多いのはそのためですね」

「ええ……」

若干アホらしい話だが……言われてみれば納得できる部分はある。

性的な快感を霊力に変換する宗谷《そうや》は言わずもがな。

興奮して捕縛《ほばく》術の威力を増す烏丸《からすま》や鹿島霊子《かしまれいこ》など、性的な興奮が常識外れの力に結びついている術者には心当たりがあったから（死霊《しりよう》操術も厳密には正の感情から発する退魔術のひとつなのだ）。

どんな悪霊怪異《あくりようかいい》も一撃で除霊してしまう俺の絶頂除霊《ぜつちようじよれい》もその一例だ。負の感情で満ちた悪霊怪異の内部から超強力な絶頂＝規格外の正エネルギーを爆発させられると考えると、その異

常な除霊能力にも説明がついた。

「さて、ここまでが前置きです」

俺たちが性エネルギー関連の話に納得したのを見計らったように辰姫様が言う。

「古代神族の貴重な食料源になった性のエネルギー。これは通常の正エネルギーと同じく直接摂取することはできず、白米のように手間暇かけて加工することでようやく我々神族が吸収できるものでした。……が、この膨大なエネルギーを他者から直接吸収し、強大な力に変えてしまう存在がいたのです。心当たりがありますね？」

「まさか……」

俺は思わず自分の頭から生える角に触れる。

言われて思い出すのは――淫魔《いんま》化していた際、人々を絶頂させるたびに力を増していた槐《えんじゅ》の姿だ。

「そう。サキュバス王とは魔族でありながら、周囲の性エネルギーを百％吸収し利用する力をもった突然変異体だったといわれているのです」

辰姫様はさらに続ける。

「サキュバス王は突如として地上に出現するや、数多《あまた》の特殊能力を使って人の子を籠絡《ろうらく》。背徳の淫都《いんと》ソドムとゴモラを形成したと伝えられています。アンドロマリウスがテロリストに吹き込んだ理想郷とは、ヨーロッパ圏では多少有名なこの都のことでしょう」

そして当然、当時の神族がこのような存在を野放しにするわけがない、と辰姫《たつひめ》様が目を細める。

「一地方限定とはいえ、希少な性エネルギーをただの一個体で独占してしまう特性。そしてそれに伴う膨大《ぼうだい》な力を危惧《きぐ》し、古代の神族は即座に大規模な討伐隊を結成しました。ですが、この討伐隊結成はまったくの杞憂《きゆう》に終わります」

「え、なんでですか?」

「サキュバス王が自滅したからですよ」

自滅?

「考えてみれば当然です。性エネルギーとはあまりに膨大な力の塊。いくら吸収できても、制御可能な力には限度がある。サキュバス王は討伐隊が手を下すまでもなく、淫都《いんと》の住人から本能のままに吸収した性エネルギーを御せなくなり暴走。世界を滅ぼすかのような被害を周囲にバラ撒《ま》いたのち、消滅したのです」

本能のままに……?

少しばかり違和感はあったが、パーツに憑《つ》かれた槐《えんじゅ》の有様《ありさま》を見ればその話も頷《うなず》けた。

「ただ、暴走の末に自壊したとはいえ、その力が強大だったことは間違いありませんでした。サキュバス王本人は消滅しても、その力の象徴であるパーツは再生を繰り返して現存。ほかにもサキュバス王の自壊後、彼女の能力によって眷属化《サキュバス》していた淫都の住人たちが崩壊する淫都から少なからず逃げ延びていた。第二第三のサキュバス王と化す可能性のある眷属《けんぞく》たちがです。これを掃討《そうとう》するため、神族が大陸全土に性的な事柄を忌避《きひ》する教えを広めざるをえなかったといえば、サキュバス王のもたらした被害がどれほど驚異的だったか想像がつくでしょう」

それは確かに。

本来なら性的な事柄を推奨したいだろう神族たちがそこまでするってことだもんな。

ってことは中世ヨーロッパで掃討されたっていう下級魔族《サキュバス》ってのは、その眷属たちのことだったのだろうか。

……と、そこまで考えてふと気づく。

淫都から逃げ延びたサキュバス王の眷属……？

思わず自分の両手を見下ろした、そのときだ。

「――なので、私は最初にあなたの報告を受けた際、少しばかり警戒していたのですよ。その身に宿る謎の霊体とやらが、眷属の生き残りなのではないかと」

「え、うわっ⁉」

突如として目の前に辰姫様が立っていて変な声が出る。

だが辰姫様はビビり散らす俺のことなど意に介さず、その柔らかい手で俺の手を握ると、すっと目を閉じた。霊視しているのだ。途端、前々から神族に対して妙に喧嘩腰《けんかごし》なミホトが俺の中で『ああん？』と不機嫌そうな声を発し、俺は冷や汗をかく。

楓《かえで》も血相を変えて立ち上がるのだが、

「……ふむ。ですが確かに紅葉《もみじ》姫先輩の言う通り、魔族の眷属《けんぞく》にしては神族の気配が濃すぎる。サキュバス王になにか関係しているのは間違いないでしょうが……よくわかりませんね」

訝《いぶか》しげにそう言って、辰姫《たつひめ》様はあっさりと俺から離れた。び、びっくりさせんなよ……。

そして辰姫様はいきなりのことに脱力する俺たちを見渡しつつ、

「長々とお話ししてしまいましたが、ミホトとやらの正体もわからない以上、私から提供できる情報はこのくらいですかね」

言って、サキュバス王に関する話を締めくくった。

うーむ。

色々と新情報は聞けたが……上位神族からしてもミホトがなんなのかはわからずじまいか。

そしてわからないといえば……。

「興味深い話はたくさんあったけれど……ますます魔族の狙《ねら》いがわからないわね。話を聞く限り、サキュバス王とは制御不能の怪物。テロリストを唆《そそのか》してまでこんなものを復活させてなんの意味があるのかしら」

俺と同じように、ほっと席に戻っていた楓が訝しげに漏らす。

確かに、そこなんだよな。

魔族は嫌がらせが生業《なりわい》とはいうが、エネルギー源である人間を無闇《むやみ》に減らすようなことはあ

まりしないらしいし。サキュバス王なんて危険な存在の復活を目論む連中の意図がますます読めなかった。だがまあ、

「復活してもすぐに自壊するとはいえ、サキュバス王が再臨すればまた多大な被害が出ることは間違いありません。魔族の狙いがなんであろうと阻止すべきなのは変わらない。今後の対策についてはしっかりと策定していきましょう」

辰姫様が言うように、サキュバス王が危険な存在であることは間違いはない。

そうして辰姫様が保有する諸々の情報を共有したのち、神族会議は菊乃《きくの》ばーさんたち十二《じゅうに》師天《してん》を中心として速やかに進行していくのだった。

パーツを回収した俺たちをエサにテロリストをおびき寄せ迎撃する「防御は最大の攻撃作戦」。それと並行した様々なテロ対策が策定され、神族会議は別の議案へと移っていく。

その段階になると、もう俺たちがこの場にいる理由もない。

なので俺たちはパーツ回収を急ぐべく早々に会議を辞することになった。

辰姫様たちの邪魔にならないよう静かに会議室をあとにする。

と、そのときだ。

「では次の議題。あの無責任クズ……いえ地上堕《お》ちについてですが――」

なんだか妙に殺気立った辰姫様の声。

それが少し気になり、俺は隣にいた楓《かえで》に声をかける。

「なあ楓。地上堕《お》ちってなんだ？」

「地上堕ち？……ああ、春先に辰姫《たつひめ》様が大荒れしていた件ね」

俺の疑問に、楓が少しげんなりしたように答える。

「辰姫様の様子を見ればわかるように、神族は常に激務なのよ。そうなると地上に逃げ出す神族も稀《まれ》にいて、それを地上堕ちと呼んでいるの。一年くらい前にも大物神族が一人消えたみたいでね。見つけ次第、天界に報告するよう厳命されているのよ」

「一年前の行方不明を春先の会議で……？」

神族の時間感覚がルーズだとは聞いていたが、また随分と悠長な話だ。

「まあ紅葉《もみじ》姫様のときと同じように、どこか適正のある人間に寄生……いえ、加護を与えて地上への移住を狙《ねら》っているんでしょうね。地上堕ちについては特に気にしなくていいわ」

「そ、そうか……」

神族は神族で大変だなと若干引きつつ……俺たちは今度こそ協会本部をあとにした。

サキュバス王なんて危険な存在の復活を目論む魔族たちに先んじて、国内に封印されたパーツを回収するために。

4

「よーし！　それじゃあいよいよパーツ回収だよ！」

神族会議を辞したあと。その日の昼過ぎ。

諸々の準備を整えた俺たちは空港へとやってきていた。

「パーツが回収できればミホトちゃんの記憶が戻るし、パーツの消滅にも一歩近づく！　魔族がなにを考えてサキュバス王なんて復活させようとしてるかわかんないし、とにかく早いとこ回収しないとね！」

「お、おい宗谷《そうや》。気持ちはわかるけど、もっと声抑えろって。楓に変身させてもらってる意味がねーだろ」

俺は周囲を見回しながら人差し指を立てて宗谷を落ち着かせる。

我ながら少し神経質かとも思うが、それも仕方ない。

なぜなら今回のパーツ回収は極秘任務。

それに前々から協会内部に内通者がいると危惧《きぐ》されていたことから、俺たちは表向き、別任務に従事する一般退魔師《たいまし》としてパーツの封印地に向かうことになっていたのである。

そしてその表向きの任務とは――童戸手鞠《わらしべてまり》さんの護送だった。

「あら〜。みんな楓ちゃんの変身術で姿を変えてもらっちゃって、変な感じね〜」

俺たちと同じく十二師天《じゆうにしてん》会議を早退した手鞠《てまり》さんがほんわかと笑う。

彼女はいま別次元に存在を封印されて能力が使えない状態。

これから向かう封印地は霊能研究が盛んな土地でもあるため、場合によっては霊的上位存在であるゼパルの協力を得つつ解除方法を探れるのではと、彼女の護送が俺たちの表向きの任務に選ばれたのだった。

……とまあ、そんなこんなで俺たちは手鞠さんの護送を隠れ蓑《みの》にしつつ、念のため楓《かえで》の変身術で姿を変えてパーツ回収に向かっている真っ最中。

あんまり騒ぐと偽装工作が台無しなのだ。

だもんで俺は妙齢の女性退魔師《たいまし》に変身した宗谷《そうや》を小声でたしなめていたのだが……。

「ちょっと楓っち⁉　あーしの変身姿が脂ぎったハゲのおっさんってどういうこと⁉　しかもなんか腹まで出てるんですけど！」

「酷《ひど》いのだ！　新しくドスケベ小麦肌のエッチなギャル魔族が仲間になったと聞いて期待に胸とアソコを膨《ふく》らませていたのに！　こんなのあんまりではないか！」

丸っこいおっさんに変身させられたゼパルと、それを見た烏丸《からすま》がぎゃーぎゃーと騒いでいた。

うるせぇ……。

げんなりする俺の隣で、楓が感情のこもらない声を発する。

「仕方ないでしょう。全員の見た目が整っていては不自然だもの。適当に崩してバランスをとる必要があっただけよ」

「女狐《めぎつね》の言う通りね。色ボケ魔族は腐った性根に見合った外見でちょうどいいし」

「うんうん。任務のためだから仕方ないね。桜《さくら》ちゃんたちが正しいよ」

「あんたら……!?　いくら好きな男にちょっかい出されて悔しいからってこんな陰湿なことする!?　引くわ！」

妙齢の女性退魔師（美人）に変身した状態でさも当然とばかりに頷《うなず》く宗谷たちと、ふがふがと聞き取りにくい太った声で喚《わめ》くゼパル。泣く烏丸。

「やっぱり若い子は楽しそうでいいわね～」

ほんわかと能天気に笑う手鞠さんに「そうっすね……」と心にもない相づちを打ちつつ、俺は騒がしい一行を連れて搭乗口へと向かうのだった。

マジで静かにしてくれ……。


「そういや飛行機なんてほとんど初めてだな」

無事に搭乗手続きを終えて機内へ向かう通路を歩く傍《かたわ》ら、俺はちょっとワクワクしながら呟《つぶや》いていた。

いちおう退魔学園《たいまがくえん》中等部の研修旅行で一度乗ったことはあるが、それもかなり前のこと。フライト時間は短かったし、三時間以上かかる本格的な空の旅は初めてだ。

そんなわけで少しソワソワしながら案内された席に向かったのだが……そこで俺は「え」と声を漏らした。なぜなら案内された座席が、記憶にある狭っ苦しい座席とは随分違ったからだ。なんか足下《あしもと》がめっちゃ広いし、椅子《いす》の座り心地も段違い。

つーかこれ、

「もしかしてファーストクラスか!?」

驚いてチケットを手配した楓《かえで》に詰め寄ったところ、

「？　確かにファーストクラスだけど、それがどうしたの？」

「いやどうしたのってお前、いくらなんでも贅沢《ぜいたく》すぎだろ……いくらかかると思ってんだ」

退魔師《たいまし》が正式な任務を受諾した際、移動費が発生する場合は経費として協会に請求できる。けどファーストクラスなんて贅沢、経費として認められるわけがない。

なので俺は「これ絶対に自腹切らされるヤツじゃねーか」と楓に目で抗議するのだが、

「移動だって体力を使うのだから。この程度の出費で無駄な消耗が抑えられるなら安いものでしょう。些細《ささい》な疲労でいざというときにミスをしたくないわ」

楓の正論に俺は口をつぐむしかない。

まあ変に疲れを残したくないってのはわかるけどさ……桜《さくら》と宗谷《そうや》もファーストクラスに平然としてる辺り、やっぱりエリート退魔師は金銭感覚が違うんだろうか。

と、俺が来月の生活費を心配していたところ、

「？　ちょっと待って古屋《ふるや》君。あなたこの程度の出費をそんなに気にするなんて、まさか振り込まれた懸賞金を確認していないの？」

なにかに気づいたらしい楓が怪訝《けげん》そうにそう言ってきた。

は？　懸賞金？

すると楓は「まったく……」と呆《あき》れたように息を吐き、

「アーネスト・ワイルドファングを捕まえたでしょう。その件で私たちには国際機関から懸賞金が支払われているのよ」

「え、マジで⁉」

「本当か⁉」

俺だけでなく、隣で話を聞いていた烏丸《からすま》も声を張り上げスマホを操作。

端末越しに電子口座を確認すれば……目ん玉飛び出るような金額が振り込まれていた。

な、なんだこれ⁉

高級車……いや、下手《へた》したら家が買えるぞ⁉

「国際霊能テロリストには魔族並みの賞金が懸かっているんだもの。あのときアーネスト捕縛《ほばく》にかかわった私たち五人で均等に分けても相当な額になるわ。良い軍資金になったわね」

楓は平然と言い放つが……いやいや、通帳にこの金額が入ってるのは普通にこえぇよ。

「あ、あわわわわっ、とんでもない額なのだ……！　やはり古屋たちについてきて正解だった……！　この先もテロリストが襲ってきてくれれば、一生出会うはずのなかった高慢美女を合法的に縛れるうえに大金まで入ってくる！　そうすれば金に目がくらんだパパ活女子も縛れて一石二鳥ならぬ一棒二穴のお得案件！　まあ私は縛られて悶《もだ》える女子が見たいから、金のために自分から縛られにくる者は若干性癖《せいへき》に合わないのだが、それはそれとしてぐへへ……」

「絶対に大金を渡しちゃいけないこのバカの通帳は保護者か監査部あたりに管理を任せるとして……俺もこの金額は正直ちょっと持て余すな……」

ちょっ、古屋《ふるや》それは法律的にどうなのだ!?　と騒ぐ烏丸《からすま》をひとまず黙らせ、俺はもう一度自分の口座画面を見下ろす。

庶民としてはこんな金額が通帳に入ってると思うと落ち着かねぇ……。

というわけで、俺は楓《かえで》に目を向けた。

「なあ楓。悪いけどこの金、葛乃葉《くずのは》で管理してくれよ」

「え」

それまで大金の存在を当たり前のように語っていた楓が急に固まった。

え？　なに？

「いやさ、よく考えたら養父《とう》さんの教会がなくなったあと、俺が本当の親から相続した少ない財産も葛乃葉がしばらくは代わりに管理してくれてただろ？　世話になったぶんを少し返すついでに管理してもらえると助かる」

「……っ。え、ええ。わかったわ。私が古屋君の通帳をきっちり管理しておきましょう」

いや楓は忙しいだろうから、お前を通して葛乃葉の誰かに任せてくれればいいんだけど、と訂正しようとしたところ、

「ちょっ、まっ、ずるい！」

「はいはいはい！　人式神の通帳は式神使いのわたしが管理すべきだと思います！」

「あ!?」

突如、桜《さくら》と宗谷《そうや》が挙手して妙な主張をしはじめた。どうした急に!?

「あなたたち、見苦しいわよ。周りの迷惑だから大人しく座ってなさい」

「はー!?　なにその勝ち誇った顔!?」

「葛乃葉がアリなら宗谷だって大金の管理は得意だもん！」

冷静な調子で断言する楓に、噛《か》みつく桜と宗谷。

三人の口論はしばらく続いたのだが……結局、桜は旧家ほど大金慣れしていないだろうし、宗谷はアホということで通帳管理は楓に任せることになるのだった。

なんだったんだ一体……。


――と、そんなやりとりをしているうちに飛行機は離陸。

三時間を軽く超える長めのフライトに俺がうたた寝していたところ、『目的地上空に到着し

ました。着陸態勢に入りますのでシートベルトをお締めください』とアナウンスが響く。

かと思えば、

「見て見て古屋《ふるや》君！」

隣に座っていた宗谷《そうや》が子供のように窓の外を指さす。

その元気な声に釣られた俺が寝ぼけ眼で窓の外に目を向ければ……そこには絶景が広がっていた。

「……あれが目的地か」

沖縄からさらに南へ行った地点にある広々とした海域。

まだ高い位置にある太陽に照らされたその群青の海に浮かぶのは、複数の島が連結し要塞《ようさい》のような発展を遂げた海洋都市の威容だった。

龍脈諸島《りゅうみゃくしょとう》。

紅葉《もみじ》姫様と夏樹《なつき》が治める《紅富士の園》に並ぶ日本最高峰のパワースポットだ。

南海に浮かぶその特別な土地の全容に、俺はしばしパーツ回収の任務も忘れて見入ってしまうのだった。

5

地脈という概念がある。

地球の膨大《ぼうだい》な霊的パワーの通路を示す霊能用語で、地中深くを流れる正負入り混じった大きな力の総称だ。

そしてこの地脈が地表近くを流れ、なおかつ通常より力強いものを龍脈と呼んだりもする。

龍脈諸島はその名の通り龍脈の直上に存在する南海の孤島であり、その超自然的な環境でしか再現できない様々な術式や霊能技術実験の場として活用されている霊能都市なのだった。

「すごーい！　久しぶりに来たけど、また色々と発展してるね！」

到着ロビーに降り立った宗谷が、窓の外から見える島の街並みを眺めながら言う。

その口ぶりに俺は「あれ？」と首を傾《かし》げた。

「宗谷お前、もしかしてこの島に来たことあんのか？」

「うん。淫魔眼《いんまがん》の検査や除霊実験で少し」

「あー、なるほど」

そういや淫魔眼を除霊するために休学して色々と試したって言ってたな。

「でも前に来たときより人が多いなぁ。レジャーシーズンだからかな？」

宗谷の言う通り、空港にはかなり人が多かった。

それも俺たちみたいな霊能業界の人間ではなく、一般の人たちがほとんど。

実はこの龍脈《りゅうみゃく》諸島は霊能都市であると同時に、南の島のパワースポットという触れ込みで観光地としても大人気なのだ。

つい先日、大規模霊能テロがあったばかりでキャンセルも多かったろうに、それでもたくさんの観光客で賑《にぎ》わっている辺り、龍脈諸島の人気っぷりが窺《うかが》える。

南の島特有の晴れやかな気候や周囲の楽しげな空気も合わさって、自然と心が上向きになるようだった。

「……つっても。そう華やかなだけの街ってわけでもないんだよな、ここ」

さっきも言ったように、ここ龍脈諸島は希少な霊能資源〝龍脈〟の直上にある。

加えて、その立地は他国との国境に近い海の果てだ。

それゆえ、地政学的にも霊資源的にも隣国からかなり狙《ねら》われやすく、常に強力な霊能軍事基地と防衛結界が展開している前線都市でもあるのだった。

最初はなんでそんな物騒な土地にパーツを封印したんだと疑問だったのだが、

『わはは。むしろ好都合じゃろう。有事の際に防衛を強化しても不自然に思われづらい土地じゃからな。それに、もし島が敵国に占領されてしまった際はサキュバスパーツを解放してすべてを滅茶苦茶《めちゃくちゃ》にすれば奪還しやすくなるじゃろ。一石二鳥じゃ』

などと、菊乃《きくの》ばーさんはとんでもないことを言って笑っていた。

確かに本土からも隔離された洋上都市ならパーツの被害も最小限で済むとか好都合な点は多いけどさぁ……発想が蛮族すぎるんだよな……。

「さ、はしゃぐのもそのくらいにしなさい。私たちは観光に来たわけではないのだから」

と、薄着の女性観光客を見て息を荒げる烏丸《からすま》や、温暖な気候に気分のあがっているらしいゼパルたちをたしなめながら楓《かえで》が言う。

「今日はもう中途半端な時間だから。予定通り早めにホテルにチェックインして明日に備えましょう」

そうして俺たちは大勢の観光客に紛《まぎ》れ、目立つことなく予約していたホテルに向かうのだった。

●

「こりゃまた、ホテルもそこそこお高そうだな」

バスで到着した宿を見上げながら、俺は少し気後《きおく》れするように呟《つぶや》いていた。

とはいえ楓が予約していたホテルは島で最高級、ってほどでもない。

セキュリティがちゃんとしてて、なおかつ客も多いという身を潜《ひそ》めるのにちょうどいいラインを選んだらしい。

というわけで俺たちは霊能関係者らしき人や観光客が入り乱れる受付で手続きを済ませ、案内された部屋に向かう。

「えーと、とりあえず一人一部屋で予約してるんだっけか」

魔族の中でもかなりの力を持つゼパルがいれば、部屋が別でも奇襲や不意打ちには問題なく対処できると、今回は贅沢《ぜいたく》に部屋をとっていた。

まあそのほうが男の俺としては気楽でいいしな、と適当に部屋を決めようとしていたのだが
——気楽でいられたのはそこまでだった。

「はーっ、もうやめやめ☆」

ぼふんっ。

コミカルな音がしたかと思うと、ゼパルが急に楓《かえで》の変身術（おっさんの姿）を自力解除したのだ。その行動を見て桜《さくら》が声を荒らげる。

「ちょっと⁉　あんたなに勝手に変身解除してるわけ⁉」

「いや、よく考えたらあーしは自前で完璧《かんぺき》に人間の雑魚退魔師《ざこたいまし》に擬態できてるわけじゃん？こんな嫌がらせめいた変身術、少なくとも宿でくらい解放されてもいいっしょ☆」

桜の抗議に屁理屈《へりくつ》をこねるゼパル。

さらに彼女は「あ、あとそれから☆」とまるでおっさん変身術の仕返しでも企てるように意地悪な笑みを浮かべ、

「あーし、このまま晴久《はるひさ》っちと同じ部屋に泊まっから☆」

「あ!?」

またいきなりそんなことを言い出したゼパルに変な声が出る。

しかも変身解除したゼパルは健康的な小麦色の肌を剥《む》き出しにした露出過多の南国スタイルで抱きついてきて、俺は一瞬狼狽《うろた》える。

けどすぐに魔族の嫌がらせだと思いだし、俺は彼女を全力で引き剥《は》がしにかかった。

「いきなりなに言ってんだよお前っ、いいから大人しく部屋に行けって！」

「いやいや☆　あーしは晴久っちたちパーツ持ちの護衛なわけじゃん？　だったら恋人みたく寝食からお風呂まで常に一緒にいるのが当たり前じゃんね？」

「ざけんじゃないわよ！　あんた奇襲されても全然間に合うからって、学園では女子寮に引きこもってゴロゴロしてたでしょうが！　だからホテルも全員別室で予約したのに！」

「そうだよ！　大体いくら護衛だからって古屋《ふるや》君と魔族を二人きりになんて……あれ？　でもゼパルちゃんの理屈でいけばわたしも護衛対象なんだから、今度こそ古屋君と同じ部屋に泊まれる……？」

「美咲《みさき》!?　あんたなに魔族に魂売ろうとしてんのよ！」

「いいじゃん別に！　桜ちゃんたちだけお泊まり経験あってずるい！」

ゼパルのおちょくりによってまたゴニョゴニョとよくわからん口論に発展する桜と宗谷《そうや》。

その騒ぎを見て俺はまた大きく溜息《ためいき》を吐《つ》く。

「おいゼパル。何度も言うけどな。ジェーンの件でみんな過敏になってんだから、その手の冗談はいい加減やめろよな」

「えー？　あーしは護衛の仕事を真面目にこなそうとしてるだけですけどー？」

俺が苦言を呈するも、ゼパルはどこ吹く風。

さらには沈黙を貫いていた楓《かえで》に首を向けると、

「いひひ☆　あれー？　晴久《はるひさ》っち最ラブの楓っちは黙っていいのー？」

「お、おいやめとけって！　楓はその手の冗談マジで嫌いだから！」

おっさんに変身させられたことをよほど根に持っているのだろう。

ゼパルがまた俺に腕を絡ませながら楓を直接煽《あお》りにかかる。

その手を外しながら俺はゼパルを止めに入るのだが、

「……そういえば」

俺が仲裁に入る間もなく、楓がぽつりと氷のように冷たい声を漏らした。

「護衛として派遣されている以上、魔族ゼパルは原則として私たちへの攻撃を禁止されているわ。対して私たちはゼパルの素行監視も兼ねて拘束《こうそく》術くらいならかけてもいいとされている。つまりいまなら魔族に反撃されず一方的に拘束術をかけてもいいのよ烏丸葵《からすまあおい》」

「それは本当なのかああああああ!?　我流結界術一式、光縄乱緊縛《こうじょうらんきんばく》！」

「ちょっ!?」

その瞬間。

ゼパルが変身術を解いたときから「すごくエッチで縛りがいのありそうな生意気ボディなのだ……!」と興奮していた烏丸《からすま》が爆発した。

とんでもない精度と威力の拘束術《こうそく》を発動させてゼパルを瞬時に縛り上げる。

「なっ、ちょっ、なにこの強力な拘束術!? しかも変なとこに食い込むし――むんっ!」

ゼパルが顔を赤らめながら烏丸の拘束術を弾く。だが、

「ぐへへっ、顔は嫌がってても本当に反撃してこないのだ……っ! これはお金で買えない価値があるのだ……っ!」

「な……っ!? なんで十二師天《じゅうにしてん》でもない人間の子供がこんな強力な術を連発できて、しかも霊力が増えてんの!? 鼻息も荒くて怖いんですけど! ちょっ、食い込ませるのやめっ……てゆーかあんたら本気!? このくらいの拘束術なら簡単に破れるけど、こんなバカなこと繰り返してたら魔力が減っていざというとき護衛できなくなるんですけど! 魔族は魔力補給できる場が限られてんだから!」

「嫌ならまた私の変身術で烏丸葵《あおい》が興奮しない中年男性の姿になればいいわ」

「……っ!? 魔族相手にそういう駆け引きする!?」

そうして。

魔族相手に楓《かえで》が絶対零度の駆け引きを行ったことでゼパルの悪ふざけはひとまず終結。監視の意味も込めてゼパルは烏丸と同室となり、手鞠《てまり》さんは「みんな元気ね～」と呑気《のんき》に言いながら一人部屋へ。そして俺はといえば、

「またゼパルちゃんが変なことするかもしれないから！」

「てゆーかやっぱりみんなである程度固まってたほうがいいわ！　念のために！」

ゼパルに色々と感化されたらしい宗谷《そうや》たちの主張により、結局は宗谷、桜《さくら》、楓と同室になってしまうのだった。

いやまあ、シーラ姫の護衛任務で同じ部屋に泊まるのは不本意にも少し慣れてしまったし、空室の関係でひとつだけ大部屋を予約しちゃってたらしいからいいけどさ……。

せっかく予約したほかの部屋が無駄になっちまったな……と、そんなことを気にしながら俺は荷物を運ぶのだった。

「まったく……魔族というのは本当に……。古屋《ふるや》君はしっかりはね除けてくれているけど、いちいち狼狽《うろた》える姿を見せられるのはさすがにそろそろ不愉快ね」

――ゼパルの狼藉《ろうぜき》にふつふつとフラストレーションを溜《た》めているらしい生真面目な楓の様子を、少しばかり心配しながら。

6

脱出経路の確認などのため、軽い観光がてらホテル周辺を散策したあと。

明日に備え、俺たちは早めに眠ることにした。

大部屋にはちょうどベッドが四つあったため、特になにか揉《も》めることもなくそれぞれ寝床を確保。隣室でゼパルが探知術式を常時発動しているので見張りは立てず、楓《かえで》と桜《さくら》が念のために探知系の結界を張ったあとは全員そろって身体《からだ》を休めることになった。

「それじゃ、電気消すわよ」

「はいよ」

桜のそんな律儀《りちぎ》な合図とともに消灯。

「えーと、そんじゃ明日は朝一で手鞠《てまり》さんを研究所に預けて、それからパーツ回収だな」

予定を確認しながら目覚ましをセットし、俺はさっさと布団《ふとん》をかぶって目を閉じた。長距離移動で疲労が溜《た》まっているうえにエアコンもしっかり効いていて、こりゃすぐ眠っちまうなと思っていたのだが……。

「……うーん」

慣れない高級宿というのに加えてたびたび宗谷《そうや》たちの息づかいが聞こえてくるせいか、どうにも寝付きが悪い。

（やっぱ同世代の、しかも宗谷たちレベルの女子と同室ってのは微妙に落ち着かねぇな……）

シーラ姫護衛任務でちょっとは慣れたと思ってたけど、さすがに俺もそこまで枯れてなかったか……などと思いながら、何度か寝返りを打つ。

と、そのときだった。

誰かがベッドから起き上がる気配がしたのは。

俺と同じように寝付けない誰かがトイレにでも行こうとしているのかと思い聞こえないふりをしていたのだが……次の瞬間。

「……え!?」

俺の口からぎょっと声が漏れた。

なぜならその気配は俺のベッドの近くで立ち止まり——そのまま俺の上にのしかかってきたのだ。なんだ!? と驚いて目を開けた俺は、そこでさらに驚愕《きょうがく》した。

「お久しぶりですね、おにーさん先輩♥」

「……っ!? え、芽依《めい》!?」

そこにいたのは、ここしばらく見かけなかった——いや、もう二度と会うことはないと思っていた情報通の後輩、太刀川《たちかわ》芽依だったのだ。

南国仕様の露出過多な寝間着に身を包んだ豊満な身体に、熱っぽい瞳でこちらを見下ろしてくる姿はどこから見ても本物の芽依だ。

けど、あり得ない。

だって芽依は、パーツの件で責任を感じていた楓が、こっそり俺を助けるために変身していた架空の存在なのだから。

だから芽依《めい》がまた現れるなんてあり得ないし、なにより楓《かえで》がいきなりベッドに潜り込んでくるなんて破廉恥《はれんち》なことをするわけがない。

なのでゼパルあたりがなんらかの手段で化けてるんじゃないかと疑ったのだが、

(まだ寝入ってないはずの宗谷《そうや》と桜《さくら》がこっちに全然気づいてない……!?)

ってことはまさか、認識阻害に長《た》けた葛乃葉《くずのは》の幻術が発動してる……!?

それによく見れば隣のベッドに楓の姿がないし……となるとやっぱりマジで本物の楓か!?

「な、なにやってんだよお前!?」

「しっ。静かにしてくださいおにーさん先輩」

途端、芽依が俺の口を押さえながら自分ごと布団《ふとん》をかぶせてくる。

芽依と二人で布団に潜り込むようなかたちになり、女の子の甘い匂《にお》いや体温と一緒に密閉される。そんな状態で芽依は俺の耳元に口を寄せると、

「あれから研鑽《けんさん》を積んで幻術の精度を高めたとはいえ、まだまだ完璧《かんぺき》とはほど遠いのです。あまり騒ぐと二人にバレるので、大人しくしてくださいね」

「い、いやだから、なにやってんだお前!?　楓だよな!?」

「いまは芽依です」

俺の指摘に芽依＝楓が言い訳するように答える。

「い、いやまあ芽依《めい》でも楓《かえで》でも同じなんだが……お前いきなりなんのつもりだよっ」

「芽依は思ったのです」

戸惑う俺に、芽依がふと真面目な表情を浮かべた。

「おにーさん先輩はとても頑張っていますが、それでもまだまだゼパルに翻弄《ほんろう》されすぎ。このままではいざというときにチームワークが乱れて危険なのではないかと」

「え……？」

「い、いやまぁ、おにーさん先輩は比較的マシで、どちらかというと芽依たちの精神修業が足りていないという話ではあるのですが……」

唖然《あぜん》とする俺に、芽依がなにやら口ごもる。

しかしすぐに気を取り直し、

「と、とにかく！　おにーさん先輩がもう少し上手《うま》くゼパルのからかいをスルーできれば、ゼパルも飽きてちょっかいを出さなくなると芽依は考えたのです。そしてあの魔族のからかいに耐性をつけるには、もっと過激なことを繰り返して慣れてしまうのが一番」

だから、と芽依は再び俺の耳元に口を寄せ、こう囁《ささや》くのだ。

「だからおにーさん先輩。あの魔族からの卑猥《ひわい》なからかいに慣れるために……とりあえず朝までこうして抱き合っていましょうか」

「な……!?」

そこまで聞いて、困惑していた俺はようやく芽依の……いや楓の意図を正確に把握する。

つまり俺がゼパルに翻弄されてチーム全体に不和が起きないよう、身体《からだ》を張って俺に免疫をつけようとしているのだ。女性経験ゼロ（いちおう）の俺に、その手の免疫を。

その心遣いは嬉しい。

飛行機でファーストクラスを予約してくれたことといい、万が一にでも任務に支障が出ないよう細かいところまで気遣う姿勢には頭が下がる。

だが、だからこそ、

「確かにチームワークはちょい心配だが……いくらなんでもそこまでしなくていいんだぞ!?」

多少は解消されたはずだが、しかしそれでも楓は俺がパーツに憑《つ》かれたことに責任を感じている節がある。

この前のキス騒ぎだってその重圧が原因だったはずだし、またその手の暴走じゃないかと俺は心配しながら楓に呼びかけていた。

「お前が責任を感じるのはわかるけど、そんなことで俺なんかと同衾《どうきん》する必要なんて……」

「責任……？　心外だわ、古屋《ふるや》君」

と、そのときだ。

芽依の口から、楓本人の声が漏れ聞こえてきたのは。

その声には少し、怒《いか》りが滲《にじ》んでいて。

「私がただの責任感や自責の念でここまでするような尻《しり》の軽い女だと、本気で思っているの?」

「え……?」

責めるような口調はしかし、いつもの殺気立った楓《かえで》の声ではなく。

その真剣な声音《こわね》に俺が「それってどういう……」と困惑を深めていたところ、

「……なーんて。引っかかりましたねおにーさん先輩っ」

「……は?」

「ゼパルの真似《まね》ですよ。この程度の話術に翻弄《ほんろう》されてしまうなんて、やっぱりおにーさん先輩にはしっかり訓練を施《ほどこ》してあげる必要がありそうですねぇ」

「~~~~っ!?」

楓のヤツ、どこまで本気なんだ!?

それこそゼパルのようにニヤリと笑う年上の幼なじみから、俺は赤くなった顔を逸《そ》らす。

「楓お前、いくら慣らすためっつっても、魔族よりタチが悪いだろいまのは……っ」

「芽依《めい》と呼んでください」

俺の抗議を、芽依が人差し指で唇を塞《ふさ》ぎながら潰《つぶ》した。

「芽依を演じていなければ、さすがにこんな訓練は恥ずかしくて続けられないので」

「……っ」

そんな楓の言葉にどう返していいのかわからず黙り込んでいると——柔らかい手の平が俺

の両腕を拘束《こうそく》するように掴《つか》んでくる。そして楓は布団《ふとん》の中で密着しつつ俺に言うのだ。

「いちおう言っておきますが、これはあくまでゼパルに対抗するための訓練です。くれぐれも変な気は起こさないでくださいね？」

「へ、変な気は起こすなってお前……」

それは訓練じゃなくて拷問《ごうもん》っていうんじゃないのか？

（いくら俺がその手の欲求に欠けるとはいえ、まったくゼロというわけじゃないんだぞ……!?）

どこまで本気かわからない。

だが幼い頃から見てきた氷の幼なじみのそんな言動に、ゼパルのからかいの比ではないほど動揺して頭がどうにかなりそうになっていた――そのときだった。


がばぁ！


「「っ!?」」

俺と楓を覆《おお》い隠していた掛け布団が勢いよく剥《は》ぎ取られたのは。

いきなりのことに俺と楓が声にならない悲鳴をあげて飛び上がれば、

「またゼパルがなんかしてきたのかと思ってたら……女狐《めぎつね》あんた……!?」

「ゼパルちゃんだけ注意してればいいと思ってたら、とんだ獅子身中《しししんちゅう》の虫ケラだよ……」

「⁉　しまっ……精神が乱れすぎて幻術がいつの間にか解けて……っ⁉」

いままでにないほど取り乱す楓《かえで》に、桜《さくら》が胸ぐらを掴《つか》む勢いで詰め寄る。

「女狐《めぎつね》あんたねぇ！　明日からパーツ回収本番だってのになにやってるわけ⁉」

「か、勘違いしないでもらえるかしら。これはゼパルの嫌がらせに備えて訓練を――」

「んなもん三人でやればいいでしょうが！　幻術までかけて……どこまで卑しいわけ⁉」

と、楓と桜がヒソヒソボソボソと口論らしきものを繰り広げる一方。

宗谷《そうや》が俺にずいと顔を寄せてにっこりと微笑《ほほえ》み、

「ねぇ古屋《ふるや》君」

「は、はい？」

「今回は本物の葛乃葉《くずのは》さんが抜け駆け――もとい生真面目さを暴走させただけだったけど、いつ誰がジェーンに成り代わられててもおかしくないんだからね？　今後は変なことがあったらすぐにわたしを呼ぶんだよ？　わかった？」

「は、はい」

なぜか。やたらと強烈な〝圧〟を放ってくる宗谷に口答えなど許される雰囲気ではなく。

俺は若干震《ふる》えながら、宗谷の式神に囲まれて眠りにつくのだった。

7

翌朝。

式神に取り囲まれたことで宗谷たち女子組の存在を意識せずに済んだおかげか。

しっかり身体《からだ》を休めることができた俺たちはホテルの朝食を詰め込んだあと、手鞠《てまり》さんを連れて島の中心付近にやってきていた。

各種公的機関やたくさんのお店が立ち並ぶ、龍脈《りゅうみゃく》諸島の中心街。

そのなかでも特にでかい建物を見上げながら俺は思わず呟《つぶや》いていた。

「ここが国内有数の霊能技術開発センターか……」

龍脈の直上というこの街の特別な環境を使い、様々な霊能技術開発を行う国内最高クラスの研究所。宗谷もかつて淫魔眼《いんまがん》除霊のために来たことがあるというその建物は、評判にふさわしい近未来的な威容で俺たちを出迎えてくれていた。

「それじゃあ行きましょうか。パーツ回収の前に、手鞠さんをここの研究主任に預ける約束になっているから」

言って、楓が研究所の受付へ話を通す。

そして俺たちは昨日に引き続き変身術で姿を変えたまま、手鞠さんの護衛として研究所へと足を踏み入れるのだった。

国内最高峰の研究機関ということもあり、センター内はかなりのセキュリティだった。

幾つもの隔壁と様々な効果のある結界。要所要所に立つ警備員。

普通なら、変身術で姿を変えた俺たち身分詐称《さしょう》ご一行ではとても入れそうにない厳重さだ。

ただ今回は菊乃《きくの》ばーさんから預かった身分証明用の特別な護符《ごふ》と研究主任へのアポがあったため、比較的すんなりと中に入ることができた。

「おー、なんかよくわからんけど、凄《すご》そうな器具やら霊具やらがてんこ盛りだな」

研究所の内部はいかにも研究施設といった感じで、頭の良さそうな人や専属の霊能者らしき人たちが忙《せわ》しなく働いていた。

なかでも目を引くのは、強化ガラスや結界の向こうに時折見える研究設備だ。

大量の護符で封じられた石像や、霊能研究でどう活用するのかわからない高価そうな巨大機器。なかには重火器と式神の融合を試みたような物体まであり、いろんな意味で警備が厳重なのも頷《うなず》ける施設だった。

「まあ色々機密もあるでしょうから当然よね。結界はもちろん、万一のための迎撃体制もかなりしっかりしてるって話よ」

「へー。そんじゃあもし襲撃かなにかあっても安心ってわけだ」

まあこの街には霊能軍事基地もあるし、外部からの襲撃なんてめったにないんだろうが。

「っと、いまはそれより、早く研究主任とやらに会わないとな」

なんか受付の人は「恐らく応接室にいるはずです」となんかめっちゃ曖昧《あいまい》な返答だったけど

……まあアポもとってるし応接室とやらに行けば大丈夫だろう。

と、俺たちが研究所内を進んでいたときだった。


ビーッ！　ビーッ！　ビーッ！　ビーッ！


「っ!?　なんだ!?」

研究所内に突如、けたたましい警報が鳴り響いた。

かと思えば――ドズン！　ドゴン！

建物を揺らすような振動が何度も響く。次の瞬間、
ドッゴオオオオオオオオン！

「うおっ!?」

突如。

廊下の壁を突き破り、巨大な影が現れた。

その巨大な影は制御不能の怪物のように暴れ回り、周囲の壁や研究設備を遠慮なく破壊しまくっている。

なんだ!?　言ったそばから襲撃か!?　と俺たちが面食らっていたところ、

「わーっ!?　また雅《みやび》さんの実験用式神が暴走したぞー!?」

「だから最初は霊級格1《スケールワン》で試してくれって何回も言ったのにーっ！」

「霊級格5《スケールファイブ》に近い霊級格4《スケールフォー》で室内実験とかしちゃダメでしょ！」

破壊された廊下の向こうで、白衣の職員たちが頭を抱《かか》えて叫んでいた。

しかもよく見れば暴れ回る怪物——霊級格4の式神らしい——の頭上には小柄な人影がくっついていて、

「だって霊級格1だと龍脈《りゅうみゃく》の強すぎる力に耐えきれずにすぐ弾けてしまうじゃないか～っ！」

暴走する高霊級格《スケール》式神に振り回されながらなにか叫んでいた。

な、なんか前にもこんな光景を見たことがあるような……。

唖然《あぜん》とするが、いまはそれどころじゃない。

「お、おいおい！　あんなのほっといたらすぐ死ぬぞ!?」

振り落とされるか潰《つぶ》されるか。いずれにしろ一分一秒を争う状況だ。

一瞬で迎撃態勢に移行していた俺たちはすぐさま動き出していた。

「「はっ——！」」

桜《さくら》と楓《かえで》が拘束《こうそく》術で暴走式神を拘束。

『うりゃあああっ！』

そして宗谷《そうや》の霊級格4式神が二体同時に突っ込み、暴走式神に強烈な一撃を叩《たた》き込む。

瞬間、暴走式神が形を保てなくなり消滅。

「わあああああっ⁉」

くっついていた小柄な女性が落下するのだが、

「おりゃああああっ！」

角の力で周囲の動きを完全に把握しすでに走り出していた俺が、ギリギリのところで滑り込んだ。除霊できないがゆえに人外の丈夫さを誇る呪《のろ》われた両手で、小柄な女性を受け止める。

「あっぶねぇ……ええと、大丈夫ですか？」

どうにか女性を助けられたことに安堵《あんど》しながら声をかける。

年は二十代後半ほどだろうか。ボサボサの髪が特徴的な美人さんだ。

するとその小柄な女性は「うむ、問題ない」と立ち上がり、

「いやすまないねぇ。龍脈の力を転用し、術者なしで半永久的に自立行動できる式神型防衛兵器の開発実験を行っていたんだが……いやはやまた死ぬところだった」

「ま、また？」

女性の物騒な発言に、「な、なんだこの人……」と色々心配になっていたところ、

「主任！　大丈夫ですか⁉」

暴走式神から避難していた研究職員がそのボサボサ女性に駆け寄ってきた。

え？

「しゅ、主任？」

「ああ、申し遅れたね」

まさか、と唖然《あぜん》とする俺にボサボサ女性が向き直る。

「私は霊能技術開発センター第三研究室の研究主任。土御門雅《つちみかどみやび》という者だ。通算六十九回目の九死に一生から助けてくれて感謝する。——ところで」

と、土御門雅と名乗った女性は俺たちと手鞠《てまり》さんに視線を巡らせ、

「見ない顔だが、もしや君たちが手鞠さんを送り届けにやって来たパーツ持ちご一行かな?」

周囲に聞こえないよう声を潜《ひそ》めつつ、興味深げにそう訊《たず》ねてくるのだった。

●

「いやはや、いきなりお騒がせしてすまなかったねぇ。実のところ霊能技術の研究というのは失敗ばかりで、あの手の騒ぎは日常茶飯事なんだ。特に私の周りではね」

暴走式神の後始末がある程度済んだあと。

応接室に俺たちを案内してくれた雅さんは呑気《のんき》に笑いながらそう言った。

「では改めて、手鞠さんの封印解除研究を任された土御門雅という者だ。ありがたいことにこの研究所では第三研究室の主任を務めさせてもらっている。……まあ、主任とはいっても本土と島を頻繁に行き来しているから、一年の半分くらいはここにいないんだけどねぇ」

あと研究設備を壊しすぎて最近は始末書を書いてる時間のほうが多いかもしれないなぁ、などと、雅さんは砂糖をドバドバ入れたコーヒーをがぶ飲みしながら宣う。

「は、はぁ。そうですか……」

ほんとに大丈夫なんだろうかこの人。

今回の手鞠さんの封印研究はあくまでデータ採取が目的。神族の本格的な協力がなければ解けそうにないという強力な時空間封印の事前解析が主であり、そこまで踏み込んだ研究をする予定じゃなかった。本来なら心配するような要素はほとんどない。

けど俺たちを出迎えてくれたのは出会った頃の宗谷《そうや》を彷彿《ほうふつ》とさせる暴走研究主任で。

本当に手鞠さんをこの人に預けていいのかと若干心配になっていたところ、

「表面上はこんなだけど、雅ちゃんは凄《すご》いのよ～」

俺たちの微妙な反応に気づいたのか、手鞠さんがニコニコしながら口を開いた。

「手鞠やナギサちゃんと同世代なんだけど、効率の良い術式や一般向けの除霊グッズ開発なんかで色々と功績を残してて～。この年で研究主任の一人に任命されてる逸材《いつざい》なんだから～」

「いえいえ。手鞠さんやナギサさんのように前線退魔師《たいまし》としての才能に乏しかったため、半ば逃げるように研究職の道へ進んだだけの話ですよ。実際、うちの当主である土御門晴親《はれちか》様などは即興でぽんぽん新しい術を開発するものだから研究職としては立つ瀬がない。とはいえ！」

と、手鞠さんのフォローに謙遜《けんそん》していた雅さんが急に応接室を出ていく。

かと思えば謎のボックスを抱《かか》えて戻ってきて、

「それでも負けずに色々と独自の除霊具を開発しているんだ。たとえば最近の一押しはコレだ」

箱の中からキューブのようなものを俺たちに差し出してきた。

「……？　なんですかこれ？」

「怪異《かいい》探知装置の起動キューブだ」

首を傾《かし》げる宗谷《そうや》に、雅《みやび》さんが目を輝かせて答える。

「このキューブに霊力を込めて、上の研究室にある特別な設備を起動させると、半径数十キロ圏内に霊視波を飛ばして怪異を宿した人間を探知できるんだよ。無論、本性を出していない隠密状態の怪異をね」

「え……!?　本当ですかそれ!?」

雅さんの説明に、俺だけでなく楓《かえで》や桜《さくら》まで目を見張る。

いくらなんでも信じがたい話に手鞠《てまり》さんのほうを見れば、

「本当よ～。手鞠も実験を見たことあるけど、実際に発見できてたもの～」

「マジですか!?」

「とはいえ、これはあくまで試作品でね」

驚愕《きょうがく》する俺たちに、雅さんが肩を竦《すく》める。

「起動には準十二師天《じゅうにしてん》級退魔師《たいまし》数人の霊力が必要なうえに、この龍脈《りゅうみゃく》諸島という極《ごく》限られた特殊環境下でしか使用できない。それでようやく成功率は三割といった有様《ありさま》だから、実用にはほど遠いんだ」

自嘲《じちょう》するように雅さんは説明するが……それでもこれは相当すごい発明だろう。

怪異が厄介《やっかい》だと言われるゆえんは、とにかくその隠密性。

どんなに高霊級格《スケール》の怪異でも現行犯以外は宿主を直接霊視しないことには発見できないため、被害が拡大しやすい傾向にあるのだ。それこそ桜や南雲《なぐも》のときのように。

もしこの発明の研究が進んで広域霊視の目処《めど》が立つなら、文字通り霊能業界に革命が起きるだろう。退魔師の負担も民間への被害も大幅に減る。まさに世界が変わるような発明なのだ。

まあ、それは素人考えで、そう都合良く実用化の目処が立ったりはしないんだろうが……

その可能性が見えたというだけで凄《すご》い話なのである。

（最初の暴走具合で誤解してたけど、マジで凄い人っぽいな……）

と、俺たちが雅さんの認識を改めていると、

「ふふふ、学生の反応は新鮮味があって素晴らしいねぇ。どれ、実はほかにもこういうものを作っているんだ」

雅さんが嬉しそうにボックスから新たな発明品を取り出した。

なにやら不思議な形をした棒状の霊具？　だ。

「なんか小刻みに動いてますけど……これは一体……？」

今度はどんな凄《すご》い発明品なのかと身を乗り出して訊《たず》ねると、雅《みやび》さんは再び目を輝かせ、

「これはね、術者の思考を読み取って一番気持ち良いところを自動的に突いてくれる、女性向けの自慰専用式神なんだ」

「「じっ⁉」」

いきなりわけのわからんことを言い出した雅さんに俺や宗谷《そうや》の口から変な声が出る。

なんだ⁉　聞き間違いか⁉

驚愕《きょうがく》する俺たちの反応を面白がるように雅さんはさらに続ける。

「それからこれは感応術式を応用して、お互いの気持ちいいところを教え合える護符《ごふ》、同時イキ君だ。一定の霊力操作練度に達している退魔師《たいまし》カップルにオススメの霊具でね。お近づきの印におひとつどうかな？　自慰式神とセットで」

「「い、いりません！」」

いきなりセクハラをかまされた宗谷と桜《さくら》が悲鳴じみた声をあげ、隣にいた烏丸《からすま》が「そのリアクションだけで白米五杯はいけるのだ！」と奇声をあげた。

やっぱこれ聞き間違いじゃねえよ！　正気かこの人⁉

「おや、そうかい？　うーむ、自信作だったんだけどなぁ。特にこの自慰式神なんかは同僚や手鞠《てまり》さんなんかにも好評だから、是非《ぜひ》使ってみてほしかったのだけど」

「雅ちゃん～？　手鞠の運勢能力は時間差でも発動するから、適当なことを言ってると時空封

印が解けたときが怖いわよ～？」

「お、おっと……どうやら失言があったらしい。研究発明のこととなるとついね……」

手鞠さんに詰め寄られて、雅さんはようやく大人しくなった。

「……なんつーか、すげぇ変わった人だな……」

ドン引きのあまり思わず声が漏れる。

そんな俺の言葉を聞いた桜がフォローするように、

「手鞠さんの言う通り、いろんな発明してるうえに、呪殺法師《じゅさつ》への対抗術式もたくさん生み出してる凄い人には違いないんだけどね……聞いてた以上の変人だわ……」

「呪殺法師？」

って確か、十年くらい前から要人を狙《ねら》った呪殺テロを繰り返してる霊能犯罪者だっけか。

迎撃にあたった退魔師と術比べでも楽しむように犯行を繰り返す愉快犯。

禁術の扱いに長《た》けているのか、特殊かつ強力な術式を使って協会の追跡を逃れ続けている厄《やっ》介《かい》な霊能犯罪者の一人と聞いたことがある。

（確か鹿島霊子《かしまれいこ》に術式弱体化術式付与のラブドールを大量に与えたのもソイツだって話しだし……そんなヤツに対抗する術式を生み出してるってことは、やっぱ優秀なんだよなこの人）

なんか色々と常識がズレてるっぽいのがアレだけど……とそんなことを考えていたところ、

「ごほんっ。まあ、発明品のほうはいいとして」

それまで黙っていた楓《かえで》が咳払《せきばら》いして応接室の微妙な空気を払拭《ふっしょく》。

困惑しっぱなしだった俺たちに代わって本題を切り出してくれた。

「それでは依頼していた通り、雅《みやび》さんには手鞠《てまり》さんにかけられた封印の分析をお願いします。魔族ゼパルの協力はまたのちほどになりますが、ひとまず先に紹介だけ」

「ちっすー☆」

と、楓に促されたゼパルが軽い調子で雅さんの前に立つ。

「今回のあーしはあくまで護衛がメインだからあんま長く付き合えないけど。まあここの設備とあーしの霊視を併用して採取した時空間封印のデータを神族に渡すくらいはちゃんとやる予定だから、とりあえずよろ～☆」

「うわ～、君は霊的上位存在にしては随分と不細工だねぇ！　実に興味深い。なにかそういう類《たぐ》いの呪《のろ》いかな？」

「ちっげーから！　そこの性悪女に無理矢理変身させられてるだけだから！」

雅さんの無邪気な疑問に、ゼパルが両手を振り上げて絶叫した。

……とまあ、そんな一問着《ひともんちゃく》はありつつ。

俺たちは研究主任雅さんへの挨拶《あいさつ》を済ませて手鞠さんを預けると、早々に研究所をあとにするのだった。

向かう先は今回の遠出の大本命。

南海の孤島に封印されたサキュバスパーツの回収だ。

8

パーツ回収のために向かったのは、研究所から車で三十分ほどの駐屯地《ちゆうとん》だった。

「お話は菊乃《きくの》会長から伺っております。ひとまずこちらへ」

そう言って出迎えてくれたのは、宗谷《そうや》対策だろう、顔の一部を隠した女性退魔師《たいまし》。

自衛軍に出向している特殊な退魔師部隊の隊長だった。

一般に、規格の統一性を重視する軍隊と個々人での練度の差が激しい霊能力は相性が悪いとされているのだが、霊能者による呪殺《じゆさつ》やスパイ防止のために退魔師業界と防衛機構との連携は意外と密だったりするのである。

とまあそれはいいとして。俺たちは菊乃ばーさんから預かった護符《ごふ》と絶頂除霊《ぜつちようじよれい》発動によって身分を証明。

「た、確かに……パーツ持ちご一行で間違いないようですね」

謎の液体をまき散らして絶頂する式神にドン引きする女性隊長に案内され、俺たちは駐屯地の奥へと進んでいった。死にてぇ……。

「今回のパーツ回収は最重要機密任務。現状、基地内で知らされているのは昨夜会長から連絡を受けた私だけです。皆様の来訪は表向き、外部の専門退魔師《たいまし》による封印結界の補修ということになっていますので、皆様もそのように振る舞ってください」

言って女性隊長が連れてきてくれたのは、基地の中心近くにある武器弾薬庫。そのすぐ隣にある隠し扉だった。

女性隊長が護符《ごふ》と電子キーを使って扉を開けば、そこには地下深くへ繋《つな》がる階段が現れる。

「私はここで見張りをしていますので、この先は皆様だけで」

「わかりました、ありがとうございます」

そして俺たちはどこまで続くのかわからないくらい深い階段を緊張しながら下っていった。

「……なんか、基地の中心にあること以外はわりと普通の隠し通路って感じだね？」

「だな。パーツの封印っつーから、もっと大仰《おおぎょう》な設備や結界を予想してたんだが」

宗谷《そうや》の感想に、俺も緊張を和らげるように答える。

だが――長い階段が終わり大量の護符が貼られた通路を越えたその瞬間。

開けた空間から凄《すさ》まじい霊気が押し寄せてきた。

「「……っ」」

恐らく、通路に貼られていた大量の護符で強力な結界の気配そのものを遮断していたんだろう。でなければ地上にまで霊気が届いてしまいそうなほど強力な祭壇式の結界がそこには展開していた。それこそ、龍脈《りゅうみゃく》の力を流用したのだろう人外級の結界が。

『……っ』

見れば、あらかじめ顕現させておいたミホトが真顔で結界を見つめている。

髪は逆立ち、神聖な気配がピリピリと漏れ出ていた。

こいつが何者かはいまだにわからないが……この様子からして、目の前の結界にパーツが封じられているのは間違いなさそうだ。

「よし、それじゃあ結界を解くぞ」

「うん！」

俺の合図に合わせて後ろに下がった宗谷たちが、地上への通路を塞《ふさ》ぐように強靱《きょうじん》な結界を展開した。油断は禁物だ。

なにせ淫魔眼《いんまがん》は結界の補修点検の際に飛び出して宗谷に取り憑《つ》いたというし、《サキュバス王の角》も精鋭退魔師たちが全力で迎え撃ったにもかかわらず槐《えんじゅ》に取り憑いたと聞いている。

もし封印が解けた瞬間にパーツが誰かに取り憑こうものなら俺が絶頂させないといけなくなるからな……と緊張しながら俺は指を構えた。

狙《ねら》いは、あり得ないほど強靱な結界の中心で光る快楽媚孔《かいらくびこう》だ。

「ばーさんから許可をもらってるとはいえ……こんだけの結界を壊すのは気後《きおく》れするな」

言いつつ——俺は覚悟を決めて快楽媚孔を突いた。

瞬間、ビクビクビク、バキンッ！

強靱《きょうじん》な結界が大きく震《ふる》えて絶頂。ゆるゆるのガバガバになる。

「いくわよ小娘」

「そっちこそ失敗すんじゃないわよ女狐《めぎつね》」

と、楓《かえで》と桜《さくら》の二人が護符《ごふ》を投擲《とうてき》。

ゆるゆるのガバガバになった結界を制御し、穏便に完全解除する。

強靱な結界が完全に消失し、肌がざわつくような気配が漏れ出してきた。

「……っ」

俺は五感の感度を限界まで増幅。

不測の事態に備えて身構える。

が、消失した結界からなにかがいきなり飛び出してくるようなことはなく、俺の視線の先では封印されたソレが静かに鎮座していた。

いつの日か骨董品《こっとうひん》屋で出会った干からびた両手、それによく似たミイラのような物体だ。

しかし、

「……なんだこれ？　確かにパーツっぽい雰囲気だけど……どこの部位だ？」

祭壇の中心へ慎重に近づいた俺は、そのパーツらしき物体を近くで見て眉をひそめる。

そこに安置されていたのは、なんと形容すればいいのか……オナホールの干物みたいな代物だったのだ。なんなんだこれ？

『これは……っ!?』

と、困惑する俺の背後でミトトが息を呑《の》む気配がした。

次の瞬間、

『凄《すご》いですよフルヤさん！　まだ記憶がぼんやり曖昧《あいまい》ですが……これは恐らくパーツの中でも特に強い力を持つ部位、《サキュバス王の子宮》です！』

「……………………………は？」

目を輝かせて断言するミトトに、俺はしばし言葉を失う。

そんな俺を置いてけぼりにして、ミトトはさらに続けた。

『見ただけでなんだか記憶が刺激されるようなこの淫気……っ。ちゃんと吸収できればしっかり記憶が戻りそうです。というわけで早速吸収してしまいますね！』

「いやちょっ、確かに俺が吸収するしかないのはわかってんだが、子宮ってお前！　男の俺が取り憑《つ》かれたらどうなるんだよ!?」

少なくとも《サキュバス王の角》は取り憑かれた時点でいきなり角が生えてきたんだぞ!?

せめてもうちょっと心の準備をさせてくれ！　と抵抗するのだが……残念ながら俺の両手はすでにミトトに主導権を握られていた。

『えいやっ』

「ああああああああああああっ!?」

ニッコニコのミホトが《サキュバス王の子宮》を鷲掴《わしづか》みにする。

瞬間、ピカ――――ッ！　神々しい光が弾けた。

身体《からだ》の中になにかが入り込み、下腹部で熱い奔流《ほんりゅう》が暴れ回る感覚。

（ちょっ、まっ、これはマジでヤバくねえか!?）

と大混乱しているうちに光と熱は収束。

さっきまでそこにあった《サキュバス王の子宮》は消え、俺の中に新たな力の塊が入り込んでいた。

「お兄ちゃん！　大丈夫!?」

呆然《ぼうぜん》と座り込む俺のもとへ、パーツの吸収成功を察した桜《さくら》たちが駆け寄ってくる。

「古屋《ふるや》君、体調はどう？　……なんだかとんでもない部位の名称が聞こえてきたけれど」

「あ、ああ、悪い。大丈夫だからちょっと待っててくれ。ちょっと離れててくれ」

珍しく心配そうな声音《こわね》で霊視をかけてくれる楓《かえで》にちょっと申し訳ないと思いつつ、俺はみんなから距離をとった。そして恐る恐るズボンの中を確認したところ、

「特に異常はない、か……？」

少なくとも表面上は変な穴が増えているようなこともなくほっとする。

だが同時に、俺の中で疑問と心配が湧き上がった。

これ、ちゃんとパーツ吸収できてんのか？

『あ、あれぇ!?』

と、俺の頭上でミホトが困惑したような声をあげる。

「どうしたのミホトちゃん。もしかしてなにか新しい記憶でも思い出した!?」

『あ、いや、ええと……』

目をキラキラさせながら迫る宗谷《そうや》に、ミホトが言葉を濁す。

まさか、と思っているとミホトはやがて俺たちから目を逸《そ》らし、

『それが……フルヤさんが男性であるせいか、どうも身体に変な影響を与えずパーツを完全吸収するには時間がかかりそうで……いまいち記憶が戻る気配がないんです。期待してたんですが……』

「えー!?」

「そんなオチかよ……」

いやまあ、時間さえかければ俺の身体に子宮が開設されたりすることなく記憶が戻るってんなら十分か。そこは大事なことだ。とても。

「どうにもしまらないけれど……うん。いままでどおりパーツを増やしても呪《のろ》いの進行に悪影響はなさそうね。記憶がすぐに戻らなかったのは残念だけど、成果としては十分だわ。ひとまず撤収《てっしゅう》しましょう」

「……だな」

俺の霊視を終えた楓《かえで》がそう言うのに従い、俺たちは地下の封印をあとにするのだった。

「にしても、意外とすんなりパーツが回収できてよかったな」

地上へ続く階段を上りながら、俺はほっと胸をなで下ろしていた。

淫魔眼《いんまがん》や角の件があったから、なにか不測の事態が起きるのではとそれなりに警戒してたんだが。パーツが子宮なんてとんでもない部位だったこと以外はあっさりと任務完了だ。

あとはミホトがパーツをしっかり吸収して記憶を取り戻してくれるのを待つばかりである。

「けどそうなると時間がかなり余るな。このあとどうする?」

「それはもう、観光地を巡ってナンパしまくりに決まっているだろう!」

俺の言葉に烏丸《からすま》が奇声をあげた。静かにしててくれる?

そう目で促すのだが、烏丸は当然その程度では止まらない。

「穂照《ほてり》ビーチでは好き勝手できなかったからな! だが今回は極秘任務の最中だから多少の粗相は協会が隠蔽《いんぺい》してくれて好都合! まだまだ夏の気配が濃い解放的なビーチで一夏の縛りプレイを楽しむのだ!」

「いいねー☆ 正直葵《あおい》っちがなに言ってっかよくわかんないけど、とにかく遊ぶってんなら葵っちに賛成ーっ!」

と、暴走する烏丸にゼパルが同調するのだが、

「はいはいはいはい、変態は大人しくしとかないと監獄にぶち込むわよ」

「ぎゃあああああああああああっ!?　桜嬢《さくら》ーっ！　関節はそっち方向には曲がらないのだーっ!?」

「葵っちーっ!?」

「まったく、騒がしいわね……」

桜たちのやりとりに呆《あき》れた声を漏らしつつ、楓が静かに告げる。

「とりあえず研究所に戻って、魔族ゼパルには余った時間で手鞠《てまり》さんの封印分析を手伝いはじめてもらいましょうか。できるだけ長く協力してもらうように越したことはないのだから」

「はー!?　余った時間で仕事するとか完全に頭おかしいヤツじゃん！　真面目すぎ！　そんなだから晴久《はるひさ》っちへの思いが悶々《もんもん》募って陰険狐《ぎつね》になるんじゃん！」

「……この女が護衛でさえなかったら……」

また適当なことを言って煽《あお》るゼパルに楓が殺気を募らせる。ヤバイ。

「ま、まあとりあえず、俺も研究所に戻るのは賛成だな。なんにせよ、まずはこの基地からお暇《いとま》しねーと」

ゼパルと楓の間に割り込み、場を和ませるように言いながら俺は地上への扉を開いた。

そして宗谷《そうや》たちとともに周囲を見回すのだが……。

「あれ？　案内役の隊長さん、どこ行っちゃったんだろ」

「封印地の入り口にいると目立つから物陰に身を潜《ひそ》めてんじゃないか？」

言いつつ周囲を窺《うかが》うのだが……あれ？　どこにもいないな。

案内役なしでは駐屯地《ちゆうとん》内を勝手にうろちょろはできない。

なので角の力で五感を強化し周囲を探ってみたところ、

「……？　なんだ？　建物のほうがなんか騒がしいな……？」

駐屯地らしからぬ雑多な喧噪《けんそう》が聞こえてきて首を捻《ひね》る。

しかもなんか楽しそうな声も多いような、と不思議に思っていたそのときだ。

「え……？　な、なんだ……!?　あつっ……!?」

突如、身体《からだ》に生じた異変に俺は声を漏らした。

身体全体が燃えるように熱い。

さらに熱はどんどん激しくなり、俺は耐えきれずに膝《ひざ》をつく。

「え、ちょっ、どうしたの古屋《ふるや》君!?」

「まさかパーツ吸収の副作用!?」

宗谷《そうや》たちが慌てて駆け寄ってくる。その一方で、

『いえ違いますこれは――うっ!?　パーツの処理に手一杯で抵抗が中途半端に――』

俺の中でミホトが焦《あせ》ったように叫んだ。

次の瞬間――ボンッ。

「っ!?」

それはまるで楓《かえで》の変身術のような。

しかし明らかになにかが違う煙がコミカルな音とともに俺を包む。

そして身体の熱が急速に引いていくと同時にその煙が晴れると、

「「「えっ」」」

宗谷、桜《さくら》、楓が愕然《がくぜん》としたように声を漏らし、烏丸《からすま》とゼパルまで目を丸くする。

一体なにが起きたんだ!?　と熱の収まった身体で俺は立ち上がるのだが……なにかがおかしかった。宗谷たちがやたらとでかいのだ。見上げなければ顔も拝めないほどに。

いやだが、よく見れば宗谷たちだけでなく周囲の景色も数秒前よりでかくなっていて――。

（おいこれまさか……!?）

嫌な予感がしてスマホを自分にかざしてみれば。

「嘘《うそ》だろ……!?」

嫌な予感どころじゃない。

そこには、まるで十年ほど時を遡《さかのぼ》ったかのようにショタ化した俺の姿が映っていた。

龍脈《りゅうみゃく》諸島の眺望を見下ろすビルの屋上。

その見晴らしの良い空間に、突如として裂け目が生じた。

裂け目は青空を犯すようにどんどん大きくなり、人一人通れそうな漆黒《しっこく》の通路が虚空《こくう》に出現する。この世のどこでもない、次元の狭間《はざま》へと繋《つな》がる穴だ。

そしてその真っ黒な通路から、一人の少女が姿を現した。

褐色の肌に禍々《まがまが》しい黒の衣装。頬《ほお》に施《ほどこ》されたハートマークが特徴的な、人外の少女だ。

「さて。ボクたちの代わりにわざわざパーツも回収してくれたみたいだし……そろそろはじめようか♥」

眼下の美しい街並みが常にない喧噪《けんそう》に包まれていく様を満足気に見下ろしながら、少女は凶暴な笑みを浮かべる。その口からベロォと溢《こぼ》れ出るのは、異様な気配を孕《はら》んだ長い舌だ。

「さあ。今度こそこの疼《うず》きの代償を支払わせてやる、古屋晴久《ふるやはるひさ》……っ♥!」

快楽媚孔《かいらくびこう》の光る乳首を忌々《いまいま》しげに押さえ、復讐《ふくしゅう》に駆られた瞳をギラギラと光らせながら、少女は中空へと身を躍らせた。

第三章　畳みかける大事件

1

「なんだこれ!?」

スマホに映る自分の有様《ありさま》を見て、俺は愕然《がくぜん》と声を漏らしていた。

なにせそこに映っていた俺の姿は、小学一年生くらいに縮んだものだったのだから。

葛乃葉《くずのは》の直系霊能者が使う強制変身術の類《たぐ》いかと疑うが……おかしいのは外見だけじゃない。

いきなり走り出したくなるような衝動に、妙に力の入らない手足。高い体温。早い心拍。

まるで本当に若返ってしまったかのような感覚が全身に満ちていたのだ。

「一体なにがどうなって……!?」

なんの前触れもなく起きた異常事態に俺は当然狼狽《うろた》える。

だがその一方で――、

「え、ちょっ、なにこれ……!?」

「ちっちゃい古屋君……!?　か、かわいい……！」

――なんだか俺以上に取り乱している二人がいた。

実は子供好きだったのだろうか。

桜《さくら》と宗谷《そうや》はなんかちょっと怖いくらいに目を見開くと、妙に興奮した様子で駆け寄ってくる。

「ちょっ、近くで見るとホントに可愛《かわい》いんですけど……⁉　お、お兄ちゃん……？　一回、一回でいいから抱っこしていい……？」

「あ！　桜ちゃんだけずるい！　わたしも一回だけ……っ！」

「いやお前ら、そんなことやってる場合じゃないだろ⁉　明らかにおかしい状況なんだから落ち着け、抱っこはやめろ！　お、おい楓《かえで》、お前もなにか言ってやってくれよ！」

押し合いへし合い迫ってくる桜と宗谷を注意しつつ、助けを求めて楓を振り返る。

その瞬間——バシャシャシャシャシャシャシャ！

凄《すさ》まじいシャッター音が響き渡った。

え？

「……よし。これだけの資料写真があればいつでも変身術で完全再現できるわ」

見ればそこには無表情で俺にスマホを構える楓がいて。

満足気に小さくなにか呟《つぶや》くと、大事そうにスマホをポケットに戻していた。

「か、楓……？」

まさか楓も子供好きだったのか……？　いやでもそれにしてはなにかおかしいような……

と見てはいけないものを見てしまったような気がしながら声をかける。

するとと楓は「――はっ!?」と我に返ったかのようにびくりと肩を跳ね上げ、慌てたように声を張る。

「ぜ、全員ひとまず落ち着きなさい。これは恐らくなにかしらの怪異《かいい》よ。まずは古屋《ふるや》君を霊視して、怪異本体を除霊せずともこの状態を解除可能かどうか確認しないと」

「いや一番取り乱してるのは楓っちだし。あーしと葵《あおい》っちは落ち着いてっから」

「黙りなさい」

ゼパルの冷静なツッコミに楓が低い声を漏らしながら、なにかを誤魔化《ごまか》すように「じゃあ霊視をするわよ」と俺の手を取る。

その瞬間だった。

「ひゃうっ!?」

俺の口から女の子みたいな悲鳴が漏れたのは。え、な、なんだ?

「……!?　い、いきなりどうしたの古屋君。いつも通りただ霊視しているだけなのだから、変な声を出さないでくれるかしら」

俺の奇声を聞いた楓も戸惑ったように声を漏らし、なんか変な空気が流れ出す。

なので俺は慌ててその変な空気を誤魔化そうと口を開いたのだが……直後、俺の口から飛び出した言葉は「適当な誤魔化し」とは正反対のものだった。

「ご、ごめんなさい楓お姉ちゃん……っ」

……………………………………………………は？

「い、いきなり楓《かえで》お姉ちゃんみたいな綺麗《きれい》な人に触られたからびっくりしちゃって……」

え、ちょっ、おい！　なんだこれ!?

自分の口から勝手に漏れ出す言葉に俺自身が驚愕《きょうがく》する。

かと思えば、

「……っ!?」

俺の言葉を真正面から受けた楓がまるで気絶したかのように動かなくなって霊視が中断。

制御を失った霊力がぼんっ、とはじけるように楓の顔が赤く染まった。

ちょっ、どうした楓!?　なにフリーズしてんだ!?

と、畳みかける意味不明な展開の連続に戸惑っていると、

「お兄ちゃん!?　なに急に女狐《めぎつね》を口説くようなこと言ってんの!?　しっかりしなさい！」

「わっ!?」

今度は桜《さくら》が俺に詰め寄り、様子がおかしい俺の両肩を掴《つか》んで揺さぶってきた。

ちょっ、気持ちはわかるが落ち着け桜！　と桜を宥《なだ》めようとした俺の小さな身体《からだ》が不意に発熱。さらには目の前の桜からふいと顔を逸《そ》らしてしまう。

今度はなんだ!?

「え、ちょっ、どうしたのよお兄ちゃん、顔が赤いわよ……？」

「う、うぅ……桜お姉ちゃんからいい匂《にお》いがして……そしたらなんか、急に恥ずかしくなっちゃって……」

「え……？」

お、おいおいおいおいおい！

なんだこれ！　また俺の口から勝手に言葉が漏れてんぞ!?

俺は内心で七転八倒。だがそんな内心を無視したように俺の口は勝手に動き、ついにはこんなことを言い出した。

「うぅ……へ、変だよね。桜お姉ちゃんに近づかれただけで熱くなったり顔を逸らしちゃったり……ごめんなさい、嫌いにならないでお姉ちゃん……」

「な、なるわけないでしょおおおおおおおおおおおおおおおっ!?」

瞬間、桜が壊れた。

「あ、あ、あ、ち、小さなお兄ちゃんが、涙目で見上げてきて……ヤ、ヤバイ……思い切り抱きしめて全力で慰めてあげたい……！　けどここで抱きしめたらそのまま〝監獄送り行為〟までイっちゃう……っ！」

ちょっ、どうした桜!?　大丈夫か!?

地面にうずくまって自分の内ももをつねる桜をどうしていいかわからない。

そしてそんな俺に、今度は宗谷《そうや》が駆け寄ってきた。

「ちょっと古屋君《ふるや》!?　さっきからどうしたの!?　絶対に変だよ！」

目をつり上げて声を荒げる宗谷《そうや》に当然俺は釈明しようと口を開く。

だが引き続き俺の口から垂れ流されるのは俺の意思に反した――いや、もう誤魔化《ごまか》すのはやめよう。俺の口から飛び出るのは、悪い意味で俺の意思に忠実すぎる発言だった。

「あ、美咲《みさき》お姉ちゃん」

「ふぇ!?」

宗谷が俺の「お姉ちゃん」呼びに狼狽《うろた》える。

そして俺はそんな宗谷の服の端をつまんで、

「ご、ごめんなさい。よくわからないけど、また僕が変なことしちゃったみたいで……桜《さくら》お姉ちゃんも楓《かえで》お姉ちゃんも僕のせいで……美咲お姉ちゃんは僕のこと、嫌いにならない？」

「うっ、ぐ!?　な、ならないよ？　ならないけどやっぱりさっきから古屋君おかし――」

「そっか。嫌いにならないんだ。……ならよかったぁ」

「ぐふっ!?」

宗谷――っ!?

途中までなにかに耐えるようにぷるぷる震《ふる》えていた宗谷が俺の笑顔を見た瞬間、喀血《かっけつ》するような奇声を発して倒れた。

「あ、あ、だ、だめ……持って帰りたい……持って帰って、大切に大切に……滅茶苦茶《めちゃくちゃ》にしてあげたい……っ」

桜と同じく地面に突っ伏して呻《うめ》く宗谷。

そんな彼女の様子が心配ではあったが……俺は俺でそれどころじゃなかった。

（お、おいこれ……外見や身体感覚だけじゃなくて言動まで幼くなってるっつーか、脳裏に浮かんだ言葉がガキみたいに垂れ流しになってないか!?　それもやたら女々しい口調で！）

さすがにこれだけ異常が続けば自分の身になにが起きているのかは大体わかる。

俺はいまようやく、この怪現象の真の恐ろしさに気づきはじめていた。

これはただ外見がショタ化するだけの怪異《かいい》ではないと。

（ま、まあ無意識の願望が具現化するって周知されてたエロゲー事件と違って、ショタ化した俺の変な言動が本音由来だとは宗谷たちにバレようがないからそれは助かるけど）

楓への綺麗《きれい》なお姉さん発言とか桜への良い匂《にお》い発言とか、普段からうっすら考えていたことだとバレたら恥ずかしさで死ねるからな……。

と、俺が最悪の事態だけは避けられそうだと少し安心していたとき。

「あー、こりゃ怪異本体を叩《たた》かないと解除できないタイプの呪《のろ》いだわ」

楓に代わって俺の霊視をしていたらしいゼパルが分析結果を口にした。

自分から積極的に働くその姿を意外に思っていると、ゼパルはそんな俺を見ながらニヤリと口角をつり上げ、

「催眠系と変身系が組み合わさった怪異《かいい》かなぁ。ミホトっちが抵抗してるおかげか内面までは完全にショタ化してないっぽいけど。多分いまの晴久《はるひさ》っちは半ショタ化で子供みたく理性が緩《ゆる》くなって、普段は抑えてる本音がショタっぽい言動で垂れ流されやすくなってるって感じかな。っつーことだからみんな！　色々気ぃつけて☆！」

「ゼパルてめえええええええええええっ!?」

ショタ口調は絶対ではないのか、大声で余計なことを言いやがったゼパルに俺は普段の口調で悲鳴を轟《とどろ》かせた。そのまま必死に宗谷《そうや》たちへ呼びかける。

「おいお前ら！　またゼパルが変なこと言ってるけど真に受けるなよ!?」

「お兄ちゃんも私の匂《にお》いで興奮してたんだ……!?」

「本音……あれが、古屋《ふるや》君の本音……？」

「へ、へぇ……古屋君って、私に嫌われたくないんだ……へぇ」

大丈夫か!?　俺の必死の弁明は届いてるか!?

（つーかミホトが抵抗してくれてコレってマジか……!?　だったら本来はどれだけ酷《ひど》いショタ化の症状が出てたっつーんだ、この怪異は……）

――と、俺たちが突然の怪現象に混乱しまくっていたときだ。

「「「わーわーっ！」」」

基地の建物から、甲高《かんだか》い笑い声が聞こえてくる。

なんだ？　と声のするほうに目をやれば、そこには駐屯地《ちゅうとんち》に似つかわしくない光景が広がっていた。子供の集団。それもいまの俺と同じくらいの男児がはしゃぎながら駆け回っていたのだ。

だが俺と同じなのは外見年齢だけで、その言動はいまの俺よりずっと幼い。

それこそ本物の子供のように無軌道かつハイテンションで、無邪気に遊び回っているようだった。

「駐屯地の敷地内に子供……？　それもあんな人数」

「お兄ちゃんと比べるといまいち可愛《かわい》くないわね……」

「確かに……」

急に現れた子供の集団に、楓《かえで》たちも冷静さを取り戻して（？）不審そうに眉根《まゆね》を寄せるのだが……これってもしかして。

「コラアアアアッ！　待ちなさあああい！」

と、基地内に現れた子供たちの背後から駆けてくる影があった。

俺たちを封印地まで案内してくれた女性隊長だ。

隊長は特殊部隊の長にふさわしい落ち着いた雰囲気をかなぐり捨てて子供たちに追いつく

と、退魔術であっという間に縛り上げる。

そして俺たちに気づくと逼迫《ひっぱく》した様子で衝撃の事実を告げてきた。

「すみません皆様方！　皆様がパーツを回収して戻ってくるまで持ち場を離れるつもりなどなかったのですが――基地内の男性隊員が全員、突如として見た目も中身もこんなに可愛《かわい》い子供になってしまって……っ！」

「基地内の男が全員!?」

思った通りの答え。しかし予想を遥《はる》かに超える規模に、俺だけでなく宗谷《そうや》たちも目を見開く。

「強い催眠による子供化なのか、大人だったときの記憶とともに重火器を扱う筋力も失っているのが幸いですが……とにかくいまは現状把握と基地機能回復に努めなければなりません！　申し訳ありませんが皆様は待避を！」

言うが早いが、女性隊長は喚《わめ》き散らす子供たちを担いで基地の方へと舞い戻ってしまう。

本当に余裕がないのだろう。呼び止める間もないほどの俊足だった。

その後ろ姿を為《な》す術《すべ》なく眺めながら、俺は呆然《ぼうぜん》と呟《つぶや》く。

「基地の男が全員ショタ化って、マジで言ってんのか……!?」

ここは仮にもエリート霊能部隊が併設された軍事基地だぞ……。

女性隊長が知らせてくれたとんでもない事態をいまだ受け入れられずに俺たちは立ち尽くす。

だが異変はそれだけに留まらなかった。

基地の外からも、常にない喧噪《けんそう》が聞こえてきたのだ。

「お、おいまさか……」

俺たちは一斉に顔を見合わせる。

そして楓《かえで》の腰から生える獣尾で一気に基地を脱出。

ビルの上に陣取って周囲を見回してみれば、

「なにこれ……!?」

宗谷が呆然と声を漏らす。

そこには予想以上の惨状が広がっていた。

「うわあああん！　ママあああああ！」

「ここどこおおおっ!?」

「あれ？　なにしてたんだっけ……まあいいっか。あそびにいこう！」

基地の周囲に広がる繁華街は俺と同じくらいのショタだらけ。

乗り捨てられた車で道は完全に塞《ふさ》がり、成人男性は一人も見当たらない。

しかもおかしいのはそれだけではない。

角の能力で強化された耳に、パニックになった人々の声が聞こえてくるのだが、

「君たち大丈夫!? 可愛《かわい》いね！ お姉さんが助けてあげるからね！」

「お姉さんが守ってあげるから泣かないで！ ……じゃないと可愛すぎて食べたくなっちゃうから……」

「お姉さんと安全なところに行こうね……安全で静かで落ち着ける場所に……」


「……」

なんか、女の人たちの言動が全体的にちょっと怪しくないか？

なんというかこう、ショタコンが滲《にじ》み出ているというか……。

(まさか……楓《かえで》たちの俺に対する反応がおかしいことといい、これも怪異《かいい》の影響だったりするのか!?)

男を強制ショタ化させるだけでなく、女性をうっすらショタコンにする能力……!?

けどだとしたらどんだけ強力な怪異なんだと空恐ろしいものを感じていたところ、

「……っ。全員戦闘準備。急いでこの島から脱出するわよ」

楓が硬い声を漏らした。

「このタイミングでの大規模怪異なんてあまりにも臭すぎるわ。組織的に待ち構えられていた可能性さえある。対処はこの島の退魔師《たいまし》に任せて、私たちは島外への脱出を最優先に行動しましょう。こちらにゼパルがいるとはいえ油断はできないわ」

言って、楓は俺たちの返事も待たず獣尾で地面に降り立ち空港方面へ走り出した。

だが、

「お、おい楓嬢……その脱出案とやら、すでに手遅れかもしれないぞ」

烏丸《からすま》が引きつった顔でスマホを掲げる。

え、と烏丸の持つスマホを覗《のぞ》いてみれば、

「SNSの呟《つぶや》きか？　……って、なんだこりゃ!?」

リアルタイムで更新される画像に動画。

そしてニュースの見出しに冷や汗が噴き出した。

『管制塔麻痺《まひ》。飛行場大混乱。幸い飛行中の機体はなく大きな被害はないが、今後の離発着については見通し立たず』

『ちょっと、船着き場に船が突っ込んでるんだけど!?』

『なんか船員さんがみんな子供になっちゃったらしい！』

『島内混乱。再び大規模な霊能テロか!?』

それはすべて龍脈《りゅうみゃく》諸島の異変を示す情報の洪水。

その書き込みを見た宗谷《そうや》がぽつりと声を漏らす。

「よく考えたら……船や飛行機の操縦士さんってほとんど男の人だよね……」

「って、ちょっと待ちなさいよ！　この動画の港、確か島の反対側にあるやつでしょ!?　それにほかの港や飛行場、主要市街地も子供だらけって動画が大量に……!?」

「ちょ、ちょっと待て。ってことは、なにか……？」

宗谷と桜《さくら》の指摘に俺は小さく呟《つぶや》く。

「まさかここら一帯だけじゃなくて、島中の男が心身ともにショタ化して都市機能が停止してるっつーのかよ……!?」

そんなもん、万単位の男を異空間に連れ去った小日向《こひなた》先輩さえも易々《やすやす》とぶっちぎる規格外の怪異《かいい》だ。

「あり得ないわ！　島全体、しかも対象に触れるとかの制約もなしに男を全員まとめて強制子供化って……どんだけ強力な怪異よ!?　まさか龍脈がなにか影響してるの……!?」

桜が可能性を挙げるが、龍脈直上の島だからという理由だけじゃさすがにこうはならないだろう。そんなことが技術的に可能かは不明だが……龍脈の力を意図的に怪異増幅に使ったりしなきゃ、ここまで強力な怪異が発生するわけがない。

そこまで考えたところで、俺の頬《ほお》に冷や汗が伝った。

（意図的に威力を増大したような怪異、強制ショタ化にショタコン化、俺たちを島に閉じ込めるのに都合のいい怪現象……）

それはまるで、狙《ねら》った現象が発生するようデザインされたかのような。

かつて俺たちを苦しめたロリコンスレイヤー事件やエロゲー事件を彷彿《ほうふつ》とさせる今回の怪異に全身が総毛立つ。

『この日以降はいつでも龍脈諸島のパーツが奪われる危険がある』と千鶴《ちづる》さんが予知したリミットまであと数日はある。

だがあまりにも逼迫《ひっぱく》した「嫌な予感」に、俺は宗谷に頼んで再びミホトを顕現させた――そのときだった。


――ズンッ！


予想を遥《はる》かに超えるプレッシャーが頭上から降ってきたのは。

「「「「っ!?」」」」

それは以前どこかで感じたことのある気配。しかし前に遭遇したときに比べて遥かに禍々《まがまが》しく、ジェーン・ラヴェイに匹敵するような圧を放っていて――。

瞬間、まるで走馬灯のように脳裏をよぎるのは、相馬《そうま》家が誇る占い能力の詳細だった。

ほぼ百%的中する神域の予知。

だがその予言は絶対ではなく、事前に対処することで回避が可能。

それはつまり占いを受けて行動を変えた結果、未来がプラスにもマイナスにも変わる可能性があるということで——。


どこから俺たちの動きが漏れたのかはわからない。

だがまさか、俺たちがパーツ回収を急いだことで龍脈《りゅうみゃく》諸島への襲撃が早まったのか——そんな最悪の推測が浮かび緊張が全身を包み込んだ刹那《せつな》。

「やあ、久しぶりだねパーツ持ち♥　いや、古屋晴久《ふるやはるひさ》……っ！」

「な……っ⁉」

聞き覚えのある声が俺の名前を憎々しげに呼んで。

その予想外の襲撃者は禍々《まがまが》しい人外の気配とともに、俺たちの前に立ち塞《ふさ》がっていた。

2

「お前……アンドロマリウスか!?」

突如として目の前に現れたその霊的上位存在に俺たちは息を呑《の》んだ。

アンドロマリウス。

俺と宗谷《そうや》が出会って以降、パーツを狙《ねら》って様々な騒ぎを引き起こしてきたクソ魔族だ。

桜《さくら》に怪異《かいい》を植え付け、小日向《こひなた》先輩を嬲《なぶ》り、槐《えんじゅ》を攫《さら》って淫魔《いんま》化させた張本人。

国際霊能テロリストを唆《そそのか》したのもこいつの仕業《しわざ》で、俺とミホトに完敗して以降はいやらしい暗躍に徹していた因縁の相手。

これまで何度ぶん殴ってやりたいと思ったかわからない。しかし俺のそんな怒《いか》りを嘲笑《あざわら》うかのように決して表に出てこなかったアンドロマリウスが、いま目の前に立ち塞がっている。

その急襲自体、すぐには飲み込めないほどの異常事態だったのが……それよりも遥《はる》かに信じがたい眼前の光景に、俺は愕然《がくぜん》と声を漏らしていた。

「お前、なんだその姿……!?」

俺たちの目の前に現れたアンドロマリウスの姿は、以前のものとはまるで違っていた。

露出度の高い禍々しい黒衣に包まれた褐色の肌。

人外の光を宿す金色の瞳。ハート形の尾。

その容姿はまさに——サキュバスパーツの力に飲み込まれた際の槐《えんじゅ》とそっくりだったのだ。

「まさか、サキュバスパーツでの淫魔《いんま》化か!?」

「ああそうだよ……っ♥」

あり得ない、と思いながら発した俺の言葉を、アンドロマリウスが憎々しげに肯定する。

「あの日お前に屈辱《くつじょく》的な一撃をもらって以来ずっと！　イってもイってもおさまらない地獄みたいな疼《うず》きに苛《さいな》まれて！　そのせいでヘマして、延々貪《むさぼ》られるハメになって……この疼きを終わらせるために、こんな姿にまでなったんだよぉ♥！」

「……っ！」

アンドロマリウスが叫んだ直後、ベロォ……っ！

大きく開かれた彼女の口から長い舌が飛び出してきた。

それは人間の舌では絶対にありえない長さ。

唾液《だえき》にまみれたそのピンク色の舌は股《また》下にまで伸び、毒蛇のようにぬらぬらと空中を蠢《うごめ》いていた。その光景に、ミホトが声を震《ふる》わせる。

『アレはもしや……《サキュバス王の口》ですか!?』

「……っ！　まさか、本当に本物のパーツなの!?」

髪を逆立てて叫ぶミホトの反応に、桜《さくら》が驚愕《きょうがく》の声を漏らす。

いや、だがそれ自体はそこまで驚くことじゃない。

連中だってパーツを集めているのだ。

俺たちが把握していないパーツをいつの間にか所持していたっておかしくはない。むしろ想定しておかなきゃいけなかったことだ。

いまはそれよりも――。

「本物のパーツ!?　でもだったら、なんであの姿になっても普通に会話ができてるの!?」

宗谷《そうや》が式神を展開しながら目を見開いて叫ぶ。

そうだ。そこがおかしい。

パーツに飲まれて淫魔化した場合、理性なく周囲を絶頂させるだけのセックスモンスターに成り果てるはず。それがどうして……!?

（まさか、霊的上位存在はパーツに侵食されてもある程度の理性を保てるっつーのか!?）

だとしたらそれは、生来の強さと知性に暴走したサキュバスパーツの力を上乗せして扱える存在ということで――辿《たど》り着いたその仮説に俺が戦慄《せんりつ》したその直後。

「ああもう、御託《ごたく》はいいよ……どうせもうこの島からは誰も逃げられないんだから――だから、さっさとしゃぶらせろよおおおおおおおおっ♥♥♥！」

「な――っ!?」

アンドロマリウスが突如、とてつもない速度で突っ込んできた!?

「ぐっ、おおおおおおおおっ!?」

「古屋《ふるや》君!?」

角の感知能力でかろうじてガードするが——その速度は臨戦態勢《りんせんたいせい》に入っていた楓《かえで》たちはおろか、ゼパルでさえ止める間もない異常な出力。受け止めきれるはずがない。

俺の名を叫ぶ宗谷《そうや》たちの声はあっという間に遠ざかり、俺はアンドロマリウスが突っ込んできた勢いのまま、空中へと連れ去られていた。宗谷たちの援護など届かない遥《はる》か彼方《かなた》へ。

うそだろ——!?

「ミホト!」

『は、はい!』

その凄《すさ》まじい力に俺は慌ててミホトを両腕に憑依《ひょうい》させるのだが、その直後。

「れろぉ——♥」

俺の両腕を掴《つか》んでいたアンドロマリウスが、おもむろに口を開いた。

その艶《なま》めかしい口腔《こうくう》から飛び出すのは人外めいた長い舌だ。

そしてその舌がいきなり——俺のズボンの中に入り込んできた!?

「うひゃあああああああああっ!?」

瞬間、ショタ化した俺の口からまた女々しい悲鳴が漏れる。

だがそんなの当然だ。なぜならアンドロマリウスの長い舌が、縦横無尽《じゅうおうむじん》に俺の下半身を舐《な》め回してきたのだから。

た、戦いの最中にいきなりなにやってんだこのクソ魔族!? さっきから妙に言動もハイだし、さすがにパーツの影響がゼロってわけじゃねえのか!?

と俺が大混乱に陥っていたところ、

『うりゃあああああああああああっ！』

「っ！　ちぃ！」

憑依の完了したミホトが、人外の膂力《りょりょく》でアンドロマリウスを強引に弾き飛ばす。

そしてそのまま人外の膂力を利用して地面に着地するのだが――ドゴンッ！

「うぐっ!?」

身体《からだ》を襲った予想外の衝撃と痛みに、俺の口から苦悶《くもん》の声が漏れた。

なんだ!?　この程度の高さから落下したって、ミホトの膂力で衝撃を殺してもらえれば普通に耐えられるはずだってのに……!?

まさか……。

『だ、大丈夫ですかフルヤさん!?　なんかやたらと強い痛みがフィードバックしてきましたけど……まさか、ショタ化で身体能力が落ちて衝撃にも弱く……!?』

「そうとしか考えらんねぇ……っ！」

心配そうに声を漏らすミホトに俺は歯ぎしりしながら応じた。

このショタ化は、強制変身と催眠を組み合わせた怪現象であり、実際に身体《からだ》が幼くなっているわけじゃない。だが催眠の効果で無意識にショタ同様の筋力しか発揮できなくなっているということは、身体強度も落ちているということで。

いまの俺は、ショタ化によって思った以上に弱体化させられているようだった。

『ど、どうしましょう⁉　これじゃあ普通に戦っただけでフルヤさんの身体に反動が……っ！』

「どうもこうも、逃げられる状況じゃねえんだ！　俺の身体がダメになる前に、あのクソ魔族を絶頂させてパーツを奪うしかねえ！」

心配するように叫ぶミホトを叱咤《しった》し、再びこちらに迫るアンドロマリウスに向き直る。けどミホトに頼って真正面からぶつかったんじゃあ、また反動でダメージを受けるだけだ。

「うあああああああああっ♥♥♥⁉」

自らの快楽媚孔《かいらくびこう》を突き、快楽点ブーストを発動。

角の力も限界ギリギリまで引き出し、最高感度でアンドロマリウスを迎え撃つ。

凄《すさ》まじい身体能力で迫る魔族の動きを先読みし、その快楽媚孔を突こうと立ち回った。

だが、

（――っ⁉　身体が、思うようについてこねぇ⁉）

ショタ化した身体は予想以上に貧弱で。染みついた身体感覚とのズレは快楽点ブースト状態でもすぐには修正できない。

「どうしたの？　随分戦いづらそうだねぇ♥」

「くっ⁉」

迫るアンドロマリウスの攻撃はかろうじて避ける。

けどすべては避けられず、再び両腕を掴《つか》まれた。直後――またしてもそのヘビのように長い舌が俺の下半身に殺到する⁉　それも俺への攻撃を中断して！

幸い、ミホトが再び人外の膂力《りょりょく》でアンドロマリウスを弾き飛ばし、その卑猥《ひわい》な攻撃を防いでくれたのだが――俺の頭には盛大に疑問符が飛び交っていた。

「なんであの魔族のお姉ちゃんは戦ってる最中にこんな必死にしゃぶろうとしてくるの⁉　もう二回目だよ⁉　絶対におかしいよ！」

ショタ化の影響で顔を真っ赤にしながら俺は全力で叫ぶ。

そうして俺がひたすら困惑していたところ。

『あーっ⁉』

突如ミホトがなにかを思い出したかのように盛大な叫び声をあげた。

『す、すみませんフルヤさん。前に私、パーツは絶頂除霊《ぜっちょうじょれい》で奪えると言いましたが、正確には違いました』

そして彼女は申し訳なさそうに声を潜《ひそ》め、とんでもないことを言い出した。

『パーツは、パーツ持ちがパーツ持ちを絶頂させることで奪えるんです……！　快楽媚孔《かいらくびこう》を突いての絶頂に限らずです！』

「は!?　マジか!?」

『すみません！　なので絶対にあの魔族にイかされないでください！』

マジかよ！

いやまあ、どのみち槐《えんじゅ》の事件のときは性的快感で命にかかわる霊力を放出しかねない宗谷《そうや》を実験台にはできなかったし、宗谷が俺をイカせるなんて選択肢もなかったからいいんだが……それより、

(ミホトがいまようやく思い出したようなことを、なんでアンドロマリウスが知ってんだ!?)

アンドロマリウスの動きはパーツに突き動かされる本能的なものではなく、確実に理性がある。狙《ねら》って俺を絶頂させようとしているのだ。明らかにパーツを奪えると知っている動き。

その不可解さに際限なく疑問が膨《ふく》らんでいく。

だが、いまはそんなことに気をとられている場合じゃなかった。

油断すればあっという間にイかされて終わりだ。

「絶対にヤられるわけにはいかねえ！　絶頂させられる前に絶頂させるぞ！」

『はい！　もちろんです！』

「あはははははははははっ♥！　ヤれるもんならヤってみなよ人間があああああああっ♥♥！」

三度迫るアンドロマリウスに俺とミホトが身構える。

けど、こんな貧弱なガキの身体《からだ》じゃあ――と勝機の見いだせない戦いに歯がみしていた、そのときだった。

「いまだ葵《あおい》っち！」

「ぐへへぇ！　強い魔族に守護《まも》られながらプライドの高そうな魔族を縛れるなんて最高なのだ！　その顔が！　（恥辱《ちじょく》に）歪《ゆが》んだところ！　見てみたい！　我流結界系捕縛《ほばく》術二式――光《こう》泥自縄地獄《でいじじょうじごく》！」

「――っ!?」

下卑《げび》た笑い声が響き渡ったその瞬間。

アンドロマリウスの周囲を光の泥が包みこむ。

これは……烏丸《からすま》の変態捕縛術か!?

「烏丸！　それにゼパル！」

「やっほー晴久《はるひさ》っち、お待たせ☆　さーて。魔力は無駄遣いできないから、万全を期すためにいったん〝見〟に回らせてもらってたわけだけど――」

烏丸を伴って現れたゼパルの瞳が怪しく光る。

途端、淫魔《いんま》化したアンドロマリウスの動きに反応さえできないと思われたゼパルが膨大《ぼうだい》な魔力を凝縮させた。

「――いくらパーツの力で強化されてても、所詮は戦闘力に欠ける暗躍型のアンドロっち。ほんの少しでも動きを阻害されればこれは防げないっしょ！」

ビシャアアアアアアアアアッ！　ゴロゴロゴロゴロ！

「うわっ⁉」

瞬間、ゼパルの手から放出されたのは強大な雷だった。

その威力はまさに天災。

退魔学園《たいまがくえん》に襲来した露出テロリストを瞬殺したとき以上の膨大な出力だ。

（これは……いきなり勝負あったか⁉）

いくらパーツ持ちの魔族でもこれはひとたまりもないだろうと確信できるゼパルの一撃に思わず心の中で叫ぶ。

だが――。

俺たちはこのとき、すっかり失念していたのだ。

アンドロマリウスがまだ、《サキュバス王の口》の能力を一度も使っていないということを。

「あはぁ♥」

「っ!?　なんだ!?」

そのとき、強化された俺の五感が刹那《せつな》の中であり得ない光景を捉えた。

アンドロマリウスがゼパルの雷を前にして……確かに笑っていたのだ。

な、んだ？　この状況でそんな余裕ぶっこけるわけが――と不気味なものを感じ取った直後。俺たちは信じられないものを見た。

「べろぉ♥」

「――っ!?」

ゼパルの放った一撃必殺の雷が、烏丸《からすま》の強力な拘束《こうそく》術が、超高速で蠢《うごめ》くアンドロマリウスの舌に絡め取られたのだ。そして、

「――ごっくん♥」

「「……は？」」

意味が、わからなかった。

災害的な魔力の塊が掻《か》き消えた……いや、飲み込まれた!?

しかもアンドロマリウスはまったくのノーダメージで。

なにがなんだかわからず、俺と烏丸《からすま》はおろかゼパルまで呆気《あっけ》にとられるなか、アンドロマリウスが淫蕩《いんとう》の笑みを浮かべる。そして、

「飲み込んだ魔力をボクの精力《勢力》に——眷属《けんぞく》精製ラブシャワー！」

膨大《ぼうだい》な魔力を飲み干したアンドロマリウスの口から、真っ白な液体が噴出した。上空に放出された白濁液は四方八方に飛び散り、ショタを守ろうとして逃げ遅れていた周囲の女性へ雨のように降り注ぐ。直後、

「「「「きゃあああああああああああああっ⁉」」」」

「……っ⁉　なんだ⁉」

白濁液を浴びた女性たちがいきなり悶《もだ》え苦しみはじめた。

だがその悲鳴は一瞬にして、恍惚《こうこつ》の嬌声《きょうせい》へと置き換わる。

かと思えば恍惚の声を漏らす女性たちの肌が褐色に染まり、着衣は露出の激しい黒衣に変化。さらに瞳からは正気が失われていく。

それはまるで暴走したパーツによる淫魔《いんま》化そのもので——最悪の予感に戦《おのの》く俺たちの前で、アンドロマリウスが口を開いた。

「さあみんな、そこの憎たらしい人間の子供を捕まえて♥　下半身を剝《む》き出しにしてボクのも

とへ連れてきて♥」

「「「か、か、かしこまりましたあああああっ♥♥」」」

アンドロマリウスの号令に従い、正気を失った女性たちが一斉に襲いかかってきた!?

「な……っ!?」

しかも——ドゴオオオオオン!

「な……んだこの身体能力!?」

角の能力で女性たちの突進をかろうじていなしながら、俺は思わず叫んでいた。

飛び散るアスファルトに吹き飛ぶビルの外壁。空を切る拳の重さ。

迫り来る女性たちの膂力《りょりょく》が、明らかに人間離れした異常な領域に達していたからだ。

数こそ八十人前後と比較的少ないが——先日戦った獣化人間を遥《はる》かに凌駕《りょうが》する身体能力は霊級格《スケール》4～5は確実にある。

(しかもこいつら、眷属＝式神に近い存在なのか、普通に空を飛んでやがる!)

絶頂除霊《ぜっちょうじょれい》を恐れず四方八方から立体的に包囲してくる戦闘スタイルは俺がもっとも苦手とする相手。

その脅威はまさに、災厄と称される淫魔の眷属そのものだ。

「どうなってんだこりゃ!?　おいミホト!　まさかこれが〝口〟の能力なのか!?」

『あわわわわっ……どうして私の記憶はいつもこう一足遅い能なしうんこなんですか!?

そうです！　口の能力は霊力や魔力による攻撃の完全吸収と、それをエネルギー源とした眷属《けんぞく》生成です！　見たら思い出しました！　下手《へた》な攻撃は絶対によしてください！』

「……っ。マジかよクソがっ」

術式攻撃の吸収無効化だけでも厄介《やっかい》だっつーのに、それをもとに眷属まで生成するとか反則もいいとこだ。

だが弱音なんて吐いていられない。

操られている女性たちを助けるためにも、多勢に無勢だろうが立ち向かわねぇと……と腹をくくった直後。

ドゴオオオオオオオオオオン！

「「っ!?」」

俺たちの眼前で淫魔《いんま》の眷属たちが吹き飛んだ。

強力な物理結界が淫魔たちの行く手を遮《さえぎ》り、巨大な二頭身式神と獣尾が眷属たちを蹴《け》散らしたのだ。

「お前ら！」

「古屋《ふるや》君、大丈夫!?」

「てゅーかなんなのよこの状況！　あのゼパルの冗談みたいな威力の攻撃が通用しないってどうなってんの!?」

ゼパルに少しばかり遅れて追いついた宗谷《そうや》たちが俺を守るように霊力を迸《ほとばし》らせる。

ゼパルや烏丸《からすま》に加えて宗谷たちまで合流してくれたとなれば頼もしいことこのうえない。

だが、

「「「あはぁ♥」」」

「……っ！　もとは一般人だと思って手加減したところはあるにせよ……ただの雑魚《ざこ》ではないようね……っ！」

宗谷たちの強力な一撃を食らってなお平然と立ち上がる淫魔の眷属たちに楓《かえで》が低い声を漏らした。敵はただ膂力《りょりょく》が強化されているだけじゃなく、相応にタフらしい。

（クソッ！　こんなもん、いくら宗谷たちが合流してくれたところでキリがねえぞ!?）

状況を打開するには恐らく、眷属たちの親玉であるアンドロマリウスを集中的に攻撃して一気に攻め潰《つぶ》すほかにないだろう。

だがゼパルの攻撃が通じないうえに、俺自身子供にされてまともに戦えない状況でどうやって……!?　と快楽点ブーストで澄み渡った頭を必死に動かしていたとき。

「晴久《はるひさ》っち！」

アンドロマリウスと対峙《たいじ》していたゼパルが、これまで聞いたことがないほど真面目な声で叫んだ。そして彼女は、逼迫《ひっぱく》した様子でこう続けたのだ。

「あーしが時間を稼ぐから、晴久《はるひさ》っちたちはまずショタ怪異《かいい》を解決して全力で戦えるようにして！　いまのアンドロっちは晴久っちの絶頂除霊《テクノブレイカー》じゃなきゃ決定打にならない！」

「――っ!?」

確かにいまのアンドロには霊力や魔力による術式攻撃が通じない。

無力化するには絶頂除霊《テクノブレイカー》しかないだろうし、そのためには俺が全力を出せるようショタ化を解除するのは必須条件だ。でも――、

「ゼパルお前、まさかひとりで足止めする気か!?」

パーツ能力で術を無効化されるうえに、周囲には生み出された眷属《けんぞく》が無数にひしめいている。

この状況でいまのアンドロマリウスを相手に一人で立ち回るのは無理があると俺はゼパルを止めようとするのだが――、

「人間が次期魔王候補を舐《な》めんなし！　とっとと行く！」

瞬間――ドパン！

「「「『っ!?　わあああああああっ!?』」」」

問答無用とばかりにゼパルが魔力を放出。

暴力的なまでの突風が吹き荒れ、俺たちはアンドロマリウスとは逆方向へ吹っ飛ばされた。

周囲を取り囲んでいた眷属たちも一瞬ですり抜け、俺、宗谷《そうや》、桜《さくら》、楓《かえで》、烏丸《からすま》の五人は息が

止まるほどの速度で空中を突き進む。

それはもう自分たちの意思で止められるようなものじゃなくて――ぐ……っ！　こうなったらもうごちゃごちゃ言ってはいられない。

「――あとで絶対に追いつけよ！」

ゼパルの力業によって強引に眷属包囲網を突破した俺たちは、そのままどうにか地面に着地。

追ってくる眷属たちの気配を背に感じながら、怪異のもとを断つべく全力で走り出した。

3

「魔族のくせに、随分と真面目に仕事してるんだねぇゼパル♥」

晴久たちがどうにか逃げおおせた直後。

災害めいた暴風によって人間たちを逃がしたゼパルに、数多《あまた》の眷属を従えたアンドロマリウスがバカにするような視線を向けていた。

「いくら神族との協定があるとはいえ……人間なんてただの家畜《オモチャ》みたいな連中のためにちょっと頑張りすぎじゃないかな♥」

「……あーしも正直、らしくない《ダッサい》ことしてんなーって思うけどさ」

アンドロマリウスの指摘に、ゼパルが自嘲《じちょう》するように口角をつり上げる。

「あいつらをからかうのが思いのほか楽しくなっちゃってね。珍しくガチっちゃってるわけよ」

「あっそ♥　でもどうするの？」

ゼパルの言葉をどうでもよさそうに流しつつ、アンドロマリウスがベロォと舌を覗《のぞ》かせる。

あらゆる霊的攻撃を吸収するサキュバス王の性異物だ。

「君の攻撃は全部ボクの糧《かて》になるだけ。時間稼ぎどころか、まともな戦いにすらならないと思うけど？」

「はっ☆　バカじゃん？」

嬲《なぶ》るようなアンドロマリウスの視線に、ゼパルが好戦的な眼光で応じる。

そして全身に魔力を漲《みなぎ》らせ――一気に爆発させた。

「時間を稼ぐだけなら、いくらでも手はあんだよ！」

瞬間、ゼパルの放った魔力は風に。

災害めいた暴風が吹き荒れ、乗り捨てられた車両が凄《すさ》まじい勢いで宙を駆けた。

「――っ!?」

ドゴゴゴゴゴゴゴゴン！

霊力を伴わない質量の塊がアンドロマリウスに殺到する。

ガソリンに引火し、凄まじい爆発の連鎖がアンドロマリウスの華奢《きやしや》な身体《からだ》を完全に飲み込んだ。だが――、

「へぇ……♥」

強靭《きょうじん》な物理結界で攻撃を完全に防いだアンドロマリウスは無傷。

長い舌をくねらせ感心するように目を細める。

「さすがは最年少魔王候補。発生して二十年も経ってないガキのくせにやるじゃん♥　けど魔力補給できない地上でパーツに憑《つ》かれたボクとどこまでやれるか……試してあげるよ♥」

「はっ、若者相手にスタミナ勝負できると思ってんなら――やってみなオバサン！」

互いの殺意と視線がぶつかり一瞬の静寂が場を支配した――刹那《せつな》。

ドッゴオオオオオオオオオン！

人外の魔力と殺意がぶつかり合い、空を割るような衝撃が大気を揺らした。

●

ゼパルに吹き飛ばされた勢いのまま、俺たちはショタで溢《あふ》れる市街地を必死に走っていた。

そんななか、宗谷《そうや》が心配そうに声を漏らす。

「ゼパルちゃん大丈夫かな……？」

「わからないわ。でもあのゼパルが本気で時間を稼いでくれているのだから、一刻も早くこの厄介《やっかい》な子供化の怪異《かいい》をどうにかしないと……っ」

「でもどうすんのよ女狐《めぎつね》！　こんな状況で怪異の宿主を探すなんてどう考えても無茶よ!?

容疑者はこの島の人間全員……十数万単位なんだから！」

確かに桜《さくら》の言う通りだ。

怪異《かいい》はただでさえ潜伏性が強く、宿主を探し当てるには地道な調査と人海戦術が必要になってくる。たとえ島内の女性退魔師《たいまし》全員に協力を取り付けられたとして、普通にやっていてはいつ怪異の宿主を発見できるかわかったものじゃなかった。

せめてロリコンスレイヤー事件のときみたく、遠隔操作された怪異の一部などがいれば怪異本体を逆探知できるんだが……。

あるいは容疑者にある程度あたりをつけられるなにかがあれば——と必死に頭を捻《ひね》っていたとき。

「あ……ちょっと待てよ……？」

快楽点ブーストの影響がまだ残っていたおかげか。

一時的に危機を脱して余裕のできた俺の頭にひとつの心当たりが閃《ひらめ》く。

そしてそれをみんなに話してみたところ、

「……なるほど、試してみる価値はあるわね」

「というか、現状それしかないのではないか？」

楓《かえで》と烏丸《からすま》が即同意。

俺は速攻である場所に電話をかけた。

島内がこんな状況で出てくれるか激しく不安だったが——祈るようにスマホを握って数コール後。

『おお？　パーツ持ちの君かい？　島内はとんでもないことになっているがそちらは無事かな』

出た！

スマホから聞こえてきた研究主任、土御門雅《つちみかどみやび》さんの声に俺は思わず快哉《かいさい》をあげそうになる。

だが快哉はおろか細かい事情を説明している余裕もなかったため、俺はいきなり雅さんへこう問いかけていた。

「雅さん！　さっき紹介してもらった怪異探知の霊具、いま使えますか!?」

『……ああ使えるとも。隔壁などの設備もあり、研究所内は比較的パニックも少なくてね』

俺の様子からなにかを察したのだろう。

雅さんはこちらになにかを聞き返してくることもなく続ける。

『だが使えるとはいっても、あくまで設備が破壊されていないという意味でだ。実は現状、研究所内に常駐する有力な男性退魔師がみな幼児化してしまっていてね。起動に必要な退魔師を確保できていないんだ。君たちが来てくれれば話は別だが……』

「わかりました、十分です！　いまから向かうので準備をお願いします！」

『了解だ。待機しておこう』

必要最低限のやりとりの末、ぶつりと電話が切れる。

その通話を聞いていた宗谷《そうや》が拳を握り、

「よし！　これでひとまず目的地は決まったね！」

「ああ。霊具での怪異《かいい》探知率はせいぜい三割って話だけど……現状これに賭《か》けるしか手はねえ」

ゼパルの奮闘を無駄にしないためにも、俺たちは研究所に向かって走り出した。

●

術式攻撃を無効化するどころか眷属《けんぞく》生成の糧《かて》にするいまのアンドロマリウスを倒すには、絶《ぜっ》頂除霊《ちょうじょれい》を叩《たた》き込むしかない。

それにはこのふざけた怪異を解決して俺のショタ化を解除する必要がある。

なので俺たちは怪異探知の霊具を起動するべく、土御門雅《つちみかどみやび》さんの待つ霊能研究所へと急いでいるのだが――その道中にはいくつかの問題があった。

「「「待ってえええええええ♥！　可愛《かわい》いショタちんちんしゃぶらせてえええええ♥！」」」

「くっ、しつこい！」

ひとつめの問題は、俺たちを執拗《しつよう》に追いかけてくる淫魔《いんま》の眷属たちだ。

ゼパルがいかに強力な魔族とはいえ、いまのアンドロマリウスが相手では一対一で引き留めておくのが限界なのだろう。足止めを逃れた眷属たちが俺たちに追いつき、交戦回数が増えはじめていたのだ。

飛行能力を持つ眷属どもは最短ルートで俺たちを追ってくる。しかもそれなりに機動力があるので、宗谷の式神で空中に逃げるのもリスキーだった。厄介《やっかい》なことこのうえない。

「古屋《ふるや》君に憑《つ》いたパーツの気配を感知してるのか、的確に追ってくるわね……！　くっ、私の変身術さえ上書きしてくるこの幼児化怪異さえなければ、群衆に紛《まぎ》れてなんなく研究所へ向かえたものを……！」

「てゅーかこの人たち、古屋君の身柄だけじゃなく貞操まで狙《ねら》って……っ！　絶対に近づけさせないよ！」

「元一般人だからってお兄ちゃんに手を出したらどうなるか、思い知らせてやるわ！」

さいわいだったのは、やたらと殺気立つ宗谷たちの戦闘力が眷属を上回っていることだ。

アーネストとの戦いを経て霊級格5《スケールファイブ》に近い式神を安定使役できるようになりつつある宗谷と、楓《かえで》の強力な獣尾。そして対人戦に長じた桜《さくら》の術式はどうにか眷属たちの猛攻を退けていたのだ。

ただ、その頼もしさゆえに生じている問題があった。

それは……、

「あわわ、お姉ちゃんたちすごい！」

……俺のショタ化が激しいのである。

恐らくその原因は、眷属《けんぞく》たちに追いつかれて以降、身体《からだ》が縮んで弱体化した俺を楓《かえで》たちが執《しつ》拗《よう》に死守していることだろう。

実はいま、俺は楓の狐尾に包まれ大切に護送されている状態。戦闘にも参加させてもらえず、敵の攻撃から完全に守られた状況でふわふわな尻尾《しっぽ》に揺られているのだ。

そのせいでアンドロマリウスと戦ったときのような緊張感が保てず、言動にショタが出はじめてしまっているようだった。

「や、やっぱり僕も戦うよ！」

なので俺は戦闘を任せきりにしている後ろめたさも手伝い、そう言って尻尾から飛び出そうとするのだが――もふっ。と別の尻尾に止められる。

「大人しくしていなさい」

たしなめるようにそう言うのは楓だ。

「ゼパルも言っていたように、この戦いの勝機は古屋《ふるや》君、あなたにしかないわ。気持ちはわかるけどいまは力を温存しておいて」

「で、でも……」

「大丈夫。心配しなくてもあなたには指一本触れさせたりしないし、私たちは誰もやられたりしないから。いまは耐えなさい」

いつもの冷たい声で頑《かたく》なに、しかし気遣うように俺を押しとどめる楓。

そんな年上の幼なじみを見た俺は身体をもじもじさせながら、

「……楓お姉ちゃんって、本当は優しいよね」

「……え？」

「いつか僕が立派な退魔師《たいまし》になれたら、楓お姉ちゃんにお嫁さんになってほしいなぁ」

ドゴオオオオオオッ！

瞬間、それまで精密な獣尾操作で華麗に地面を走っていた楓がビルの壁に激突した!?

（だあああああああああああっ!?　なに言ってんだ俺はあああああ!?）

幸い、激突の直前に桜《さくら》が「なにやってんの!?」と弾力結界で衝撃を和らげてくれたおかげで怪我人《けがにん》は出なかったが……ヤバイ楓がこんなに動揺するなんて相当キモがられたんじゃあ、と恐る恐る様子を窺《うかが》っていると、

「古屋君」

「ひゃ、ひゃい!?」

低い声で俺の名を呼ぶ楓に肩が跳ね上がる。

そうして俺が怯《おび》えていたところ、

「あなたの考えはよくわかったわ。じゃあいまのうちにサインだけ済ませておきましょう」

言って楓が護符《ごふ》かなにかを変化させて手渡してきたのは――婚姻《こんいん》届とボールペンだった。

（あ、いかん！　これ楓のやつもショタ怪異《かいい》のせいでおかしくなってやがるな!?）

あまりに突拍子もない楓《かえで》の言動に、そうあたりをつけた俺は慌てて止めようとする。

だが最悪なことに――いまの俺は理性の薄い無邪気なショタでしかなかった。

「ここに名前を書いておけばあなたが正気に戻ったあとも法的拘束力《こうそく》が――もとい、古屋《ふるや》君も安心でしょう。あとそうね、私が指先を噛《か》み切るから、その血を使って拇印《ぼいん》にしましょう」

「うんわかった!」

いかんいかんいかんいかんいかん!

楓の目がなんかヤバイし、ショタ化した俺もアホ面で無邪気にサインしはじめてるし!

(止めようとしても相変わらず身体《からだ》が勝手に……このショタ怪異《かいい》マジで凶悪すぎるだろ!?)

そうして俺が焦《あせ》りまくっていると、隣から桜《さくら》と宗谷《そうや》が突っ込んできた。

「ちょっと女狐《めぎつね》!? こんな小さい子の言うこと真に受けて舞い上がるなんて頭おかしいんじゃないの!?」

「そうだよ! しかもこんな小さい子相手に契約を迫るその発想が怖いよ!」

「負け犬どもは黙ってなさい。騒いでも結果は変わらないわ」

「「はあああああああああああああっ!?」」

「ちょっ、三人ともこんなことをしている場合ではないのではないか!?」

あまりに酷《ひど》い状況に、なぜかショタ怪異の影響をあまり受けていないように見える烏丸《からすま》がまともなことを言い出した――そのときだ。

「……あれ？　なんか急に、エッチなお姉さんたちが追いかけてこなくなったような……」

戦闘に参加しないぶん、角の能力を使って索敵に徹していた俺の五感が違和感を捉えた。

淫魔《いんま》の眷属《けんぞく》たちの気配が周囲から消えている。

さらにはドガン！　ドゴン！　となにかを殴打するような異音が断続的に聞こえてくるのだ。

「……？」

周囲を見回す。

そこはできるだけ一般人に被害が出ないようにとルートを選んで辿《たど》り着いた再開発区だ。

建設途中のビルやら基礎工事のための大穴、巨大な重機などが並ぶだけで人の姿は皆無。

そんな殺風景なエリアに視線を巡らせて異音の原因を探っていたところ――強化された俺の視力がとんでもないものを発見した。

「「そーれ♥　頑張れ♥　頑張れ♥　もう一息♥」」

ドガガガガガガガボン！

そんな凄《すさ》まじい打突音を響かせて――霊級格4《スケールフォー》を超える力を持った淫魔の眷属たちが、鉄骨剥《む》き出しのビルや巨大なタワークレーンを殴りまくっていたのだ。

一瞬、なにをやっているのかわからなかった。

だがその意図に気づいた瞬間、血の気が引く。

「あ、あの人たちもしかして……!? 宗谷《そうや》お姉ちゃん！」

「っ!? ちょっ、アレは洒落《しゃれ》になんないよ!?」

俺の声で異変に気づいた宗谷が婚姻《こんいん》届を破り捨てながら式神を操作。

霊級格5《スケールファイブ》に届きそうな四体の式神を飛ばして眷属《けんぞく》たちを次々に殴り飛ばしていくが――一足遅かった。

ギギギギギッ――ドゴオオオオオオオオン！

「嘘《うそ》だろ……っ!?」

「ぎゃあああああああああっ!? 死んでしまうのだあああああ!?」

烏丸《からすま》の絶叫が響くなか、建設中のビルが崩落。

クレーンタワーなどの重機を巻き込んで周囲のビルが連鎖的に倒壊し、広範囲にわたって無数の鉄骨が降り注いできやがった!?

「古屋《ふるや》君の命にかかわることはやってこないだろうと思っていたら……っ！ あるいはこのくらいじゃ死なないと計算して!?」

「どのみちこんなの食らったら終わりよ!?」

獣尾で俺たちを抱《かか》えた楓《かえで》が全力で駆け抜ける。

桜《さくら》が物理結界を張って鉄骨を防ぎ時間を稼ぐ。

だがそれも、ほんの数秒間に合わない。

ミホトの膂力《りょりょく》に頼ろうにも、いまの俺じゃあ全員抱えて逃げるのは非現実的。

宗谷のハイパワー式神も戻ってくるのが遅れ、鉄骨の下敷きにされそうになった――その直前。

「くっ、こうなったら――全員しっかり受け身をとりなさい！」

「「「うわっ!?」」」

楓が尻尾《しっぽ》を全力で振るい、俺たちを凄《すさ》まじい速度で投げ飛ばした。

「楓!?　おま――」

声を張り上げる。

けどそんな俺の視界の先では、

「はあああああああああああっ！」

俺たちを投げ飛ばして身軽になった楓が獣尾と物理結界を駆使して無数の鉄骨を回避。

「「くっ！」」

さらには桜と宗谷も投げ飛ばされながら遠隔結界を駆使して楓を補助。

そうして楓《かえで》は紙一重で物陰に飛び込み、どうにか難を逃れたようだった。

俺と離れた以上は眷属《けんぞく》に狙《ねら》われることもないだろうし、ひとまず安心かと胸をなで下ろす。

しかしその一方、俺たちを逃がすのに必死だった楓は投球コントロールにまで気を使う余裕がなかったようで──、

「「「うわあああああああっ⁉」」」

俺たちは鉄骨の落下区域から逃れた勢いのまま、かなりの速度で空中をきりもみ回転。

宗谷《そうや》も桜《さくら》も楓をフォローするのに精一杯だったようで、新たな式神を出す余裕もなくもみくちゃに。

そうして俺たちは楓に投げ飛ばされた結果、再開発区にぽっかりと空いていた大穴に為《な》す術《すべ》なく落下してしまうのだった。

4

「「わああああああああっ⁉」」

空中に投げ出された俺たちはその勢いのまま大穴へと落下。

宗谷、烏丸《からすま》とは投げ飛ばされたときの勢いが微妙に違ったせいか落下の途中で離ればなれになってしまい、俺は桜に抱《かか》き抱えられた状態で穴の底へと落ちていった。

「くっ、式神！」

と、薄暗い穴の底へ叩《たた》きつけられそうになった直前。

どうにか余裕を取り戻した桜がギリギリのタイミングで連絡用の簡易式神を召喚。

パラシュートのように落下の勢いを減らし、さらには子供化して身体能力の落ちた俺を桜が受け止めるようなかたちで、どうにか両者無事に着地することができた。

「あいたたたた。女狐《めぎつね》のやつ、アレしか手がなかったとはいえ無茶するわ。無事そうだからよかったけど早く合流してやんないとね……お兄ちゃんは大丈夫？」

身体《からだ》を起こしながら桜がそう言うのだが……俺はその問いに答えることができなかった。

なぜなら桜に受け止めてもらった俺は彼女を押し倒すような体勢になっていて、ショタ化した俺はその甘くて柔らかい感触に顔を真っ赤にしていたからだ。

「う、うわあああっ!?」

ばばっ！

瞬間、俺はまた女の子みたいな悲鳴を上げて桜から離れる。

さらにはショタ化の影響なのかなんなのか、いとも容易《たやす》く〝変化〟してしまった身体の一部を隠すように桜から距離をとっていた。

「え、お、お兄ちゃん……？　も、もしかして、私に抱っこされるの、嫌だった……？」

途端、桜がショックを受けたような声を漏らす。

いや違うんだ桜、ショタ化した俺の身体が色んな意味で敏感なことになってるから少し時間

がほしいだけなんだ、と俺は必死に誤魔化《ごまか》そうとした。が、

「う、うぅ……っ、ち、違うの、桜《さくら》お姉ちゃん。僕、さっきから変なの……」

ショタ化した俺はあろうことか、バカ正直にこんなことを口走りやがったのだ。

「魔族のお姉ちゃんにアソコを舐《な》められてからずっとアソコが変で……桜お姉ちゃんに抱っこされたらもっと変になっちゃって……」

「え……？」

やめろやめろやめろお前はもう喋《しゃべ》るなクソガキ！

脳内で必死に叫ぶ。だがショタ化した俺の暴走は止まらない。

「桜お姉ちゃんでこんなことになっちゃいけないのに……僕、病気なのかなぁ」

前屈《まえかが》みになった俺は股間《こかん》を手で押さえながら涙目でそんなことをほざく。途端、

「え、え、小さいお兄ちゃんが……本音がダダ漏れになってるらしいお兄ちゃんが、まさか私で興奮して……!?」

桜が顔を赤くしてぼそぼそとなにか呟《つぶや》いた。

続けて桜は先ほどの楓《かえで》のように目を怪しく光らせ、

「……だ、大丈夫。大丈夫よ。大丈夫だから、病気なんかじゃないから……ちょっとお姉ちゃんにソコがどうなってるか見せてくれる……？」

「え？　さ、桜お姉ちゃん？　なんか怖いよ？　ちょっ、ダメっ、あっ!?」

ドキ
ドキ
ドキ

おいマジでやめろ桜《さくら》！

と、俺の内面とショタ化した肉体の意見が今度こそがっつり合わさり、全力で桜に抵抗する。けれどいまの俺は非力なショタでしかなくて——ぐいっ。

アソコを隠していた俺の両手はいとも容易《たやす》く桜にこじ開けられた。

「……いまのお兄ちゃん、こんなに力が弱いんだ……」

ぞくぞくと声を震《ふる》わせる桜。

そしてそんな桜の前で露《あら》わにされたのは、ズボンの内側からおっきする小さな膨《ふく》らみで。

「や、だ、だめ、お姉ちゃん……見ないでっ」

俺が顔を真っ赤にしてそう叫んだ次の瞬間——ブチィッ！

桜のほうから、なにか切れてはいけないものが切れる音がした（ような気がした）。

「……よく考えたら」

ぼそりと。

「アンドロマリウスに絶頂させられちゃいけないっていうなら、先にス、スッキリさせてあげたほうがいいわよね。男の人って、連続じゃできないっていうし……」

自分に言い聞かせるように、桜が早口でなにか呟《つぶや》いた。そして、

「だ、大丈夫よお兄ちゃん。ソレは病気じゃないから……。でも恥ずかしいなら私が、その、いまここで治してあげるからね……？」

「え？　え？」

え？　え？

顔を真っ赤にした桜が片手で俺の両手をまとめて押さえ、震《ふる》える手でズボンに手をかける。

薄暗い穴の底で展開されるそのあり得ない光景に俺が大混乱のフリーズ状態になった……

そのときだ。

「こらああああああああああっ!?」

「ぶあっ!?」

突如、二頭身の可愛《かわい》らしい式神が高速で飛んできて桜を吹っ飛ばした!?

かと思えば、暗がりの奥から式神に乗った宗谷《そうや》が飛び出してくる。

どうやら無事だったようだが……桜に詰め寄るその剣幕は凄《すさ》まじいものだった。

「ちょっと桜ちゃん!?　いまなにしようとしてたの!?　完全に事案だったよね!?　人としてやっていいことと悪いことの区別もつかないの!?」

「ち、ちがっ、これはその、つい魔が差して――いや怪異《かいい》！　怪異のせいよこれは！」

「どうだか！　いくら怪異の影響があったとして、早く葛乃葉《くずのは》さんと合流しないといけないときにこんなことするなんて！　普段からそういうこと考えてたんじゃないのかな!?」

「ち、違うの美咲《みさき》お姉ちゃん！」

と、激しい口論に発展した二人のやりとりを見ていられず、俺は思わず止めに入る。

だがやはりショタ化して俺はなんかもう言動がゆるゆるで、またしてもふざけたことを口にする。

「実はその、僕のアソコがおかしくなっちゃって……」

おい。おい！

「桜《さくら》お姉ちゃんは、おかしくなっちゃった僕のアソコを治して（？）くれようとしてただけなの。だから喧嘩《けんか》しないで。ね？」

やめろ！　マジでやめろ！

これ以上チームメイトに生き恥おっきのことを広めるな！

半泣きの上目遣いでビンビンに盛り上がったズボンを宗谷《そうや》に見せつけるな！

と、俺が心の中で七転八倒しながら絶叫していたところ——ブチィ！

今度は宗谷のほうから、なにかが決壊するような音がした（ような気がした）。

え？

「あ、あ、あ……!?　な、なにこれ……!?　半泣きで膨《ふく》らんだアソコを見せてくる古屋《ふるや》君を見てるだけで、霊力がちょっと回復して……!?（ゾクゾクゾクゾク！）」

宗谷がぶるぶると身体《からだ》を震《ふる》わせて息を荒げる。かと思えば、

「ふ、古屋君……ちょっとだけ、ちょっとだけでいいからいまここで霊力補充、しよっか……？」

宗谷が俺を抱きしめるようにして耳元で囁《ささや》いてきた。は!?

「え、ちょっ、ダメだよ美咲《みさき》お姉ちゃん……!?　桜お姉ちゃんに見られちゃうよ!?」

「(ゾクゾクブルブル!)そうだね。でもだとしたら……古屋君が悪いんだよ……?」

なにがどう俺が悪いっつーんだよ!?

「ちょっと美咲!?　あんた私を止めたクセになにやろうとしてんの!?」

「お医者さんごっこで子供を搾取《さくしゅ》しようとしてた桜ちゃんは黙っててくれるかな?」

「あんたが言うなあんたが!」

困惑する俺を置いて再び口論になってしまう二人。

けど激しい口論は続けつつ二人の両手は俺のズボンをがっつり捕まえたまま、いまにも脱がそうとしていて──おいおいおいおいおい!

このショタ怪異《かいい》冗談抜きでヤバイぞ!?

(おいミホト!　お前さっきからずっと黙ってねえでなんとかしてくれよ!)

俺は脳内で助けを求める。だが、

──いまちょっと怪異の進行を防ぐのとパーツの処理が並行してて手が離せません。というかそろそろ口実はなんでもいいから一線越えたほうがいいですよ。エネルギー補充できますし。年貢の納め時です。

嘘《うそ》つけてめえさっきまでアンドロマリウスといちおう戦えてただろうが!

ミホトは案の定役に立たず、俺はいよいよ途方に暮れる。

ど、どうすりゃいいんだ……と俺が全力で焦《あせ》っていたそのときだ。

――ズギャギャギャギャギャギャギャ！

突如。

頭上から降ってきたゴツい車両が轟音《ごうおん》を響かせて穴の底に着地。その勢いのまま俺たちの鼻先をかすめる勢いで突っ込んできた。

「「「なあああああああああっ⁉」」」

なんだ⁉　と飛び退《の》いた先で目を白黒させていると、

「ちょっ、楓嬢《かえで》⁉　いくら獣尾で落下の衝撃を和らげられるとはいえ、いきなり横からアクセルを踏み込んで穴の中に突撃するなどなにを考えているのだ⁉」

運転席から涙目で叫ぶのは、どうやら大穴には落ちていなかったらしい烏丸《からすま》だ。

そしてそんな烏丸を放置して助手席から現れたのは――、

「あなたたち……一体なにをしているの？」

底冷えするような声で俺たちを睨《にら》みつける楓だった。

そんな楓の視線に、桜《さくら》と宗谷《そうや》が「「はっ」」と我に返ったように顔を見合わせる。

「ち、違うの！　涙目で恥じらうお兄ちゃんを見てたら手が勝手に！　手が勝手に！」

「う、うぅ!? この非常時になにやってたのわたし!?」

「……まあいいわ」

顔を真っ赤にして顔を覆《おお》う二人に射殺すような目を向けつつ、楓《かえで》が大穴の奥へと目を向ける。

「ビルを崩落させられたときはどうなるかと思ったけれど……運がよかったわ。どうやらこの大穴、島内の主要拠点を繋《つな》ぐ地下輸送路の点検工事孔のようね」

言って、楓が狐火《きつねび》で周囲を照らし、見つけた大扉を押し開ける。

するとその先には楓の言う通り、トンネルのような空間が広がっていた。

マジか、なんだこれ!?

「上の道路は乗り捨てられた車だらけで進めたものじゃないけど、ここならエンジンキーが刺さったままで放置されてたこの霊装車で進める。一気に研究所へ行けるわよ」

「……っ。本当に!? 凄《すご》いや楓お姉ちゃん!」

と、楓の見つけた裏道に諸手をあげ、喜びのあまり楓に抱きつく俺。

ちょっ、マジでいい加減にしろよこのクソガキ（俺）！ と俺は内心で冷や汗をかきまくるのだが、その直後。

「う、ぐっ……!? （ブチィ！）」

俺に抱きつかれた楓はうめき声を漏らして硬直。

そして楓は二度と離さんといわんばかりの力で俺の手を握り、

「じゃあ古屋《ふるや》君。危ないから宗谷美咲《そうやみさき》と文鳥桜《ふみどりさくら》の二人はここに捨てて、私と車の後部座席に座って研究所までいきましょうか。……大丈夫よ、なにもしないから」

「ちょっとあんたなにふざけたこと言ってんの⁉」

「早く正気に戻って！　人のこと言えないけど！」

と、マジで宗谷たちを置いていこうとする楓に二人が飛びかかるようにして抗議。

再び大騒ぎに発展した宗谷たちの口論に怪異《かいい》の恐ろしさを再認識しつつ——俺たちは発見した輸送トンネルの中を一心不乱《いっしんふらん》に突き進んでいった。

5

ブオン！

烏丸《からすま》の運転する霊装車が地下トンネルを突き進む。

眷属《けんぞく》の妨害もほとんどなく最短距離を突っ走った結果、研究所にはあっという間に到着した。

手持ちの護符《ごふ》でセキュリティを解除。

地下道から駆け上がり、土御門雅《つちみかどみやび》さんの待つ上階を目指す。

だがその道中、

「……っ⁉　なんでもう追いつかれてるの⁉」

窓ガラスの向こうを見て宗谷が悲鳴をあげた。

「「「いたあああああああああっ♥♥！」」」

研究所の周囲を数十体の眷属《けんぞく》たちが跳び回っていて、俺たちに気づくやいなや勢いよく突っ込んできたのだ。

さいわい、眷属たちは研究所の堅牢《けんろう》な結界に手こずっているみたいだったが……。

(いくら俺の気配を追えるっつっても、地下道を霊装車でぶっ飛ばしてきた俺たちにこんな早く追いつくか……!?)

それこそ最初から俺たちの行き先がある程度わかっていて先回りしたかのような。

となると、これはやっぱり――。

「……いや、とにかく急ごう！　いまは少しでも早く怪異《かいい》の宿主を見つけないと！」

思考は一度脇において、研究所の階段を駆け上がる。

そしていくつかのエリアを越えて目的のフロアに辿《たど》り着いた俺たちの鼻先に、コーヒーの香りが漂ってきた。

「無事に辿り着いたようだね」

コーヒーを飲みながら俺たちを待っていたらしい雅《みやび》さんだ。

非戦闘員はすでに避難しているのか、ほかの研究員や手鞠《てまり》さんの姿はない。

そんなガランとした研究フロアに唯一人残っていた雅さんは白衣を翻《ひるがえ》して歩き出した。

「早速怪異探知の霊具を起動させよう。あんな怪物が複数攻め入ってきていては、研究所の防衛設備もいつまで持つかわからないからね」

そう言って雅さんが視線を向けたモニターには、外部の様子が映し出されていた。

強力な結界に守られた研究所と、それを破ろうと数を増す淫魔《いんま》の眷属。そしてそれを迎撃すべく防衛設備を起動させる女性退魔師《たいまし》たちの奮闘だ。

もたもたしている時間はない。

「さあ、これが怪異探知の霊具だ」

そう言って雅さんが実験室の重い扉を開いた先には――巨大な装置が床に埋《う》め込まれていた。

それは巨大な機械に儀式用の方陣を描いたような代物。

床の半分を占める装置の上に俺たちを案内し、雅さんが告げる。

「それでは、このキューブに各々《おのおの》全力で霊力を込めてくれ。起動に準十二師天《じゅうにしてん》級術師が数人必要とは先ほど説明した通り、君たちでも起動できるかは五分五分だ。加減は無用だよ」

「はい！」

その指示に従い、宗谷《そうや》、桜《さくら》、楓《かえで》、あとついでに烏丸《からすま》がそれぞれキューブを握る。

「いや三人分の霊力で不安なのはわかるが、私はあまり役に立ちそうにないぞ……」

「……仕方がないわね。これでも眺めてなさい」

ボンッ！

と、烏丸の言葉に低い声を漏らした楓が簡易式神を変化させた。

縛り上げられ苦悶《くもん》の表情を浮かべる美女の姿だ。瞬間、

「うひょおおおおおおっ！　楓嬢《かえでじょう》が自ら作り出したスケベ式神という点でポイント十倍チンピクお得デイなのだあああああっ！」

ブワアアアアアッ！　烏丸《からすま》の身体《からだ》からアホみたいな霊力が噴出する。

「最低だわ……」

と同時に、若干引いたような楓と桜《さくら》、そして宗谷《そうや》もキューブに霊力を注ぎ込んだ。

「おおっ、学生四人ではさすがに少し馬力が足りないかと危惧《きぐ》していたが、これなら十分だ」

言って雅《みやび》さんが装置を起動させれば――ブアッ！

「……っ！」

濃密な霊力が溢《あふ》れ、装置を淡く発光させた。

そのときだ。

ドゴンッ！

「っ⁉」

突如、廊下の向こうから盛大な破砕音が響いた。

続けて聞こえてくるのは、淫蕩《いんとう》に溺《おぼ》れた女性の声だ。

「見つけたぁ♥」

「なっ⁉」

階下へ繋《つな》がる階段から隔壁を吹き飛ばして現れたのは——数体の眷属《けんぞく》たちだった。

「研究所の結界はまだ健在なはずなのにどうやって!?」

桜が叫ぶように、外部の様子を示すモニターでは女性退魔師《たいまし》たちと眷属が戦いを繰り広げていて、結界を破壊されたような様子はない。

だとしたらまさか……！

「俺たちが通ってきた地下道から上がってきやがったか!?」

そっちのルートも結界はしっかり起動しているはずだが、人手が回ってないぶん手薄だったのだろう。地下通路を使い俺たちと数分遅れで研究所に到着した個体が隔壁を突破し、俺の気配を辿《たど》ってこの部屋に突っ込んできているようだった。

「まずい！　ミホト！　あいつらを食い止めるぞ！」

『はい！』

瞬間、俺はミホトに両手の主導権を譲渡。

両手の膂力《りょりょく》により、凄《すさ》まじい速度で眷属たちに突っ込んでいた。

（あいつらが一歩でも実験室に踏み込んだ時点で、装置は無事じゃ済まねえ！）

いやそれどころか、戦いの余波で瓦礫《がれき》が吹っ飛んでいっただけでも装置にどんな不備が出るかわかったもんじゃない。

（いまの弱体化した俺でも霊級格《スケールファイブ》5に満たない眷属なら複数相手取れるけど……こんな悪条

件じゃまったく油断できねえぞ……!?）

角の能力もフルに使い、フロアの情報をつぶさに把握。

絶対に眷属《けんぞく》たちとの戦いで実験室に影響が出ないよう脳内でミホトに指示を出しつつ、全力で眷属どもの快楽媚孔《かいらくびこう》を突いた。

「「イギイイイイイイイイイイイッ♥♥」」

嬌声《きようせい》を響かせた眷属たちが謎の液体をまき散らして絶頂、沈黙する。

だが階段からはまだ複数の眷属たちが俺と宗谷《そうや》を狙《ねら》って駆け上がってくる気配がして――。

「こっちが食い止めてる間に早く怪異《かいい》の探知を！」

「う、うん！」

冷や汗を流しながら叫ぶ俺に呼応するように、宗谷たちがさらに強く霊力を集中させた。

探知霊具がうなりを上げる。

俺とミホトが奮闘するなか、霊具に込められた膨大《ぼうだい》な霊力が別の性質へと変換され、建物の外へと伸びていくらしいアンテナへと送り込まれていく。

そして、

「うん、よし。出力に問題なし。照準、龍脈《りゆうみやく》諸島全域設定完了。怪異探知、開始だ」

――ドパッ！

研究所の屋上付近から、大気を震《ふる》わせるような霊波が放出された。

そしてその霊波が拾ってきた情報が、実験室のモニターに少しずつ表示されていく。

「どうだ!?」

地下通路から上がってきた眷属たちをどうにか一通り無力化した俺も実験室に戻り、表示される結果を固唾《かたず》を呑《の》んで見守る。

だが数分後――モニターに表示されたのは「該当者０」の表示だった。

「……失敗か」

「っ！」

雅《みやび》さんが小さく呟《つぶや》いた。

「そんな……っ」

宗谷が悲壮な声を漏らす。

成功率三割……分の悪い賭《かけ》だとは思ってたが、やはりそう都合よくはいかないということか。こうなったら……っ！

「いやだが、まだ可能性はある」

と、俺たちが怪異探知の失敗に少なからずショックを受ける傍《かたわ》ら。

雅さんが冷静に口を開いた。

「一度では発見できずとも繰り返しの霊波照射で怪異《かいい》を発見できた例もあるんだ。さらに霊力を消耗することにはなるが……試してみる価値はあると思うがね」

「「「……」」」

言って再び装置を起動させようとする雅《みやび》さんの言葉に俺たちは視線を交わす。

そしてもう一度だけ装置を起動させようと試みた――そのときだった。

壁の向こうから、凄《すさ》まじい気配が迫ってきたのは。

「――っ!?　危ねえ！」

瞬間、いち早く異変を察知した俺は宗谷《そうや》たちを庇《かば》うように突き飛ばす。

直後――ドッゴオオオオオオオオオオン！

実験室の壁が爆散。

無数の瓦礫《がれき》が散弾のように降り注ぎ、破壊の轟音《ごうおん》が響き渡った。

「――っ!?　怪異探知の霊具が！」

桜《さくら》の悲鳴が耳元で弾ける。

見れば床に埋《う》め込まれた巨大装置は瓦礫に押しつぶされ、描かれた方陣もズタズタ。屋上のアンテナへと繋《つな》がるケーブルも断ち切られ、見るも無惨な有様《ありさま》になっていた。

どう考えても、もうまともに起動できる状態じゃない。

その惨状を俺たちが愕然《がくぜん》と見下ろすなか――可愛《かわい》らしい声が響いた。

「あはは、お疲れ様♥　時間切れ、ついでに袋のネズミってヤツだね♥」

もうもうと立ちこめる砂塵《さじん》から現れたのは――邪悪な気配を纏《まと》う人外の少女。

防衛設備を蹴《け》散らし、研究所の結界と壁をいとも容易《たやす》くぶち破り、無数の眷属《けんぞく》を引き連れて俺たちの前に再臨した、アンドロマリウスだった。

こいつ……もう追いついてきやがったのか⁉

「そ、んな……ゼパルちゃんは⁉」

宗谷が掠《かす》れた声を漏らす。

そしてそんな宗谷や桜の顔を見て、アンドロマリウスが口角をつり上げた。

「くく、あっはっははははははっ♥　いいよその顔、そうそうそれそれ。目の前に垂らされた希望を断ち切られて、絶望に叩《たた》き落とされる君たちのその顔が見たかったんだよねぇ♥」

それはまさに人外の笑み。

負の感情を貪《むさぼ》る魔族の本性を剥《む》き出しにするようにして、アンドロマリウスの嗜虐的《しぎゃくてき》な瞳が俺たちを見下ろしていた。

が、その笑顔がふと怪訝《けげん》そうな表情に変わる。

「……あれぇ？　けどおかしいな。一番絶望の表情を浮かべさせてやりたかった君が、まだ元気そうだね」

訝《いぶか》しげに首を傾《かし》げるその視線はショタ化した俺に向けられていた。

宿敵である魔族を全力で睨《にら》み続ける俺の目に。

そんな俺を見て、アンドロマリウスが嬲《なぶ》るように目を細める。

「まさか、まだ勝つ気でいるの？　そこで壊れてるでっかいゴミ、怪異《かいい》の宿主を見つけられるっていう霊具だよね？　もう怪異を解決できる見込みなんてないのに、その可愛《かわい》い姿のままでどうやっていまのボクに勝つつもりなのかな♥」

「……っ」

確かにアンドロマリウスが言う通り、状況は最悪だ。

ショタ化怪異の宿主は発見できず、アンドロマリウスには追いつかれ、俺は弱体化したまま。怪異発見装置も完全に破壊され、もうどうしようもない。

だけどな……知ってるかクソ魔族。


俺たちがこの研究所を目指した理由は怪異探知装置を使うため……だけじゃないって。

最初に感じた違和感は、このショタ化怪異が発生したタイミングだった。

仮に俺たちがパーツを回収に行くという情報が事前に漏れていたとして、それだけじゃあんな都合の良いタイミングで怪異は発生しないだろう。

だが怪異は俺たちがパーツを回収している間に発生し、街に広がっていた。

それこそ近くで俺たちの行動を見ていたかのように。

そして俺たちがパーツを回収しに行く細かい時間まで正確に観測できる人間が、この島には二人だけいた。

一人は、パーツが封印されていた駐屯地《ちゆうとん》を案内してくれた女性隊長。

そしてもう一人は——、

「もし間違ってたら、そのときはごめんなさいっ」

「え——」

ショタ化した俺が、甲高《かんだか》い声で隣にいた女性に——土御門雅《つちみかどみやび》さんに頭を下げる。

「っ⁉　なっ、まさか——⁉」

そして俺の狙《ねら》いに気づいたらしいアンドロマリウスが焦《あせ》ったような声をあげて魔力を練り上げるのだが——がしっ！

その足を、何者かが掴《つか》んで止めた。

それはボロボロの制服に身を包んだ小麦肌の黒ギャル——、

「ごめんね〜。さすがに魔力攻撃完全無効を相手取るのは厳しすぎて、一回死んだふりしてたわ〜☆」

「ゼパルちゃん！」

「こいつ!? 死に損ないが――あああああっ!?」

宗谷《そうや》の歓声があがるなか、ゼパルに振り回されたアンドロマリウスが壁に激突。

それと同時に眷属《けんぞく》が俺を止めようと殺到するも、

「やらせない！」

「大人しく引き下がりなさい！」

桜《さくら》と楓《かえで》、そして宗谷の式神軍団によって眷属たちが吹き飛ばされる。

そして彼女たちが作ってくれた刹那《せつな》の時間で――俺はすぐ隣にいた雅《みやび》さんが避ける間もなくその身体《からだ》に光る快楽媚孔《かいらくびこう》へ指先を叩《たた》き込んだ。

「な、が、はああああああああああああああっ❤❤❤!?!?!?!?!?」

飄々《ひょうひょう》としたその表情が崩壊し、全身が激しく痙攣《けいれん》。

噴出する謎の液体が白衣を汚し、意外にも大きなお尻《しり》がガクガクガクと異性を誘うように飛び跳ねる。涎《よだれ》がダラダラと垂れる口からは勃起《ぼっき》した陰茎《いんけい》のように舌が突き出され、甲高《かんだか》い嬌声《きょうせい》が悲鳴のように何度も響いた。

……正直、賭《か》けもいいところだった。

単純な確率論として、怪異《かいい》探知装置と容疑者の一人である雅さんの両方が揃《そろ》う研究所を目指しただけ。強《し》いて言えば、駐屯《ちゆうとん》地の隊長は俺たちの来島を昨日知らされたばかりで怪異を仕込む時間などなかったからと、消去法で雅さんを疑ったに過ぎない。

そもそも情報漏洩《ろうえい》の原因がこの二人ではない可能性も高かった。

確信できる根拠などなく、最終的には運任せの賭だったのだ。

だが――、

「賭は俺たちの勝ちだ――っ！」


桜のように怪異を植え付けられ、恐らくは無意識下で情報提供もさせられていたのだろう雅さんが絶頂した直後。俺の身体がむくむくと膨《ふく》らみ元の姿へと回帰する。

幼い言動や弱っちい身体から解放された俺は、今度こそ全力で拳を握った。

「灯台もと暗しで雅さんがクロだと気づかずに負けた俺たちの顔でも拝みたかったのかもしれねえが、残念だったな」

そして俺は中指と人差し指を立てた拳を突きつけるようにして、

「こっからが本当の勝負だクソ魔族！」

「……上等だよ」

ガラガラガラッ。

ゼパルの拘束《こうそく》から逃れ、瓦礫《がれき》の山から立ち上がったアンドロマリウスが低い声を漏らす。

そしてその魔族は乳首の疼《うず》きを鎮めるように胸元を掻《か》きむしりながら、

「ボクに屈辱《くつじょく》を与えたその生意気な顔、今度こそ負の感情で満たしてやるよ人間がぁ♥！」

人外の魔力と殺気が俺たちを圧殺するように吹き荒れて——因縁の魔族と激突する最終決戦の幕が切って落とされた。

第四章　サキュバスパーツVSサキュバスパーツ

1

「お返しの時間だよオバサン！」

アンドロマリウスが人外の魔力を迸《ほとばし》らせた直後。

そう叫んで最初に攻撃を仕掛けたのは、ボロボロの制服に身を包んだゼパルだった。

凄《すさ》まじい魔力の内包された風が縦横無尽《じゆうおうむじん》に吹き荒れ、周囲の瓦礫《がれき》がアンドロマリウスに殺到する。目にも留まらぬ速度で繰り出される瓦礫の散弾は、一発一発が洒落《しやれ》にならない威力を秘めた範囲攻撃だ。

「またそれかうざったい♥！」

だがその人外の攻撃も、パーツを宿したアンドロマリウスの前では無意味。

魔力で展開される結界に、瓦礫の散弾はいとも容易《たやす》く防がれる。

しかしそれでよかった。

その攻撃の目的は、アンドロマリウスへのダメージではないのだから。

瓦礫攻撃で生じたアンドロマリウスの隙を突くように、晴久《はるひさ》が自らの快楽媚孔《かいらくびこう》を突く。

「んああああああああああああああっ♥♥！」

響く嬌声《きょうせい》。震《ふる》える下半身。

自分のそんな情けない姿に死にたくなりながら、しかしその羞恥《しゅうち》を無視して晴久《はるひさ》は全力で絶頂。快楽点ブースト状態のすっきりした意識の中でアンドロマリウスを睨《にら》みつける。

（一度セルフで絶頂しとけば、アンドロマリウスの舌攻撃でも多少は絶頂しづらくなる！）

クリアになった脳内でそう叫び、晴久は角の能力も全解放。

強化された五感と、それらの情報をもとに最適な行動を選択できる快楽点ブーストの力を持って、全身に力を漲《みなぎ》らせた。

「イくぞミホト！」

『はい！』

瞬間、両手の主導権を握ったミホトが地面を叩《たた》く。

吹き荒れる瓦礫《がれき》の嵐をいとも容易《たやす》く避けつつ、凄《すさ》まじい膂力《りょりょく》で打ち出された晴久の身体《からだ》がアンドロマリウスに突っ込んだ。

「――っ!?」

「うおおおおおおおっ！」

アンドロマリウスがその突撃をかろうじて止めるが、晴久の勢いは止まらない。

そのままアンドロマリウスとともに研究所を飛び出し、地上へと突っ込んでいった。

「「「待ってえええええええええ♥♥！」」」

飛び出していった晴久たちを追うのは、アンドロマリウスの命令に従って集まっていた淫魔《いんま》の眷属《けんぞく》たちだ。

一体一体が霊級格5《スケールファイブ》に肉薄する強さを持つ怪物たちが、アンドロマリウスに加勢しようと宙を駆ける。が、

「あなたたちの相手は――」

「こっちだよ！」

獣尾と狐火《きつねび》を全力で駆使する葛乃葉楓《くずのはかえで》、強力な式神を操る宗谷美咲《そうやみさき》、そしてそれを補佐する文鳥桜《ふみどりさくら》が眷属たちの参戦を全力で食い止める。

「よっしゃ、そっちは任せたよ美咲っちたち☆」

そして晴久とアンドロマリウスを追うように研究所を飛び出したゼパルが風を纏《まと》って地面に着地。

地上で戦闘を続ける晴久とアンドロマリウスへと高速で肉薄した。

人外の域まで強化された五感でそれを感じ取っていた晴久がゼパルのほうを見ずに声を張る。

「俺がミホトに指示して合わせる！　好きなように暴れてくれ！」

「あっは☆　アガること言ってくれんね☆」

瞬間、ゼパルの周囲を風が吹き荒れた。

「実は近接も少しはいけるんだよねあーし！」

「――っ！」

ビュアッ！

風の力を利用した加速する拳。さらには瓦礫《がれき》の目くらましも交えた一撃がアンドロマリウスを狙《ねら》う。

それはともすれば味方も巻き込んでしまいかねない攻撃だったが――その動きをまるで予知していたかのように晴久《はるひさ》が身を引く。

刹那《せつな》、ドッゴオオオン！

「ぐっ⁉」

風で強化された一撃が叩《たた》き込まれ、防御に転じたアンドロマリウスの表情が歪《ゆが》んだ。

そして一瞬だけ怯《ひる》んだ魔族めがけ、再び晴久が突撃する。

「うおらあああああああっ！」

『やあああああああああっ！』

両手の主導権を握ったミホトの膂力《りょりょく》と、脳内で的確な指示を下す晴久。

二人が連携し、アンドロマリウスの快楽媚孔《かいらくびこう》を狙《ねら》いつつ確実に打撃ダメージを重ねていく。

「うりゃ☆！」

そこにまたゼパルが風の力を利用した一撃を叩き込み、示し合わせたようなタイミングで交互に連撃を重ねていった。

さすがにそれだけでは、パーツで強化されたアンドロマリウスをすぐ仕留めるとまではいかない。

だが《サキュバス王の口》の霊的攻撃吸収能力を警戒し徹底される肉弾戦中心の連係攻撃は確実にアンドロマリウスを圧倒しており、優勢は明らかだった。

「いけるか……!?」

脳をフル回転させて連携をこなしつつ、晴久がさらなる猛攻を仕掛けようとギアをあげる。

が、そのときだ。

「……っ！　舐《な》めるなあああああああああっ！」

「「っ！」」

アンドロマリウスが咆哮《ほうこう》した。

同時に放たれるのは、濃密な魔力の込められたエネルギー弾だ。

「「ぐっ!?」」

爆発するマイナスの破壊エネルギー。

下手《へた》に結界などで防ぐと舌に吸収されるため、晴久とゼパルはたまらず回避に専念する。

ドドドドドドドッ！

連射される破壊の魔力は以前戦ったときよりも強力で、一撃でも直撃すれば晴久はもちろんゼパルの身も危ないと思われた。

（いやけど、こんなヤケクソじみた攻撃、そう簡単に当たるか！）

繰り出されるエネルギー弾の軌道と傾向を見切り、晴久《はるひさ》はゼパルが操る風の力も借りて再度突撃を仕掛けようとタイミングを計る。と、そのときだった。

「？　なんだ……？」

突如、エネルギー弾の雨がやむ。

そして晴久たちから十分に距離を取っていたアンドロマリウスが、ぽつりと呟《つぶや》いた。

「ああもううざったい……せっかく口の力でボクの配下にしてやったのに、眷属《けんぞく》どもはただの人間に手間取ってろくな戦力にもならないし……だったら」

そしてその魔族は、〝口〟を大きく開いて、

「……絶頂しろ♥」


囁《ささや》くように、しかし膨大《ぼうだい》な力のこもった声が不気味に大気を震《ふる》わせた。

眷属に対する命令……いやこの霊力が込められたような声は、言霊《ことだま》か!?

そう晴久が当たりをつけた次の瞬間。

「「「おぎいいいいいいいいいいいっ♥♥⁉」」」

美咲《みさき》たちと交戦していた眷属たちの一部が、突如その場で絶頂した。

「な……⁉」

「ちょっ、なにこれ⁉」

「いやあああああっ⁉　式神に変な液体がかかったあああ⁉」

激しく身体《からだ》を痙攣《けいれん》させて謎の液体をぶちまける眷属に、楓《かえで》、桜《さくら》、美咲の三人がぎょっとした声をあげる。

そんななかで、

「あはぁ……♥」

アンドロマリウスが恍惚《こうこつ》とした表情を浮かべていた。

それはまるで、絶頂除霊《ぜっちょうじょれい》で誰かを突いた際に『美味《おい》しいです♥』と喜ぶミホトと同じような表情で。

（まさかこいつ……⁉）

晴久が冷や汗を流した刹那《せつな》、

「あっはははははははははは♥♥」

「――っ⁉」

ごうっ！

高笑いとともに突っ込んできたアンドロマリウスに、晴久《はるひさ》とゼパルが目を見開く。

なぜならその速度は先ほどよりもずっと増していて、身に纏《まと》う禍々《まがまが》しい気配の密度も段違いになっていたのだ。明らかに重さを増した拳が晴久の顔面に迫る。

「ぐ、おおおっ!?」

晴久が快楽点ブーストと角の力で、ゼパルが風の力でその突撃をかろうじていなす。だが、

「絶頂しろ♥」

アンドロマリウスの言霊《ことだま》はまだ終わらない。

「絶頂しろ♥　絶頂しろ♥　絶頂しろ♥」

「「「「イグウウウウウウウウウウっ♥♥!?」」」」

アンドロマリウスが力を込めて囁《ささや》くたび、眷属《けんぞく》たちが絶頂していく。

新しく絶頂した個体もいれば、二度、三度と激しい絶頂を繰り返す者もおり、絶頂に次ぐ絶頂が研究所周辺に謎のしぶきとなって降り注いだ。

そしてそのたびに――アンドロマリウスの動きが加速する！

「アッハハハハハハハハ！　パーツの力って最高♥♥！　人間から直接エネルギーをむさぼれるや！　役立たずの人間《けんぞく》どもはそのまま枯れ果てるまでボクのエネルギータンクになってろ！」

「ぐっ……!?　こ、いつ……!?」

やっぱり、眷属から性エネルギーを吸い取ってやがる！

しかもその性エネルギー吸収によるパワーアップは尋常ではない。

童戸《わらしべ》　槐《えんじゅ》が数千数万の感度三千倍被害者からエネルギーを吸い取っていたのと違い、せいぜい数十人かそこらの眷属を絶頂させているだけなのに、同等の力を得ているように見えた。

ただの一般人と違って眷属たちが霊級格《スケールファイブ》５に近い力を持っているからか。それとも眷属として霊的に強く繋《つな》がっているせいでエネルギー吸収時のロスが少ないのか。それはわからない。

だがとにかくアンドロマリウスが大きく力を増したのは確かで――これは、捌《さば》ききれねえ！

「ほらほらどうにかしてみなよ人間があああああっ！」

「ぐおっ!?」

『わあああああっ!?』

「晴久っち！　ミホトっち！　ぎゃんっ!?」

遥《はる》かに力を増したアンドロマリウスの身体能力と、一方的に振るわれる魔力弾。

その強大な力は晴久とゼパルの連携さえ真正面から上回る。

大きく吹き飛ばされた晴久はゼパルとともに建物に激突。

瓦礫《がれき》に埋《う》もれて血を流しながら忌々《いまいま》しげに吐き捨てた。

「くっそ、このままじゃ埒《らち》があかねえ！」

それどころか、もたもたしていては眷属《けんぞく》から性エネルギーを吸ったアンドロマリウスが力を増して不利になるだけ。身体《からだ》の限界を超えて絶頂させられ続ける眷属たちの命も危うかった。

「こうなったら……っ！　ゼパル、いったん引くぞ！」

「了解《りょ》！」

快楽点ブースト状態の冴えた頭で思案。

桜《さくら》と楓《かえで》、それからこういうときに頭の回る美咲《みさき》と合流すべく、晴久《はるひさ》はゼパルとともに全力でその場から離脱した。ゼパルの風で瓦礫《がれき》や土埃《ぼこり》を巻き上げ、目くらましも忘れない。

「……はぁ？　いまさらそんな小細工で逃げられるとでも思ってるのかな♥」

姿を眩《くら》ませた晴久たちをバカにするようにアンドロマリウスが吐き捨てる。

まだ絶頂させられていない数体の眷属たちを索敵として先行させ、うっとうしい砂塵《さじん》を打ち払ったアンドロマリウスが周囲を探る。

そうしてしばし周囲を索敵し続けていたときだった。

アンドロマリウス目がけ、四方八方から凄まじい威力の魔力弾が降り注いだのは。

「は――っ!?」

アンドロマリウスは驚愕《きょうがく》に目を見開く。

《サキュバス王の口》を宿した自分への魔力攻撃など、まさに敵に塩を送る行為にほかならないのに、なぜ⁉

「まさかもうヤケになった⁉　いくら一発一発がボクに致命傷を与える威力でも、舌で吸収しちゃえば目くらましにもならないよ♥！」

むしろアンドロマリウスにさらなる力を与えるだけ。

追い詰められた人間どもが一か八かの賭《かけ》に出たのかとバカにしながら、しかし油断なく全力で舌を振るおうと口を大きく開いた。が、その瞬間だった。

「むがっ⁉」

ガチンッ！　アンドロマリウスの口が凄《すさ》まじい勢いで閉じられる。

「〜〜〜っ⁉」

なにが起こったのかとアンドロマリウスが目を剥《む》けば、

「わはははははっ！　素晴らしい表情なのだ！　我流捕縛《ほばく》術一式——光縄乱緊縛《こうじょうらんきんばく》、さらにギンギンに威力が増してしまうのだぁ！」

どこからか響くのは変態じみた女の高笑い。

光の拘束《こうそく》術で顔面をがんじがらめにされていることに気づいたアンドロマリウスの心臓が大

きく跳ねた。だが、

「〜〜〜っ！　こんなもの！」

いくら規格外の威力だろうと、所詮は人間の捕縛《ほばく》術。

アンドロマリウスは光の縄を一瞬で引きちぎり、瞬時に舌を露出させた。

「残念だったねえ♥！　その程度の策で倒せるほどいまのボクは甘くないよ♥！」

所詮は人間の浅知恵。

呪《のろ》いの舌を全力で振るいながら、アンドロマリウスは勝ち誇るように叫ぶ。

「この魔弾のエネルギーも吸収して、もっと眷属《けんぞく》を作ってやる！　そしたら今度こそお前らをぶちのめして！　絶頂させて！　パーツを奪って！　そしてボクはようやく、古屋晴久《おまえ》が打ち込んだこの疼《うず》きから解放されるんだ！」

二か所ある快楽媚孔《かいらくびこう》のうち一か所だけ突かれたがゆえに絶頂手前の寸止め状態で焦《じ》らされ続ける乳首を押さえつつ、神速の舌でゼパルの放った高密度エネルギー弾を舐《な》める。

呪いの舌に絡め取られたエネルギー弾がそのままアンドロマリウスにごっくんと飲み込まれていこうとしたのだが——その瞬間。


——ボフンッ！

「……え？」

アンドロマリウスは我が目を疑った。

なぜなら呪いの舌に触れたエネルギー弾がコミカルな音とともに煙をあげたのだ。

そしてその煙が晴れれば、そこに現れるのは護符《ごふ》の貼られたただの石ころ。

唖然《あぜん》とするアンドロマリウスを煽《あお》るように低く響くのは、氷のように冷たい声だ。

「いくらでも吸収すればいいわ。たかだか人間の変身術から得られるエネルギーなんて大したものじゃないでしょう？」

「……っ!?」

霊力さえ完全に化けると言われる葛乃葉《くずのは》の変身術。

その厄介《やっかい》な術式で強力なエネルギー弾に姿を変えた投石の雨がアンドロマリウスめがけて無数に降り注ぐ。

しかしその中に本物の魔弾が交じっている可能性は捨てきれない。

「ふざけやがってえええええええええええ！」

ただでさえ光縄乱緊縛《こうじょうらんきんばく》によって一拍の遅れをとっていたアンドロマリウスが、一切の余裕なく舌を振るう。と、そのときだ。

――ボフンッ！

頭抜けた速度でアンドロマリウスに最接近していたエネルギー弾が舌をかすめる。

瞬間、そのコミカルな煙から飛び出すのは、

『変身が解けちゃった！』

「構わねえ！　突っ込め宗谷《そうや》！」

宗谷美咲《みさき》が操る速度重視の式神と、それに乗った晴久《はるひさ》だ。

「っ!?」

意識の埒外《らちがい》から現れた晴久に、アンドロマリウスがぎょっと振り返る。

だが応戦しようと魔力を凝縮させた彼女を、瓦礫《がれき》を含む突風が襲った。

「油断大敵っしょ、オバサン☆」

「なっ!?　この程度の不意打ち――あひっ♥♥!?」

咄嗟《とっさ》に結界で防御。だが数瞬差ですり抜けた瓦礫の一部が乳首をかすめ、アンドロマリウスの身体《からだ》が激しく揺れる。

そうしてアンドロマリウスが致命的かつ恥辱《ちじょく》的な隙を晒《さら》した刹那《せつな》、

「いまだ宗谷！　ミホト！」

『了解だよ！』

『ばっちこいです！』

霊級格5《スケールファイブ》に匹敵する式神が宙をかけつつ、晴久を手に乗せ大きく振りかぶる。

ミホトに主導権を渡した晴久の両腕が、式神の手を足場にして凄《すさ》まじい膂力《りょりょく》を発揮する。

瞬間──ボッ！

式神の投擲《とうてき》とミホトの膂力により、晴久が凄まじい勢いで宙を駆けた。

致命的な隙を晒したアンドロマリウスの快楽媚孔《かいらくびこう》──乳首をめがけ真《ま》っ直《す》ぐに突き進む。

「──っ!?　ふざけ──!?」

だが相手は人外の霊的上位存在にして、パーツの力で強化された規格外の魔族。

晴久の手が届くギリギリで身を翻《ひるがえ》し、迎撃しようと魔力を捻《ひね》り出した。

が、そのとき。


「ったく、どいつもこいつもふざけた強さで嫌になるわ」


──ボフンッ！

「っ!?」

最後の変身が弾け、その退魔師《たいまし》が姿を現す。

強力な捕縛術《ほばく》で晴久の身体にくっつきつつ、楓《かえで》の変身術によって姿を隠し続けていた少女。

かつてアンドロマリウスに怪異《かいい》を植え付けられた退魔師、文鳥桜《ふみどりさくら》だ。

周囲に吹き荒れる膨大《ぼうだい》な魔力や霊力に辟易《へきえき》するような声を漏らしながら、しかし桜は晴久と肩を並べて強く叫ぶ。

「けどねえ……規格外の馬鹿力だけが退魔術じゃないのよ！」

その手に握られているのは、監査部が拠点襲撃などの際に使う霊具、術式攪乱閃光弾《かくらんせんこうだん》。

アンチ・マジックミラー号へ突入する際にも使われたそれはしかし、通常の閃光弾とは形状が異なっていた。桜《さくら》が自力改造し威力を増した特別製だ。

――カッ！

「――っ⁉」

全力の霊力が込められたそれが、晴久《はるひさ》だけを警戒していたアンドロマリウスの視界を塗りつぶす。霊的上位存在にそんな小細工、普通は通用しない。

だが刹那《せつな》にも満たないその動揺が、一瞬の攻防の中では命取りだった。

「どうだクソ魔族！」

すべての力をぶつけるように、桜に合わせて目を閉じていた晴久が吠《ほ》える。

「これがてめえの見下してた、人間の力だあっ！」

「――っ⁉　下等な人間があああああっ！」

アンドロマリウスが光に目を眩《くら》ませながら叫ぶ。

破れかぶれに力を振るい、全力の抵抗を試みる。だが――ズンッ！

「――っ♥♥♥♥⁉⁉⁉」

その呪《のろ》われた晴久の指先が膨《ふく》らみの先端に深く深く叩《たた》き込まれて――、

「あ……が♥!?　こんな……う、そ——だあああああああああっ♥♥♥♥!?!?!?」

強大な魔力を纏《まと》ったその華奢《きゃしゃ》な身体《からだ》が、ビクンと大きく跳ねた。

2

「あ……っ♥♥!?　が……っ♥♥!?　おひっ♥♥!?」

べしゃっ。

乳首に光る快楽媚孔《かいらくびこう》を突かれたアンドロマリウスがその場にしゃがみ込む。

その華奢な身体を襲うのは、身体の奥底から爆発せんと湧き出る強烈な快感だ。

押し寄せる性的快感に身体全体が熱を放ち、体液が噴出、腰がガクガクと勝手に跳ねる。

（う、そだ……嘘《うそ》だ嘘だ嘘だ嘘だ！）

自分の身体を襲う現実が信じられなかった。

いくらゼパルの助力があったとはいえ、パーツに憑《つ》かれて力を増した自分が下等な人間に乳首を突かれ、無様に絶頂させられるなどあり得ない。

屈辱的《くつじょくてき》にもほどがある！

だがどれだけ否定しようと身体は正直で。

いくら絶頂すまいと全身に力をこめたところで、身体のうちに溜《た》まる快感の熱量が増えていくだけだった。

絶頂はもはや不可避の未来。

だがそれでもアンドロマリウスは霊的上位存在としてのプライドを守るように、顔面を崩壊させながら晴久《はるひさ》を睨《にら》みつける。

(この、人間がぁ♥♥! 人間のくせに、ボクの乳首を……こんな屈辱《くつじょく》……絶対に、絶対にいつか後悔させてやるからなぁ♥♥♥♥!)

たとえここで頭がおかしくなるほどの快感に無様な絶頂を晒《さら》し、パーツを奪われ尊厳を破壊されようと、絶対にいつか……!

迫り来る爆発的な快感を必死に押しとどめながら、そんな呪詛《じゅそ》の言葉を吐きだそうとした、そのときだった。


「まだ終わりじゃねえぞクソ魔族……っ!」


アンドロマリウスの乳首に一撃必頂の攻撃を叩《たた》き込んだ直後の古屋《ふるや》晴久が、まだ戦いの真っ最中であるかのような低い声を漏らした。

(……え?)

続けてアンドロマリウスの目に映るのは、凄《すさ》まじい勢いで身を翻《ひるがえ》し、人差し指と中指を立てた特殊な拳を振りかぶる鬼のような形相の晴久だった。

「いままで散々……さんっざん、たくさんの人を苦しめやがって！」

これまで押しとどめていた鬱憤《うっぷん》と怒《いか》りをすべて叩きつけるかのように晴久が吠《ほ》える。その瞳には迫り来る快感に悶《もだ》えるアンドロマリウスが――いや、一度突かれたことで位置を変えたアンドロマリウスの新たな快楽媚孔が光っていて。

（ま、さか――）

晴久がなにをしようとしているか理解したアンドロマリウスが顔を青ざめさせた。

「ちょっ、まっ、ヤバイから♥♥！　こんな状態で絶頂の重ねがけなんてされたら、本当に頭がぶっ壊れて――あ」

プライドも捨てて叫ぶアンドロマリウスの懇願はしかし、途中で断絶した。

それまで必死に我慢していた絶頂が弾けると同時――指を突き立てた晴久の拳が、一撃必頂のツボに連続で叩き込まれたのだ。

「これは桜《さくら》のぶん！」

「いぎぃ♥♥!?」

「これは小日向《こひなた》先輩のぶん！」

「あへぇ♥♥!?」

「これは槐《えんじゅ》のぶん！」

「んほぁ♥♥!?」

「ほかにもたくさん、お前に苦しめられた連中のぶんだあああああっ！」

「おごおおおおおおおおおおおおおっ♥♥♥♥♥!?!?!?」

胸、尻《しり》、腹、頬《ほお》——快楽媚孔《かいらくびこう》が光る各部位に、指を突き立てた晴久《はるひさ》の拳が四連続でめり込む。

瞬間、全力の殴打による痛みと同時にアンドロマリウスの体内で爆発するのは、魂がぶっ壊れるほどの性的快感だった。

ブシャアアアアアアッ！　ビクビクビクビク！　ガクガクガク！

「——————っ♥♥♥♥♥♥♥♥♥♥♥♥♥♥♥♥♥」

それは最早、筆舌に尽くしがたい快感の暴力。

一発食らっただけで鹿島霊子《かしまれいこ》やアーネストが虜になるような快感が四発同時に魂を蹂躙《じゅうりん》。

これまで何度絶頂しようとおさまることのなかった焦《じ》らし状態が完全に解消され、極上の解放感が押し寄せる。

そうして……数か月以上のお預けの末に叩《たた》き込まれた四倍絶頂除霊《テクノブレイカー》が体内で連続爆発した瞬間——パンッ！　アンドロマリウスの脳内で、ありとあらゆるものが崩壊した。

理性、プライド、絶対に復讐《ふくしゅう》してやるという執着、悪意。

あらゆる感情が真っ白な快感に押し流されて——、

（……あ、そっかぁ……最初から……家畜に無茶苦茶に蹂躙されるこの屈辱《くつじょくてき》的な快感に……身を委《ゆだ》ねておけばよかったんだ……♥）

ただでさえ享楽主義者の多い魔族に、その快楽はあまりにも劇薬すぎて——難しいことを一切考えられなくなったアンドロマリウスは身も心もドロドロに絶頂して地面に崩れ落ちた。

●

アンドロマリウスが絶頂し地面に崩れ落ちた直後。

そのクソ魔族の身体《からだ》から膨大《ぼうだい》な光が弾けた。

「っ!?」

それは以前、角に取り憑《つ》かれた槐《えんじゅ》を絶頂させたときに生じた光と同じものだ。

奇妙な感覚が全身を包み込み、視界だけでなく意識まで真っ白に塗りつぶされそうになる感覚。そしてその光がおさまったころ、

「こいつは……」

俺の舌が、明らかに質量を増していた。

幸い、口から溢《あふ》れたりするようなものじゃないようだが、なんだか収まりが悪い。

俺がそんな自分の身体の変化に戸惑っていると、

「うっわ……晴久っちいくらなんでもエグすぎっしょ……ベッドヤクザ的な……？　ま、まあいいや、拘束《こうそく》完了。これでオバサンは完全に無力化、と☆」

「あ……ひ……♥♥　えへ、へ……♥♥」

ゼパルがアンドロマリウスの有様《ありさま》にドン引きしながら、超強力な封印術と拘束術《こうそく》で彼女を捕《ほ》縛《ばく》していた。

叩《たた》き込んだ絶頂除霊《ぜつちょうじょれい》の影響で放心しているアンドロマリウスの姿は、以前遭遇したときのものに戻っていた。纏《まと》っていた黒衣は消え、だらしなく口から垂れる舌も普通の長さだ。

眷属《けんぞく》化させられていた人たちも気絶すると同時に元の姿に戻っていて……それらの光景を見渡してようやく、俺は自分が戦いに勝利しパーツを奪い取れたのだと実感できた。

「やっと終わりか……」

気が抜けたように俺がその場に座り込んだそのとき。

「や、やったー！」

と、騒がしい声が近づいてきた。

子供みたいに万歳したまま駆け寄ってくる宗谷《そうや》だ。

眷属化させられていた人たちを式神で安全な場所へ運びながら、宗谷は嬉しそうにまくし立てる。

「まさか一気に二つもパーツが手に入るなんて！　変な怪異《かいい》のせいで色々とおかしなことになっちゃって大変だったけど、結果オーライだね！　カモネギ魔族に感謝だよ！」

これでもう変な悪巧みもできないだろうし！　と宗谷は大はしゃぎだ。

だがその一方。

『ひ、ひえぇ。口と子宮がほぼ同時に獲得できたのは僥倖《ぎょうこう》ですけど、フルヤさんの身体《からだ》に影響がないよう同時に処理するなんて負担が……！　子宮だけでも大変なのに！』

俺の背後でふわふわしながら、ミホトがあわあわと頭を抱《かか》えていた。

そのせいか角を獲得したときのような劇的な記憶の回復もまだないようで、パーツを一気に回収できたという達成感はいまいち薄い。

だがまあ、

「なんにせよ、これで一段落だな」

「ぐへへ、確かこのアンドロマリウスとかいう魔族にも高額な懸賞金がかかっているのだろう!?　これで緊縛系動画を買いたい放題なのだ！」

「ちょっとお兄ちゃん、変態女。油断は禁物よ？」

と、大きく息を吐く俺と十八禁めいた顔をする烏丸《からすま》に治癒護符《ごふ》を貼りながら桜《さくら》が言う。

獣尾で近づいてきた楓《かえで》もそれに追従し、

「小娘の言う通りよ。またジェーン・ラヴェイやほかのテロリストが奇襲を仕掛けてきてもおかしくないのだから気を抜かないで。近隣の基地はそろそろ機能回復してるでしょうし、まずはそこに避難しましょう」

プロの退魔師《たいまし》らしく、激戦のあとでも警戒を保ったままピシャリと言う。

いやまあ、俺も宗谷《そうや》も（ついでに烏丸《からすま》も）いちおうプロ資格持ちではあるんだが……さすがに楓《かえで》たちは年季が違うな。

「わかったよ。まあでもこっちにはまだ魔力に余裕のありそうなゼパルもいるんだし、たとえジェーンが乱入してきてもなんとかなりそうなもんだけどな」

魔力や霊力を完全吸収する〝口〟の能力は確かに厄介《やっかい》だったが、そのおかげでこちらの大戦力であるゼパルがぼちぼち魔力を節約できている。

たとえあの厄介な悪魔憑《つ》きが来てもどうにかなるだろう。

とは思いつつ素直に楓たちの指示に従って近くの駐屯地《ちゅうとんち》へ向かおうとした——そのときだった。

「ふん。やはり〝口〟の力を与えた程度ではダメだったか」

どこからか、そんな声が聞こえてきたのは。

「だが狙《ねら》い通り……標的はパーツの同時吸収で随分と力を削られているようだな」

「「「「「『……っ!?』」」」」」

低く響いた女の声。その異常な気配に全身から瞬時に冷や汗が噴き出した。

ジェーンとも違う。パーツに憑かれたアンドロマリウスとも違う。

もっと禍々《まがまが》しく、凶悪で強烈なプレッシャーが大気を揺らしていた。

「な、んだ……!?」

わけがわからず愕然《がくぜん》とする俺たちの眼前で、空気が揺らいだ。

倒れたアンドロマリウスの背中から染みだした闇が形を成し、空間にヒビを入れる。

そこから現れたのは、絶望が形を成したかのような人影で——。

「あ……が……♥」

そしてその人影を見上げたアンドロマリウスが、うつろな瞳でその異常な気配を纏《まと》った乱入者の名を口にする。

「サキュバス王……様……♥」

「な……!?」

意味がわからず言葉をなくす俺たちの目の前に。

形を持った絶望が、空間の亀裂から完全に姿を現した。

3

アンドロマリウスを介して突如出現したのは、一人の女だった。

あまりにも異常な気配に、この世のものとは思えない美しさ。明らかに人間ではない。

そしてその姿は、いままで散々見てきた〝淫魔《いんま》〟の特徴と完全に一致していた。

褐色の肌に金色の瞳、禍々《まがまが》しい霊力が具現化したような、露出の激しい黒の衣装。

だが一致しているのは大まかな特徴だけで——纏《まと》う空気の禍々しさも、強大さも、装甲のように身体《からだ》の各部を覆《おお》う黒衣の造形も、いままで遭遇した淫魔《いんま》たちとは明らかに別格だった。

眷属《けんぞく》はもちろん、パーツの力によって淫魔化した槐《えんじゅ》ともアンドロマリウスとも、次元が違う。

なかでも異常なのは、特に強い気配を纏う三つの部位だ。

尻《しり》から伸びる尾は太く、胸はこぼれ落ちそうなほど豊かで、すらりと伸びた脚はストッキングを履いているかのような漆黒《しっこく》に染まっている。

その三部位から漏れ出る気配は、俺たちがいままで何度も遭遇してきた最悪の呪《のろ》いそのもので——おいまさか……アレが全部……!?

「なんだし……なんなんだしお前……っ!?」

あまりのことに瞬《まばた》きひとつできない俺たちの言葉を代弁するかのような震《ふる》え声が響いた。

ゼパルだ。

いままでの飄々《ひょうひょう》とした態度など完全に消え失《う》せ、額に玉のような汗を浮かべたゼパルが愕《がく》然《ぜん》と目を見開きながら叫ぶ。

「この気配、神族と魔族、どっち……!?　それにこの馬鹿げた力は一体……!?」

「私が何者か、だと？　聞くまでもないだろう」

ゼパルの問いに、突如現れたその人外女が当たり前のように答える。

「私はサキュバス王。すべてを絶頂のもとに支配する無限の力だ」


「……っ⁉　サキュバス王だぁ⁉」

それは先ほど、朦朧《もうろう》とするアンドロマリウスが漏らしていたのと同じ名前だ。

だが……あり得ない。あり得るはずがない。

確かに目の前の人外女は異常な気配を纏ってはいるが……大昔に消滅したというおとぎ話の怪物がいきなり目の前に現れるなど信じられるわけがなかった。けれど。

目の前の現実を必死に否定する俺の脳裏に、アーネスト・ワイルドファングの言葉がよぎる。


『あたしらの目的は、サキュバス王の完全復活だ』


完全復活。

それはつまり……不完全な状態でならすでに復活しているともとれる言い回しで。

誰かの依頼を受けて動いていたかのようなアンドロマリウスの言動からして、彼女の上には相応の存在が控えているはずで……。

いやだが、本当にそんなことがありえるのか⁉　と混乱に陥っていたとき。

「……っ!?　ぐあ……!?」

「古屋《ふるや》君!?」

俺は声を漏らしてその場にうずくまっていた。

宗谷《そうや》が声をあげるが……頭が割れるような頭痛に返事をする余裕もない。

（……っ!?　この頭痛……!?）

身に覚えのある痛みに俺は目を見開く。

そしてそんな俺のすぐ後ろから、慄然《りつぜん》としたような声が落ちてきた。

『そんな……あり得ない……どうしてアレが……サキュバス王が、いまここに……!?』

「ミホト……!?」

それはまるで、最悪の悪夢を目の当たりにしたかのような。

ミホトはサキュバス王を名乗る人外女を凝視したまま、いまにも吐いてしまいそうなほど顔を真っ青にして固まっていたのだ。

一体なんなんだと混乱が加速する。

だがミホトの尋常ではない様子や連動する頭痛からして、彼女がタチの悪い嘘《うそ》や冗談を言っているようには思えない。

（まさか本当に、あの女がサキュバス王だっつーのか……!?）

イレギュラーにもほどがある事態の連続に、俺はもちろん宗谷や楓《かえで》、ゼパルでさえも動けない。……だがそんな均衡《きんこう》がいつまでも続くはずがなかった。

「ふん。貴様らが私の言葉を信じようが信じまいが、そんな些事《さじ》はどうでもよい」

サキュバス王を名乗る女が億劫《おっくう》そうに口を開く。

そして、

「返してもらおうか。私の一部であるそのパーツをな」

コツン、と。一歩踏み出したその瞬間。

「「「「「――っ」」」」」

それまでとは比べものにならない重圧が俺たちにのしかかった。

呼吸さえままならないと感じる。まさしく人知を超えた怪物のプレッシャーが一瞬、俺たちの心身を強く縛る。だがそのとき、

「晴久《はるひさ》っち！　みんな！」

一瞬だけ停止していた俺たちの身体《からだ》を、逼迫《ひっぱく》したゼパルの大声が叩《たた》き起こした。

「全員でかかろう！　こいつは……逃げ切れる相手じゃないっしょ！」

「っ！　ああ！　ミホト！　ぼーっとしてる場合じゃねえぞ！」

『……っ。う、ぐ……は、はい……っ！』

自らの記憶に翻弄《ほんろう》されているようなミホトを強引に叱咤《しった》し、俺もまだ痛む頭を押さえて立ち上がる。

そうだ。

相手がサキュバス王だろうがなんだろうが、向かってくるなら戦うだけ。

絶頂させてぶっ倒すだけだ。

この身に宿るパーツを、魔族どもに渡すわけにはいかないのだから。

「行くぞ！」

「うん！」

気合いを入れるように叫ぶと同時、俺たちは自称サキュバス王から一斉に距離を取った。

アンドロマリウスを仕留めたときと同じように連係攻撃を組み立て、一気に叩《たた》き潰《つぶ》すべく全力で走り出す。

先陣を切るのは、俺たちの中でもっとも戦闘力の高いゼパルだ。

「さっきまでは〝口〟の能力を警戒してたけど――」

その両手に災害級の魔力が凝縮する。

「その必要がなくなったのなら、全力全開だし！」

ズガアアアアアアアアン！

迸《ほとばし》るのは目の眩《くら》むような閃光《せんこう》。雷。

十二師天《じゅうにしてん》級の霊能犯罪者はおろか、霊的上位存在でさえ大ダメージは免《まぬか》れない一撃だ。

しかし――ガギィン！

「《サキュバス王の尻《しり》》。それは淫魔《いんま》王の捕食器官にして、盾にも矛にもなる伸縮自在の尾だ」

「な……っ!?」

その場にいた誰もが絶句した。

──無傷。

サキュバス王を名乗る女の尻から伸びた太い尾が、雷を真正面から受け止めていたのだ。

それを見て宗谷《そうや》が声を漏らす。

「古屋《ふるや》君、アレって……!?」

「ああ、やっぱりパーツか!?」

サキュバス王の尻から伸びるのは、俺の両手と同じようにほぼ破壊不能の性質を持つらしい長大な尾。しかもその速度はゼパルの雷を防ぐほどのもので、真正面から打ち破るのはほぼ不可能に思えた。だが、

（……っ、あの尾の先端に光ってんのは、快楽媚孔《かいらくびこう》か!）

俺の両目が、その太い尾に光を見つけた。

サキュバス王を名乗る女の力があまりに強大なせいか、快楽媚孔はほかにも二か所ほど光っており、尾の快楽媚孔を突いただけでは倒せそうにないが──、

『……っ。アレはチャンスです!　アンドロマリウスの快楽媚孔を中途半端に突いて寸止め絶頂状態に陥れたように、一か所でも突けば敵はかなり弱体化するはずです!』

「……っ、そりゃいいこと聞いたな」

ミホトの言葉を聞き、俺は自分を鼓舞するように口角をつり上げる。

ゼパルの雷を防ぐほど強大な尾なら、敵は積極的に振るってくるはず。

ほとんどの攻撃を防げるからと、大した警戒もなく。

そこにカウンターをぶつけるかたちで快楽媚孔《かいらくびこう》を突いてやれば……恐らくそれがあの怪物を打ち倒す突破口になるはずだ。

「……っ」

改めて覚悟を決める。仲間たちと視線を交わしタイミングを推し量る。そして、

「うおおおおおおおおおおおおおおっ！」

先ほどアンドロマリウスを打ち倒したときと同様に、何重もの策を弄《ろう》したうえでの特攻を仕掛けた。

ゼパルの雷、宗谷《そうや》の式神軍団、烏丸《からすま》の拘束術《こうそく》、楓《かえで》の幻術、桜《さくら》の霊具。すべてを駆使した多重トラップがサキュバス王を襲い、惑わし、俺が快楽媚孔を突くまでの道を作り上げる。

が、次の瞬間だった。

「愚かな」

サキュバス王が軽く地面を踏みしめた。

瞬間——地面が割れた。

ドッッッッッゴオオオオオオオオオオオオオオン！

それはかつて、パーツに憑《つ》かれた槐《えんじゅ》が地団駄で床を踏み抜いたような。

しかしその威力も範囲もあのときとは段違いで。

ほとんど島が割れたのではと錯覚するような衝撃が大地を、大気を揺らした。

「な――!?」

それはもはや、本物の地震。本物の天変地異。

俺が大地を絶頂させたとき以上の揺れが、ただ立っていることさえ許さない。

凄《すさ》まじい衝撃と舞い上がる砂塵《さじん》が全方位に吹き荒れ、俺たちの組み立てた小細工のすべてを吹き飛ばした。

次の瞬間、

「《サキュバス王の脚》。それは振動を自在に操る破壊的快楽の象徴」

サキュバス王が目にも留まらぬ速度で地面を蹴《け》った。

地震で一瞬だけ足を取られていたゼパルに肉薄し、至近距離から《脚》を向ける。

「っ!?」

それはまるで、足の裏に隠された仕込み銃を突きつけるような格好で。

当然、ゼパルは超強度の結界を張りながら風を巻き起こして回避に移るのだが――直後。

ブイイイイイイイイイイイイイイイ!!

冗談のような震動音が俺たちの鼓膜を揺らした。

「な――きゃあああああああああああっ!?」

続いて響いたのは、ゼパルの絶叫だった。

「ゼパル!?」

「ゼパルちゃん!?」

我が目を疑った。

何重もの結界を張っていたはずのゼパルが、力なくその場にくずおれたのだ。

それはまるで、堅い防御をも貫通する強烈な震動――衝撃波に身体《からだ》を貫かれたかのように。

「あ……ぐ……」

「邪魔だ。若き魔族よ」

サキュバス王が無慈悲に告げる。そして俺たちが助けに入る間もなく、

ボッッッッゴオオオオン!

その尻《しり》から伸びる太い尾にゼパルが吹き飛ばされビルに激突。

その衝撃で倒壊するビルを愕然《がくぜん》と見上げる俺の口から、掠《かす》れた声が漏れた。

「う、そだろ……!?」

これは……ダメだ。

ゼパルが言うように、逃げ切れる相手じゃない。

けどまともにやりあって勝てるような相手でもない。

「楓《かえで》！　宗谷《そうや》！　ゼパルを助けていったん距離だけおくぞ！」

「……っ、うん！」

「それしかなさそうね……っ」

俺の判断に、宗谷と楓が切羽《せっぱ》詰まった表情で頷《うなず》く。

「式神百鬼夜行《ひやつきやこう》！」

「千変万化！」

途端、周囲を埋《う》め尽くすのは大量の俺たちだ。

楓の変身術と宗谷の式神で生み出された、判別不能な無数の影武者。

それに紛《まぎ》れてゼパルを回収しようと、俺たちは必死に倒壊したビルを目指した。

が、そのとき――不思議なことが起きた。

「え」

俺たちの足が地面からふわりと浮いたのだ。

そしてその身体《からだ》が勝手に……引き寄せられる⁉

しかもその怪現象は無数の影武者の中から本物の俺たちだけを正確に選び――サキュバス王のもとへと引きつけていた。まるで強力な磁石のように。

「な、なにこれ⁉」

宗谷《そうや》たちがスカートを押さえながら悲鳴をあげるなか、その厳《おごそ》かな声が俺たちの耳に届く。

《サキュバス王の胸》。それは意思ある者を自在に引きつける不可避の魅力」

「な――⁉」

つまりこれが、尻《しり》と脚に続く三つ目のパーツ能力か⁉

「ふっ……ざけやがって！」

式神影武者の中から、本物の俺、宗谷、楓《かえで》、桜《さくら》、烏丸《からすま》が正確に引き寄せられ、逃げることさえままならない。でも、だったら、

（そのおかしな引力を利用して、一気に肉薄してやる！）

ミホトに脳内で指示を出し、人外の膂力《りょりょく》となった両腕で地面を叩《たた》く。

「ま、け、るかあああああああっ！」

叫んだ宗谷が式神を操り、楓が狐火《きつねび》を噴出し、桜が霊具を駆使し、俺の特攻を可能な限りサポートしてくれる。

その後押しを受けながら、人外の速度でサキュバス王の快楽媚孔《かいらくびこう》めがけ突っ走る。だが、

「たかが人間のサポートはもとより、そんな弱り切った加速で私の不意を突けるとでも思ったか？　全員沈むがいい──全方位、激震鳴動《エレクトマッサージ》」

ブイイイイイイイイイイイイイイイイイッ!!

「「「「っ!?　あああああああああああああああっ!?」」」」

それは恐らく、ゼパルを襲ったものより遥《はる》かに低威力の衝撃波。

だが防御も結界も易々《やすやす》と貫通するその振動は人間の俺たちにとってはあまりにも強力で──そのたった一撃で、俺たちは全員、完全なる戦闘不能に陥っていた。

「な……が……!?」

全身が痛い。ほとんど鼓膜が機能しておらず、ぐらぐらと視界が回る。的確なボディーブローを何発も浴びたかのように全身の臓器が悲鳴をあげ、すべてを口からぶちまけそうだった。

立ち上がる力などあるわけがない。

そうして呻《うめ》き声さえあげられず地面に転がる俺たちに──絶望が迫る。

「ふがいない部下のせいで、せっかく預けた〝口〟も奪われてしまった。だが……」

言って、サキュバス王が人外の笑みを浮かべた。

「狙《ねら》い通り、パーツの同時吸収と立て続けの戦闘で随分と力を消耗していたようだな。あまりにも容易《たやす》い制圧だった」

「ク、ソ……この、バケモンが……！」

『う……ぐぅ……っ！』

誰もが動けないで地面に倒れるなか、俺とミホトがかろうじて声を漏らす。

だがそんな悪態で事態が好転するわけもなく――、

「では……早速いただくとしようか」

俺の身体《からだ》を尾で持ち上げたサキュバス王がじゅるりと自らの唇を舐《な》め、そのすらりと伸びた脚を俺の股間《こかん》に向けた。

一体なにを!?　と怪訝《けげん》に思ったのは一瞬で。

脚の能力が振動だということに思い至った俺の全身を、怖気《おぞけ》が貫いた。

「お前まさか……!?　おいやめ――」

必死に身をよじり抵抗する。

そんな俺の股間で――無慈悲な振動が弾けた。

「『う、ああああああああああああっ!?』」

俺と感覚の繋《つな》がっているミホトと、俺自身の悲鳴が重なる。

しかしそれは、痛みや苦しみの絶叫ではない。

逆だ。

股間に与えられる絶妙な振動が、俺に未知の快感を与えていたのだ。

(ヤバい……!?)

脳裏をよぎるのは、執拗《しつよう》に俺のアソコを舐めようとしていたアンドロマリウスの奇行。

パーツ持ちがパーツ持ちを絶頂させることでパーツを奪えるというミホトの言葉。

ゆえに俺は「イっちゃダメだイっちゃダメだイっちゃダメだ！」と必死でサキュバス王の蛮行に耐えようとするのだが、

「ほう、耐えるではないか。では出力を上げてやろう」

「ぐ、があああああっ!?」

それは意思の力でどうにかなるものではなかった。

睾丸《こうがん》を避け、ピンポイントで繰り出される強烈なバイブレーション《振動》。

それは愛情もテクニックも関係ない、ただただ機械的な刺激だ。

それなのに、

(機械的な刺激だからこそ……耐えようが、ない……!?)

それはもはや、非勃起《ぼっき》状態でも強制的に人を絶頂へと導くような悪魔の刺激。

快感が下半身を蹂躙《じゅうりん》し、最悪の事態がいまにも股間から噴出しそうになる。

「ふ、るやくん……っ！　いや……そんなのダメえええええっ！」

悲鳴が轟《とどろ》く。

地面に倒れたままの宗谷《そうや》が式神を操りサキュバス王へと殴りかかる。だが、

「貴様の番まで大人しくしていろ」

ドズン！

「ぎゃんっ⁉」

「そ、うや……っ！」

事態はもはや霊級格《スケールフォー》4の式神程度でどうにかなるものじゃない。

式神は瞬殺。宗谷はサキュバス王に踏みつけられて沈黙。

いますぐ殴りかかってやりたいのに、俺は身動きひとつとれないまま情けない顔をすることしかできなくて――。

『フ、ルヤさん……お願いです……耐えて……ここでパーツを奪われたら、私は……っ！』

俺と同じように快感に悶《もだ》えながら懇願するミホトの声に応える力さえ、俺にはもうほとんど残されていなかった。

問答無用の振動快感はもはや爆発寸前に蓄積されていて――護衛のゼパルさえ失った俺たちに、今回こそはもう都合の良い助けもこない。

（クソ！　なにか、なにか手はねえのかっ⁉）

快感でおかしくなりそうな意識のなかで必死に考える。

だがそんな俺の思考も、絶対にイかないという強い意思も、低い振動音がいとも容易《たやす》くかき

消した。

「さあ、いさぎよくパーツを渡すがいい」

ブイイイイイイイイイイイイイッ！

「『う、ああああああああああああっ!?』」

トドメとばかりにサキュバス王がさらに振動を強めた瞬間——ブチン。

あまりにもあっさりと。

それまで必死に耐えていたものがすべて、完膚なきまでに崩壊した。

ドビュウ！　ビュウウウウウッ！　ビクンビビクン！

「——っ♥♥♥♥!?　——っっ♥♥♥♥!?!?!?」

一度一線を越えてしまえば、もう終わりだ。

強制絶頂。

自分の意思とは関係なく身体《からだ》が跳ね、尊厳を破壊されるような快感がすべてを飲み込む。

視界のすべてが真っ白に染まるような衝撃と快感が身体を突き抜けて——。

（ク……ソ、が……）

全身から魂が抜けるかのように、俺の意識はそこでぶつりと途絶えた。

4

「──っ♥♥♥♥!?　──っっ♥♥♥♥!?!?!?」

晴久《はるひさ》が声にならない絶叫とともに絶頂を迎えたその瞬間。

『あ、あああああああああああっ!?』

まるで宿主の絶頂と連動するかのように、ミホトが全身から悲鳴を迸《ほとばし》らせた。

身体《からだ》を仰《の》け反《ぞ》らせるようにして目を見開き、豊満な身体をぶるぶると震《ふる》わせる。

直後──パァン！

その豊満な身体が白くドロドロとした液体に変じたかと思うと、彼女の身体は空中で弾け飛んだ。まるで精子のように細かい白の破片となった霊体が中空へと霧散していく。

何年も取り憑《つ》いていた少年の身体から排除され、消滅するかのように。

「ミホトちゃん……!?」

その光景に美咲《みさき》が愕然《がくぜん》と目を見開いた直後──カアアアアアアアアアッ！

今度は絶頂痙攣《けいれん》を続ける晴久の身体が凄《すさ》まじい光を放ちはじめた。

やがて光は凝縮し、四つの塊へと収束していく。そして、

「あ……が……っ」

絶頂を終えた晴久の目から光が消え、完全に意識を失うと同時。

凝縮した四つの光が、サキュバス王の身体へと入り込んだ。

それはまさに、晴久がいままで角や口を奪ってきたときと同じ光景。

瞬間、爆発するような笑い声が周囲に響き渡った。

「ふは……ふははははははははははは！　力が漲《みなぎ》ってくるぞ！　素晴らしい力が！」

ぶおんっ！　ドシャッ。

もう用済みとばかりに気絶した晴久を投げ捨てたサキュバス王が、高揚と興奮で頬《ほお》さえ染めながら勝ち鬨《かどき》のように笑声をあげているのだ。

「ふ、るや君……っ」

蹂躙《じゅうりん》された幼なじみの少年に、奪われたパーツ。受け入れがたい現実に楓《かえで》が唇を噛《か》んで声を震わせるが……上位存在による暴虐はまだ終わらない。

「素晴らしい成果だ。手、角、子宮、口……さすがに四つも同時に吸収すると各パーツの能力もすぐには使えそうにないが……さて、では五つ目のパーツも返してもらうとするか」

「……っ！」

サキュバス王が視線を下に向ける。

そこに力なく横たわっているのは、《サキュバス王の魔眼》に魅入《みい》られた少女、美咲だ。

「こ、の……！　お兄ちゃんを穢《けが》されたうえに、そのうえ美咲まで……やらせるかぁ！」

サキュバス王の蛮行に怒声を響かせ、桜《さくら》が力を振り絞る。

ボロボロの身体を無視して霊力を練り、術式をぶつけようとするが――ドゴォ！

「あぐっ!?」

「っ、桜《さくら》ちゃん！」

凄《すさ》まじい速度で動く触手が桜の身体《からだ》を容易《たやす》く叩《たた》き潰《つぶ》した。

命に別状はないが……抵抗する力は完全に摘み取られる。

「大人しくしていろ人間。そうすれば貴様ら全員、私の本拠地に持ち帰り、空腹を満たすための間食として丁重に飼育してやろう。……死ぬまでな」

「……っ！　くっ、来ないで！」

言って、宗谷《そうや》がなけなしの力を振り絞って式神を発動させた。

目眩《くら》ましのように数体の式神をけしかける。

そうしてサキュバス王の意識が自分に向いているうちに楓《かえで》や桜、晴久《はるひさ》や烏丸《からすま》だけでも逃がそうと必死に式神を操作するのだが……すべては無駄な努力だった。

「こざかしい」

ズガガガガガガッ！

宗谷の放った式神はサキュバス王の尾によってすべて瞬殺。

「な――あぐっ!?」

宗谷本人も一瞬で尾に絡め取られ、ぎりぎりと締め上げられた。

そして身動きを封じられた少女の股間《こかん》に、《サキュバス王の脚》が向けられる。

「観念しろ。いま極上の快楽を与えてやるゆえ」

「……っ！　や、やめ――」

宗谷が声を振り絞るが……もう誰も、サキュバス王を止められる者はいない。

ブイイイイイイイイイイイッ!!

「――――――――っ!?」

少女の股間を、無慈悲な振動が襲った。

晴久をまたたく間に強制絶頂へと追い込んだ微振動だ。

その快感は男性よりも女性に対してより強力に作用し、まともな思考ができないほどの快感を瞬時に叩き込む。

「くふふ、これで〝眼《め》〟も私のものだ」

そら。眼の持ち主よ。耐えることなどできない振動の快感に身を仰《の》け反《ぞ》らせ、食欲を刺激する嬌声《きようせい》を響かせるがいい。と、サキュバス王が上機嫌な笑みを浮かべた。

次の瞬間だった。

「あは……あはははははははははっ!?」

「……ん？」

響き渡る場違いな笑い声に一瞬、サキュバス王は第三者の援軍でも現れたのかと身構える。

だが周囲には横たわる人間たち以外に不審な気配は一切ない。

なんだ？　一体誰が、と混乱しながら周囲を見渡す。

それからややあって笑い声の主に気づくのだが……それによってサキュバス王の混乱はさらに加速した。

大声をあげて笑っていたのは——股間《こかん》に振動を受けているはずの美咲《みさき》だったからだ。

「な……!?」

それまで泰然自若《たいぜんじじゃく》とした態度を一切崩さなかったサキュバス王の口から、初めて唖然《あぜん》とした声が漏れる。

「貴様、なぜ笑っている……!?　なぜ笑っていられる!?」

「な、なんではこっちのセリフだよ!?」

ひーひーと大粒の涙さえ流して笑いながら美咲が叫んだ。

「なんで急にこんなくすぐったい振動を……!?　あははははは！　やめてやめてくすぐったい！　笑い死ぬ！」

「……っ!?　なんだこの娘は……!?」

まさか、振動快感が効いていないとでも!?

「ありえん……っ、ならこれはどうだ！」

ぐぱぁ。

途端、サキュバス王の尻《しり》から伸びる尾の先端が卑猥《ひわい》に花開いた。

粘液まみれの肉壺《にくつぼ》が美咲の下半身を飲み込み、イボイボヌルヌルじゅぽじゅぽとあらゆる性的刺激を叩《たた》きつける。それは霊的上位存在であるアンドロマリウスを飲み込み、絶頂地獄へと堕《お》とした快楽の坩堝《るつぼ》だ。だが、

「あひゃひゃひゃひゃひゃひゃ！　くすぐったい！　くすぐったいからやめてーーっ！」

「……っ!?」

サキュバス王の捕食器官である尾の快楽責めさえ、まったく効いていない!?

「み、美咲……あんたまさか……不感症だったの……？」

あまりの事態に桜《さくら》が混乱したようなことを口走るが……不感症程度ではね除けられるほどサキュバス王の能力は甘いものではない。

「どういうことだ……？」

いよいよ不可解すぎる事態に、一周回って冷静さを取り戻したサキュバス王が目を細める。

そしてこの場で考えても埒《らち》があかないと判断した彼女は即座に思考を切り替えた。

「……まあいい。どのみちこの場にいる人間は全員、食用に持ち帰る予定だったのだ。なぜパーツによる快楽責めが効かないかはあとでじっくり検証すればいい」

「「「……っ！」」」

言って、サキュバス王が宗谷《そうや》たちの身体《からだ》を尾でまとめて拘束《こうそく》。

その手で空間に触れ、真っ黒なゲートを作り出した。

この世のどこでもない場所、サキュバス王の本拠地へと繋《つな》がる時空の裂け目だ。

「少々おかしなことはあったが……予定通り我が城へと招待しようではないか。人間《食料》ども」

人外の笑みを浮かべてゲートをくぐろうとするサキュバス王に楓《かえで》たちの顔から血の気が引く。

このままではパーツのほとんどが敵の手に落ちるだけでなく、自分たちはサキュバス王とやらの供物として一生人間界に戻ってこられないかもしれないのだ。神隠しのごとく。

「ぐ……っ！」

「嫌なのだ嫌なのだ！　快楽責めはされるよりするほうがいいのだ！　されるなんて性癖《せいへき》の不一致なのだあ！」

楓たちが表情を歪《ゆが》め、烏丸《からすま》が大声で喚《わめ》く。

だがそんなことでサキュバス王が止まるはずもなく、全身をボロボロにされた彼女たちに抵抗の手段はない。その事実にサキュバス王が口角をつり上げる。

「これで私が手にしたパーツは八つ。私の――サキュバス王の完全復活まであと一歩だ」

勝《か》ち鬨《どき》を上げるサキュバス王に最早これまでかと、全員が諦《あきら》めかけた――そのときだった。

「――」

ぴたりと。

サキュバス王の動きが止まる。

「な、んだ……!?」

「……え？」

サキュバス王が困惑に声を震《ふる》わせ、宗谷《そうや》たちがその異変に気がついて顔をあげた。

次の瞬間、

『サキュバス王の……完全……復活……？』


サキュバス王の中から、微かな声が響いた。

それはいままでずっと、とある少年の中で響いていた声。

少年に取り憑《つ》いていた少女の声。

長きにわたってパ、い、い、ーツに取り憑いていた霊体の声だ。

『ふざけるな……っ』

声が続く。

『あんな怪物を復活させるなんて……そんなことは絶対にやらせない！　あんな厄災、二度と起こさせない！』

泣き叫ぶような絶叫が轟《とどろ》いた。

直後――ビクンッ！

「は――？」
サキュバス王の身体《からだ》が微かに、しかし確実に痙攣《けいれん》した。

5

強制絶頂と同時に、俺の意識は完全にブラックアウトしていた。
しかしそんな闇の中に突如、女の子の声が響く。
『ふざけるな……っ』
それはいまにも泣き出しそうな少女の声。
『あんな厄災！　二度と起こさせない！』
悲壮な決意と後悔を滲《にじ》ませる信念の叫びだ。
同時に俺の中へと流れ込んでくるのは声にこめられた激情そのもので。
「――う、ぐ」
それが電気ショックのように、眠っていた俺の意識を一気に叩《たた》き起こす。
それでもまだ少し意識を朦朧《もうろう》とさせながら、俺はゆっくりと目を開いたのだが、
「なんだここ……？」
目を覚ました俺の周囲は、なにもない真っ白な空間だった。
宗谷《そうや》たちはもちろん、戦いの余波でボロボロになった街の景観もなにもない。

「どうなってんだ……？　俺は確かサキュバス王に絶頂させられて、パーツを奪われて……」

目を覚ましたら謎の空間だ。

一体なにがどうなってんだと疑問が胸を満たしたそのとき。

『ここはサキュバス王を名乗るあの女性の魂の中。いわゆる精神世界です』

「……っ!?　ミホト!?」

聞き覚えのある声に振り返ると、そこに立っていたのはミホトだった。

わけのわからない空間で見知った顔に出会えてほっとする。

けど、

（こいつ、なんか雰囲気が……？）

俺を見下ろすミホトは、先ほど一緒に戦っていたときと比べてやけに落ち着いて見えた。

まるで迷いや戸惑いが消えたかのような。

その様子に俺は首を傾《かし》げるのだが……それよりも気になるのは、いましがたミホトが発した言葉のほうだ。

「ここがあの女の精神世界って、どういう意味だ……？」

『そのままの意味ですよ。絶頂させられたことによってパーツを奪われた際、私たちも一緒に彼女の魂の中へ取り込まれてしまったようなのです』

「は？」

ミホトが一瞬なにを言っているのかわからず固まる。

「取り込まれた……!?　パーツに憑《つ》いてた霊体のお前だけならまだしも、俺も!?」

『はい。普通は絶頂時にパーツだけが奪われるはずなのですが……恐らく私がフルヤさんの魂と《サキュバス王の手》の両方に強く、強く結びついていたからでしょう。パーツとともに、フルヤさんの魂の一部もここへ一緒に連れてきてしまったようなのです』

「……!?」

魂の一部を連れてきてしまったって……。

そんなことがあり得るのか。

いやだが、現実味が薄いと同時に夢とは思えないリアルな感覚。その二つが矛盾なく両立するこの空間に俺は少しだけ覚えがあった。うっすらとした記憶だが……疑似男根の生えた宗《そう》谷《や》たちと精神を繋《つな》げて夢に入った際の感覚がこれに近かったはずだ。

でもだとしたら、

(前からずっと疑問だったが、こいつは本当に一体……なんなんだ)

サキュバス王に絶頂させられた時点で戦いは終わりだったはずなのに。

俺をこんな精神世界にまで引っ張ってきたミホトの力に改めて疑問が膨《ふく》らむ。

だけど——その疑問も長くは続かなかった。

「——っ!?　なんだ……っ!?」

俺の頭の中に突如、映像が流れ込んできたのだ。

それは、俺たちがつい先ほどまで戦っていた街の光景。

そして戦いに敗れた宗谷たちを拘束《こうそく》し、真っ黒なゲートの向こうに彼女たちを攫《さら》おうとしているサキュバス王の姿だった。

「……っ！　こいつは……っ」

直感でわかる。

これは幻想でも妄想でもない。いま現実に起きている出来事が、サキュバス王の魂を通じて俺の中に流れ込んできているのだと。だから俺は慌てて叫んでいた。

「おいこれ、ほっといたらヤバいんじゃねえのか!?」

『はい、いますぐ止めなければなりません』

ミホトは即答するが……一体どうやって。

ミホトいわく、いまの俺たちは魂だけの存在で、サキュバス王の精神に取り込まれてしまっている状態だ。両手に絶頂除霊《テクノブレイカー》の気配も感じられず、いつものように快楽媚孔《かいらくびこう》を突いて強引に切り抜けるという手も使えそうにない。

そうして焦《あせ》る俺にさらなる困難が襲いかかる。

「なんなんだ貴様らは……!?」

「っ！」

その真っ白い空間に突如、一人の女性が現れたのだ。

それはこの精神世界の主……サキュバス王本人の精神体か!?

「なぜパーツだけでなく、貴様らの魂まで入り込んでいる!?　しかもなぜ人間風情《ふぜい》が私の中で魂の形を保っていられるのだ!?」

困惑と不快の入り混じった声でサキュバス王が叫ぶ。

「……まあよい。私の中に入り込んでいつまでも無事でいられると思うな。完膚なきまでに叩《たた》き潰《つぶ》してくれる！」

言って、サキュバス王の両手から放出されるのは凄《すさ》まじいエネルギーの塊だった。

『掴《つか》まってくださいフルヤさん！』

「うおっ!?」

瞬間、ミホトが俺を抱き上げて攻撃を回避する。

「こざかしい！」

そしてそれを追って、さらにサキュバス王が攻撃を連打した。

ここが精神世界であるせいなのか、サキュバス王はパーツの能力を使えないようだが……放たれたエネルギーは免疫細胞のごとく、侵入者である俺たちを完全抹消する力を秘めているようだった。直撃したら即アウトだ。

　現実世界ほどではないにしろ、凄まじい力を振るうサキュバス王の猛攻に俺は叫ぶ。

「おいミホト、これどうすんだ⁉」

『お忘れですかフルヤさん』

と、俺を抱《かか》えたままのミホトが好戦的に微笑《ほほえ》んだ。

『私たちにできることはいつもひとつだけ。ですがそれには、私一人では手が足りません。フルヤさんの協力が必要不可欠です』

　言って、ミホトはこの状況を打破する方法を耳打ちしてきた。

「……マジで言ってんのか」

　そのとんでもない提案に俺はドン引きするのだが……。

『はい。お願いしますフルヤさん』

　サキュバス王の攻撃を避けながら、ミホトは言うのだ。

『ここで負ければすべてが終わります。魂を取り込まれて私たちは消滅し、彼女を止められる者はいなくなる。……私は二度と、あんな厄災を起こさせるわけにはいかないんです』

「……っ」

　切実に訴えるミホトのその声は、俺がこの空間で目を覚ます直前に聞こえてきた真剣な声とまったく同じもので。金色の瞳に宿る光は強い意思に彩られていた。

明らかになにか深い事情を抱《かか》えているらしいミホトの様子に疑問が募る。常軌を逸した存在であるサキュバス王の精神世界にここまで干渉できるミホトの異質な力にも謎は膨《ふく》らむばかりだ。だが、

「ああもうわかったよ!」

ミホトへの疑問も、倫理観も、それらはいったん脇に投げ捨てて。

俺は腹をくくっていた。

「どうせこのまま宗谷《そうや》たちが連れていかれるのを指を咥《くわ》えて見てるわけにはいかねえんだ! この状況を打破する方法があるってんなら、なんでもやってやる!」

『それでこそフルヤさんです!』

ミホトが満面の笑みを浮かべる。

途端、俺を抱えていたミホトがサキュバス王へと凄《すさ》まじい速度で突っ込んだ。

「……!? 舐《な》めるな!」

当然サキュバス王の精神体はエネルギー弾の乱射で応戦する。が、

『いいですかフルヤさん。これは霊力ではなく、精神力の戦いです』

言ってミホトが発するのは、サキュバス王に負けず劣らずのエネルギーだ。

ドゴン! ぶつかり合った光球が弾けて視界を塗りつぶす。

『怯《ひる》まず突き進めばこちらにも勝機はある』

「……っ！　愚か者がっ！　精神力が多少拮抗《きっこう》した程度で、この精神世界の主である私に敵《かな》うものか！」

と、ミホトの言葉に反発するようにサキュバス王がさらなる攻撃を放とうとしたそのときだ。

ガ――ッ！

「な……!?」

サキュバス王の豊満な体を背後から羽交い締めにする影があった。

光弾同士がぶつかり合った際に俺を放り捨て、目眩《くら》ましを食らったサキュバス王の背後にいち早く回り込んでいたミホトだ。

褐色の四肢《しし》がサキュバス王の四肢を絡め取り、全身全霊《ぜんしんぜんれい》で身動きを封じている。

『捕まえました……っ』

「こ、の……こしゃくな……っ。だが動きを封じたからなんだというのだ！」

サキュバス王が忌々《いまいま》しげに歯ぎしりしながら、俺たちを見下すように叫ぶ。

「この私の魂を害する力など貴様らにはない！　逆に異物である貴様らはこの精神世界に削られ続け、いずれすり切れる運命だ。時間稼ぎなどむしろ私に有利でしかないぞ愚か者が！」

『ええ、普通ならそうでしょう。ですがこれは――普通の戦いではありません』

瞬間――ぐい。

ミホトがサキュバス王の脚を無理矢理開く。

ご開帳されるのは、黒の下着に包まれたサキュバス王のムチムチした股間《こかん》だ。

「……は？」

サキュバス王が間の抜けた声を漏らす。

「悪いけど……」

そしてそんな彼女の前に立つのは、この空間で唯一自由に動ける存在となった異分子——すなわち俺だ。

「少しでも逆転の目があるなら、こっちも手段を選んじゃいられねえんだ」

言って俺が脳裏に思い浮かべるのは、現実世界でいままさに連れ去られそうになっている宗《そう》谷《や》たちの姿。ここで絶対に負けるわけにはいかない理由。それによって良心の呵責《かしゃく》を強引に叩《たた》き潰《つぶ》し——俺はご開帳されたサキュバス王の股間へと手を伸ばした。

「……っ!?　貴様なにを……!?　まさか、下等な人間ごときがこの私に……!?」

そこでサキュバス王が俺たちの狙《ねら》いに気づいたように身をよじって叫ぶが、もう遅い。

以前どこか夢の中で散々経験を積まされた記憶を思い出すかのように、俺の指先はほとんど勝手に動いていた。

さわさわ。

「ひぐ——っ♥♥!?」

下着の上からくすぐるようなフェザータッチでその盛り上がりを撫《な》でた瞬間、サキュバス王がびくんと体を震《ふる》わせた。手応えを感じた俺は、五本の指先を縦横無尽《じゅうおうむじん》に動かし、くすぐるような強さでぷっくりした肉土手の表面を這《は》い回らせる。

（ああくそ、こんな無理矢理なんてやっぱ最悪もいいとこだけど――ほかにこいつを倒して宗谷たちを救う手がねえってんなら……っ！）

躊躇《ためら》ってなんかいられない。

そこから先は、可能な限り無心でいるよう心がけながら一心不乱《いっしんふらん》に指を動かしまくった。

「ひ♥!?　やめっ、この下等生物が！　そのいやらしい触り方をいますぐやめ――ふぎぃ♥!?」

ビクビクビク！　ゾクゾクゾク！

決して焦《あせ》らず。いきなり強くしたりもせず。むしろ焦らすように下着の表面をひたすら優しく撫でまくる。ときおり指先が謎の突起をかすめれば、サキュバス王が大きく痙攣《けいれん》し、殺気に満ちた罵詈雑言《ばりぞうごん》が甘い悲鳴にとってかわった。

そうしてミホトに押さえつけられたサキュバス王の秘所をくすぐり続ければ――あっという間に変化が訪れる。硬くこわばっていた肉土手がもみほぐされたように柔らかくなり、湿った感触が黒い下着を貫通して指先に触れはじめたのだ。

「あ――♥♥!?　が――♥♥!?　いぎっ♥♥!?」

ビクビクビク！　ガクガクガクガク！

声を漏らすサキュバス王の顔は真っ赤で荒い息を隠す余裕もない。

先ほどから腰も勝手に痙攣《けいれん》しまくっており、おねだりするような腰振りが続いていた。

そのタイミングでようやく、俺は下着の中に直接指を突入させる。

「〜〜っ♥♥♥♥!?!?」

ぬる、っとした感触が指先に触れた。

そしてその潤滑油でしっかり指先を湿らせてから——ビンビンに充血した肉突起をこね回す。

「ひぎいいいいいいいいいっ♥♥♥♥!?!?!?!?」

そこからは一気にギアがあがる。

割れ目から次々と溢《あふ》れ出る潤滑油をすくい上げ、円を描くように充血突起に塗りたくる。するとさらに割れ目から潤滑油が補充されるので、それもまた充血突起に塗りたくっていくのだ。快感の無限ループが構築され、白く濁った本気汁がぐちゅぐちゅと泡立ちはじめていた。

見れば、下着がずれて露《あら》わになった割れ目はすでにぽっかりとだらしなく大口を開けていて。

ミホトに押さえつけられているサキュバス王の体からはぐったりと力が抜けていた。

頃合い。

途端、俺の手が突入準備を進めるがごとく。指の根元までしっかりと潤滑油を塗りたくりはじめる。

右手で充血突起をこね回しながら、左手が肉壺《にくつぼ》の入り口をほじくりまわす。

そこでようやく、俺がトドメを指そうとしていることに気づいたのだろう。

「や——いぎっ♥♥　やめ、やめろ！　いまそんなことをされたら——」

サキュバス王が血の気の引いた顔で叫ぶが——ズチュンッ！

「が————っ♥♥♥♥♥♥!?!?!?!?」

湿った肉を一気にかき分けるような水音と同時に、サキュバス王の口から声が漏れた。

そしてそれ以降、サキュバス王の体から発せられるすべての音は淫《みだ》らな断末魔と化した。

「あ♥♥!?　いぎっ♥♥!?　おごおおおおおおおおおっ♥♥!?!?!?」

ズチュズチュズチュズチュ！　ぐじゅぐじゅぐじゅ！　へこへこへこ！

散々焦《じ》らされてトロトロの熱々に出来上がっていた肉壺の中を、俺の指がひたすら蹂躙《じゅうりん》し続ける。ガクガクとサキュバス王の豊満な女体が跳ね回り、肉厚なトロ肉がきゅんきゅんと俺の指を締め上げまくっていた。

そしてほとんど勝手に動き回るその指先に異変が生じる。

それはまるで返り血を吸う妖刀のように。本気汁でふやけた俺の指先が、

（指先が——熱い！）

それはきっと、サキュバス王に絶頂させられてなお完全には切れることのなかった厄介《やっかい》な呪《のろ》いの残滓《ざんし》。

ミホトを介して、まだ完全には途切れていなかったらしいパーツとの繋《つな》がりが指先に熱を灯《とも》

す。そしてその熱を叩《たた》きつけるように、

「これで、チェックメイトだ！」

「ひ――――っ♥♥♥♥♥♥!?!?!?!?」

ぐちゅうっ！

何度も何度もほじくり返すなかで明らかに反応が大きかった、腹側のザラザラした部分。その天然快楽媚孔《かいらくびこう》に全力で指先を叩きつけた瞬間、サキュバス王が呼吸を止めるようにして大きく目を見開いた。次の瞬間、

「こ、んな……馬鹿、なあああああああああああああ♥♥♥♥♥♥!?!?!?!?」

その豊満な体が爆発するように痙攣《けいれん》。

熱々に熟した身体《からだ》が跳ね回り、口からは甘い嬌声《きようせい》が止めどなく溢《あふ》れ出る。

ブシュウウウウウウッ！　と謎の液体が噴出し、真っ白な空間に降り注いだ。

瞬間――飛沫《しぶき》のかかった部分にヒビが入り、まぶしいほどの光が差し込む。

そして、

『フルヤさん！』

「っ！　ああ！」

がしっ、ぬちゅっ！

絶頂し倒れ込むサキュバス王から離れたミホトが、ぬるぐちょになった俺の手を躊躇《ちゆうちよ》なく

掴《つか》んだ。そのまま俺たちはヒビの向こうへ。

そしてサキュバス王を絶頂させた指先にいくつかの力の塊がまとわりつく熱い感覚とともに、俺たちはその空間から飛び出した。

みんなが待つ、外の世界へ！

6

「があああああああああああっ❤❤❤!?!?!?！」

白く塗り潰《つぶ》された意識の中で、最初に聞こえてきたのはサキュバス王のケダモノめいた絶頂ボイスだった。

「――っ！」

その声を目覚まし代わりに跳ね起きて周囲を見渡せば、そこは派手な戦闘跡の残る現実世界で。目に力を込めると、視界いっぱいに広がるのは無機物に浮かび上がる快楽媚孔だ。

さらに頭には小さな角が生えており、舌もなんだか妙に長い。

それを確認した俺は、立ち上がるよりも先に拳を握る。

「よし……上手《うま》くいったぞ！」

そしてそんな俺に思い切り抱きついてくるのは、霊的物質《エクトプラズム》で構成された謎の霊体ミホトだ。

『やりました！　フルヤさんが無意識下で指先の技術を覚えておいてくれたおかげです！　彼

女を精神絶頂させたことで、パーツとともにばっちり戻ってこられました！』

と、絶体絶命の危機を乗り越えた俺たちが二人で快哉《かいさい》をあげていたところ、

「い、一体なにが……⁉　いきなりサキュバス王が気をやったと思ったら……消えたはずのミホトと一緒に古屋《ふるや》君が復活した……⁉」

目の前の出来事が信じられないとばかりに目を丸くする集団がいた。

つい先ほどまでサキュバス王に連れ去られそうになっていた楓《かえで》、桜《さくら》、宗谷《そうや》、烏丸《からすま》だ。

その姿は誰もがボロボロで、それに気づいた俺は慌ててみんなに駆け寄る。

「おいお前ら大丈夫か！　俺が気絶してた間に傷が増えてんじゃねえか⁉」

「う、うん。それは大丈夫だけど……それより古屋君、どうして奪われたはずのパーツが戻ってきてるの⁉」

「え、あ、ああこれか……まあ気絶してる最中に色々あってな」

宗谷は封印を管理している関係で俺に宿るパーツの気配がわかるのだろう。

ストレートに疑問をぶつけてくる宗谷に、俺は思わず言葉を濁す。

精神世界でサキュバス王を〝直《じか》に〟絶頂させたとか絶対に言えないからな……。

まあ精神世界での出来事は夢に近いらしく記憶はすぐに薄れそうな気配があるし、それまで黙秘を貫けば大丈夫だろう。そう思っていたのだが、

「……なんか怪しいわね」

「うん。てゆーかパーツを奪う方法ってそもそもひとつしかないよね？」

桜と宗谷がなぜかジト目で睨《にら》んできて圧が凄《すさ》まじい。

ちょ、待て、そういえば宗谷の淫魔眼《いんまがん》って夢の中の出来事とかも覗《のぞ》けるから精神世界での出来事ももしかしたら覗けてしまうのでは、と俺が慌てて顔を逸《そ》らそうとしていたときだ。

「「「「っ！」」」」

湧き上がる強大な気配。

見れば精神世界で思い切り絶頂させてやったはずのサキュバス王が全身を震《ふる》わせながら凄まじい形相で立ち上がっていた。

あいつ、まだ戦う力が残ってやがるのか⁉

身構える俺たちの眼前で、サキュバス王が愕然《がくぜん》としたように声を漏らす。

「馬鹿な……っ！　手、角、口……奪ったはずのパーツが奪い返されただと……⁉　いやそもそも奪い切れていなかったのか⁉　あれだけ派手に絶頂させたというのに……っ」

忌々《いまいま》しげに歯がみするサキュバス王。

その視線が真っ直《ます》ぐ睨みつけるのは――俺の背後でふわふわ浮かぶミホトだった。

「眷属《けんぞく》の成れの果てかなにかかと思っていれば……その神族めいた気配の混じり方といい、私の内部に干渉する力といい……一体なんだ貴様は⁉」

そう言って殺意を強めるサキュバス王の放つ気配は相変わらず人外そのものだ。

だが精神世界で俺とミホトに絶頂させられた影響が確実に刻まれているのだろう。

胸、尻《しり》、脚、それから下腹部あたりが不安定にぶるぶると震《ふる》えており、いまにもその身体《からだ》から離れそうになっている。

精神世界での絶頂では不完全だったのか、それらのパーツを一気に奪うことはできなかったらしいが……それでもヤツが弱っているのは明白だった。

「今度こそ確実に片を付けてやる！」

ボロボロの宗谷《そうや》たちに加勢を頼むのは難しいが、それでもいまここで！

と俺は気力を振り絞るのだが――そのとき、あり得ないことが起きた。

「う……ぐぅ……っ！」

「あ？」

不安定なパーツを押さえ込もうとしていたサキュバス王の身体から――光が漏れたのだ。

それは、いままで複数のパーツによって完璧《かんぺき》に覆《おお》い隠されていた秘密が漏れ出たかのような。

光はみるみるうちに大きくなり――なんの冗談なのか、三対の翼へと形を変える。

あり得ないほど神聖な――それこそ上位神族である辰姫《たつひめ》様と同じかそれ以上の神気を放つ光の翼へと。

「な、なんだありゃ……!?」

「まさか……!?　いやでも、あり得ないわ！」

サキュバス王の内側から漏れ出たその光に、俺だけでなく楓《かえで》も言葉をなくしたように立ち尽くす。そんななか、

「あんたは……!?」

俺たち以上に愕然《がくぜん》とした声を漏らす者がいた。

ゼパルだ。

どうにか一命は取り留めていたのか。瓦礫《がれき》を押しのけてふらふらと姿を現した彼女はサキュバス王の異変を前に信じがたいとばかりに声を震わせて――とんでもないことを口走った。

「パーツに憑《つ》かれてるせいか、気配も顔立ちも変わってて気づかなかったけど……そのアホみたいな神力と三対の翼はまさか……地上堕《お》ちしたって言われてた大神族アザゼル!?」

「っ!?　ああ!?」

ちょっと待て。

地上堕ちした大神族って、まさかこの前の神族会議で議題になってたヤツか!?

いやだが、だったらなんでそんな上位存在がサキュバス王を名乗って魔族なんかと結託してやがんだ!?

（まさか、パーツを三つも身に宿してることとなにか関係があるのか!?）

と、俺たちが混乱と衝撃に固まっていたときだ。

「ふふ、くくくっ。まさかあんなふざけたやり方で、忌々《いまいま》しいこの翼さえ隠せないほど力を

削《そ》がれるとは」

神々しい天使の羽と、禍々《まがまが》しい不安定なパーツを揺らめかせ、サキュバス王が――いや、アザゼルが笑った。まるで自嘲《じちょう》するかのように。

「どうやらこれ以上戦っても無意味なようだな。だが子宮の奪取を含め収穫はあった。パーツ能力では絶頂しない女に、パーツを奪っても奪い返してくる霊体……次は必ず貴様らからパーツを奪ってくれる」

「っ！　てめえ、待ちやがれ！」

アザゼルが空間に作り出してゲートに逃げようとしていると気づき、俺は誰よりも早く駆け出すのだが――ドゴオオオオオオオ！

「っ⁉」

『危ないですフルヤさん！』

アザゼルの周囲で弾けたのは、凄《すさ》まじい霊力の爆発。

いままで正体を隠すために使っていなかったのだろう神力が俺を大きく弾き飛ばし――気づいたときにはアザゼルの姿は完全に消え去っていた。

「ぐ……っ、逃げられた……っ」

胸、尻《しり》、脚、そして子宮という四つものパーツを身に宿した上位神族。

そんなふざけた存在を不意打ちの精神絶頂であれだけ弱らせられる機会なんてもう二度とな

いだろうに。千載一遇《せんざいいちぐう》の機会を逃した悔しさで全身が熱を放つ。

だがそれと同時に。

人外の脅威が去ったという事実に全身から一気に気が抜けてしまって。

地面を叩《たた》いて悔しさを発散させるような間もなく、俺はその場に倒れていた。

『あぐぐ……新しく入手した口の処理に加えて、なんか色々と無茶をしたせいで私ももう限界です……』

ミホトも半ば眠るようにして俺の中へと戻っていき、俺はもう正真正銘《しょうしんしょうめい》指先さえ動かせない。ついさっきまでアザゼルを仕留めてやると息巻いていたとは思えないズタボロぶりだ。

そうして唐突に戦闘が終了し、周囲に静けさが戻ってくるなか。

「お兄ちゃん!?」

「大丈夫!?　無理しちゃ駄目だよ！」

桜《さくら》と宗谷《そうや》が自分たちの怪我《けが》も無視して駆け寄ってくる。

続けて楓《かえで》が大きく息を吐きながら、

「一体なにがどうなっているの……。いや、いまはそれより、今度こそ周辺基地に増援を頼みましょう。あまりに色々ありすぎて、さすがにもう限界だわ。体力的にも……精神的にも」

言って、楓が近辺の基地や研究所に救援要請を出す。

そうして俺たちが混乱と疲労に苛《さいな》まれながら倒れ込む傍《かたわ》らで、

「まあなんにせよ……これだけわけわかんない異常事態が判明したとなると、色々と真面目に報告する必要が出てくるよね。はー、めんどくさ☆」

「あひ……♥」

絶頂事後状態で取り残されたアンドロマリウスに腰掛けながら、飄々《ひょうひょう》とした調子を取り戻したゼパルがぼやいていた。

その綺麗《きれい》な瞳だけは、どこか真剣かつ深刻な色合いを帯びたまま。

エピローグ

敵勢力による怒濤《どとう》の連続襲撃を辛くも乗り越えたあと。

俺たちはしばらくの間、龍脈《りゅうみゃく》諸島内の駐屯地《ちゅうとんち》で療養していた。

とはいえ島の設備とゼパルの治癒術が優秀だったため、どうにか二日ほどで体調は回復。

宗谷《そうや》たちに至っては俺よりずっと早く動けるようになっていて、

「ジェーン・ラヴェイにだけ警戒すればいいと思っていれば、まさかキス以上の一線を軽々と越えてくる淫売《いんばい》が出てくるなんてね……」

「いままで快楽点ブーストとか頭のおかしい技でお兄ちゃんの恥ずかしい場面は散々見てきたけど……うぅ、あんなぽっと出の女にお兄ちゃんを絶頂させられるなんて……脳が破壊されそう……っ！　次に会ったら顔面叩《たた》き潰《つぶ》してやるわあのアザゼルとかいう女……っ」

「やっぱり一刻も早くパーツを集めて消滅させないと……古屋《ふるや》君の身体《からだ》を狙《ねら》う頭のおかしい敵がどんどん増えていっちゃうよ……っ！」

「あはー。このピリピリした空間最高☆」

……。

楓《かえで》、桜《さくら》、宗谷の三人はサキュバス王を名乗る神族アザゼルに並々ならぬ復讐《ふくしゅう》心を燃やしており、なにやらゼパルを交えた四人で殺意のこもった女子会《サバト》を開いていた。

その恐ろしい集まりから目を逸《そ》らしつつ、俺は一人ぼやく。

「しっかし、パーツを秘密裏に回収するだけの任務だったはずが、とんでもねえことになったもんだな……」

龍脈《りゅうみゃく》を利用した巨大怪異《かいい》にアンドロマリウスの襲来、サキュバス王を名乗る神族アザゼル。さらには島に封印されていた《サキュバス王の子宮》まで奪われることになるとは。

いちおう、アンドロマリウスに憑《つ》いていた《サキュバス王の口》を奪うことには成功したので痛み分けに近いかたちにはなっているが……ミホトいわく子宮は際だって力の強いパーツだという。引き分けというには少しばかり分が悪いだろう。

「けどまあ、あんな化物に襲われて無事だったんだ。贅沢《ぜいたく》は言えねえか」

島の混乱も早々に収まって日常が戻りつつあるし、これ以上は高望みが過ぎるだろう。

そんなこんなで俺たちは龍脈諸島で二日ほどお世話になってから、「ごめんね～、なにもできなくて～」と謝る手鞠《てまり》さんとともに本土へ帰還。

さらなる襲撃に晒《さら》されることもなく無事に学園の寮へと戻ってきていたのだが――そこでひとつ、とてつもなく困ったことが起きていた。それは……。

「古屋晴久《ふるやはるひさ》ぁ♥　お願いだからもっかいアレやってよぉ♥　足でもアソコでも舐《な》めてご奉仕するからさぁ♥　人間風情《ふぜい》にイかされる屈辱《くつじょく》無様絶頂をまた味わわせてよぉ♥」

サキュバス王ことアザゼルに見捨てられてゼパルに捕縛《ほばく》されたアンドロマリウスが首輪を揺らし、快楽に溺《おぼ》れた瞳で俺にしなだれかかってくるのである。しかも俺の部屋で。

悪夢か？

なんでこんなわけのわからないことになっているのかといえば……、

「おいゼパル！　俺の部屋にこのクソ魔族を連れてくるとかどういうつもりだお前!?」

「だって仕方ないじゃん。そう簡単に正式な魔界への扉は開けないし、現状コイツを確実に収監しておける檻《おり》が地上にないんだからさ☆　国際霊能テロリストも安心確実に収容できる強力な異界監獄を辰姫《たつひめ》のアホが手配するまでの数日間だけでも、あーしが直《じか》に監督しとくしかないっしょ？　仕事を頑張った見返りに魔力もがっつり補充されて、いまのあーしはつよつよゼパルさんだし☆」

「理屈はわかるけど、だったらちゃんとした場所で監督しとけよ！」

俺の部屋でこのクソ魔族を放し飼いにするんじゃねえ！

「ねえ葛乃葉《くずのは》さん、確か魔族って殺してもいいんだよね？」

「ええ。霊的上位存在は元々精神体だから、消滅させたところで悪霊《あくりよう》化もなにもないから。これだけ魔力を失っている状態ならいけるわ」

「搾れる情報も大体搾り取ったし、もういらないわよねこいつ」

ほら！　ジェーンの一件以来、魔族を警戒しまくってる宗谷《そうや》たちがまたピリピリしてんだろ！　いやまあゼパルの狙《ねら》いはそれなんだろうけど！

と、宗谷《そうや》たちにビビる俺にアンドロマリウスが雌豚の目ですがりついてくる。

「ねえ早くしてよぉ！　ボク知ってるんだよ？　情報提供の見返りとして、アーネストには絶《ぜつ》頂除霊《ちょうじょれい》してやったんでしょ!?　だったらボクにも早くしてよ！　話せることは全部話したんだからさぁ♥！」

「なんで司法取引の件をお前が知ってんだよ……」

十中八九ゼパルの入れ知恵なんだろうが……余計なことを吹き込むなよと呆《あき》れかえる。

ただまあ、アンドロマリウスの言う通り、絶頂除霊の快楽に溺《おぼ》れたこいつの証言によって、色々と判明したことがあった。

アンドロマリウスにパーツ収集を依頼していた連中の目的だ。

『正エネルギーの独占だよ』

俺たちに捕まってしばらくしたあと。

絶頂除霊の快楽で完全に頭が溶けたらしいアンドロマリウスはそれまでの傲慢《ごうまん》な態度を一変。気持ち悪いくらい従順になり、自分たちの目的を端的にそう語った。

『ボクの雇い主は生真面目にも、怠け者ばっかりな魔族の将来を憂《うれ》いててね。いつか人間の文明が発達しきって正の感情が多く排出されるようになれば、怠惰な魔族は滅びると思ってるの

さ♥　何千年先の話だよ、って感じだけどね』

半ば呆《あき》れたようにアンドロマリウスは話を続ける。

『そしてその憂《うれ》いを解消するための方法がサキュバス王の復活なんだってさ。サキュバス王は、特殊な正エネルギーの塊である性エネルギーを直《じか》に吸収できる存在。つまりは広範囲にわたって大量の性エネルギーを独占できる可能性があるんだ。そうして神族どもの生命線である性エネルギーを押さえておけば、魔族の将来も安泰って計画らしいよ♥』

突拍子もなく思える魔族の証言。

しかし辰姫《たつひめ》様から聞いた様々な話と符合する証言は決して無視できるものじゃなかった。

『そんなわけでボクの雇い主はサキュバス王の完全復活を……正確には性エネルギーを独占できる特殊能力の掌握を狙《ねら》ってパーツを探し求めてるんだ♥　そしてそのためにパーツだけじゃなく、復活の祭壇ともいわれる〝サキュバスの穴〟ってヤツも探してる♥』

その謎スポットにすべてのパーツを持っていくことでサキュバス王が完全復活し目的を達成できるのだと、アンドロマリウスは話を締めくくった。

その供述には概《おおむ》ね筋が通っている。

しかし決定的な部分に破綻《はたん》を感じ、俺は目の前の魔族を問い詰めていた。

『性エネルギー独占による魔族の勃興《ぼっこう》……確かにそれなら魔族がサキュバス王の復活を目論む理由も理解できるけど……サキュバス王は力を制御できずに自滅したって話だろ。んなもん復活させても意味ないんじゃねえのかよ』
『さあ。その辺りはなんとも。ボクに仕事を命じたアイツも完全な賭《かけ》だって言ってたしね。けどこれだけ必死で計画に力を入れてるんだから、それなりに勝算はあるんじゃないかな♥』
肝心な部分は相変わらず不透明なまま。
しかし決して無視できない不穏さを滲《にじ》ませながら、アンドロマリウスは他人事《ひとごと》のように笑っているのだった。

「――って具合でさぁ、色々とゲロったでしょ⁉　ボクらの目的とか、復活の祭壇《サキュバスの穴》についても知ってる範囲で包み隠さずさぁ！　ほら、ボクに仕事を命じた上位魔族の名前も喋《しゃべ》るからまた絶頂除霊《ぜつちょうじょれい》を……っ、あぁクソ！　やっぱりここだけ何回頑張っても言えない！」

喉《のど》を掻《か》きむしりながら一人で勝手にのたうち回るアンドロマリウス。

そんな彼女を冷ややかに見下ろしながら楓《かえで》がぽつりと言う。

「やっぱり、上位魔族クラスの言霊《ことだま》制限は魔族にも破れないみたいね。知られて構わない情報を喋れるのと引き換えに、重要情報をより強固に隠しているといったところかしら」

楓の言うように、アンドロマリウスには情報制限系の呪《のろ》いがかけられているらしく、サキュバス王復活を目論む上位魔族の名前や本拠地、内通者に関する詳しい情報など、敵を一気に壊滅させるに足る情報までは入手できていないのだった。

言霊《ことだま》制限はアンドロマリウス本人をどうこうすれば解除できるようなもんじゃないから、絶《ぜっ》頂除霊《ちょうじょれい》を叩《たた》き込んでも無駄だしな……。

だが敵の目的や戦力規模がある程度掴《つか》めたのなら、ひとまず十分。

そしてこれらの情報は当然、神族会議で降臨した辰姫《たつひめ》様にもすでに伝えられていた。


本土に戻ってすぐ。アンドロマリウスから情報を得た俺たちは菊乃《きくの》ばーさんを介し、協会本部で再び辰姫様と謁見《えっけん》していた。

『……っ、本当にそんなことが……』

俺たちからもたらされる数々の報告に目を見開いて驚愕《きょうがく》する辰姫様だったが、そこは仮にも百年単位の時を生きた神様。ゼパルが記録していたアザゼルの神力などをつぶさに検証した辰姫様は『つまりまとめると……』と冷静な口調で、

『地上堕《お》ちした上位神族《アザゼル》がなんらかの理由でパーツを複数所持。あろうことかサキュバス王を名乗り上位魔族と結託。国際霊能テロリストまで扇動してサキュバス王の復活を画策し、性エネルギーを独占することで魔族の勃興《ぼっこう》を狙《ねら》っているということですか……』

疲れ切った様子の辰姫様が『アザゼル……天界に不満を溜《た》め込んでいるとは知っていましたが、まさかそこまでとは……』と盛大に溜息《ためいき》をこぼしながら頭を抱《かか》える。

だがゼパルに『で、神族としてはどう対応すんの?』と水を向けられればすぐに神族めいた

威厳を取り戻し、

『そうですね……アンドロマリウスの証言がすべて本当だとして、万が一サキュバス王が復活したところで制御できるとはとても思えません。ですがアンドロマリウスに命令を下せるほどの上位魔族と上位神族《アザゼル》が手を組んで神魔のパワーバランスを崩そうと画策していること事態が捨て置けない異常事態。加えてサキュバス王が復活してもまず間違いなく自壊するとはいえ、そのときは複数の周辺国家が壊滅的な被害を受けることは間違いありません。予想される被害はいずれにせよ甚大《じんだい》。このことは最優先案件として〝上〟にあげておきましょう。すぐにしかるべき対処がなされるはずです』

『……っ』

近いうちに天界が動く。

ことの大きさに少々気後《きおく》れしながらも、俺たちは辰姫様の頼もしい言葉に安堵《あんど》しながら帰路につくのだった。

そしてアンドロマリウスの証言を受けて、辰姫様以外にも大きく反応を示す者がいた。

『サキュバスの穴……そうだ、それです！　破壊の祭壇の正式な名前は！』

《サキュバス王の子宮》と引き換えに《サキュバス王の口》を手に入れ、時間差で少しばかり記憶を取り戻したというミホトだ。

『パーツがこれまで集めてきた性エネルギーが溜《た》め込む〝サキュバスの穴〟というスポットが世界のどこかにあるんです！　それこそ今回訪れた龍脈《りゅうみゃく》みたいに！　そこに集積された莫大なエネルギーを利用してすべてのパーツを同時に破壊すれば、復活を繰り返すこの呪《のろ》いを完全に消滅させられるはずなんです！　場所は、ええと、まだちょっとわかんないですけど……』

ミホトが語るのは、以前話してくれたパーツを完全破壊できる祭壇。その詳細だ。

だがその情報は、アンドロマリウスが語った情報と真っ向からぶつかるものだった。

なにせ互いにサキュバスの穴とやらを「復活の祭壇」「破壊の祭壇」と真逆の名前で呼んでいるのだ。

両者がサキュバスの穴の存在を語っているということは、そのふざけたスポットの存在は事実なのだろう。けれど。

片やサキュバスの穴に全パーツを持っていけばサキュバス王が完全復活すると言い。

片やサキュバスの穴に全パーツを持っていけばパーツが完全消滅すると言う。

当然、どちらを信用すればいいのかなんて推し量れるわけがない。

「パーツを完全消滅できるだけのエネルギーが溜まってるって……それってつまり、アンドロマリウスが言うように、サキュバス王の復活にも使える可能性が高いよね……？」

「仮に両者の言い分が正しいとすれば……さじ加減ひとつでサキュバス王の復活かパーツの消滅かが決まるとも考えられるわ。軽々しくパーツを持っていくのは考えものね……」

パーツの消滅とサキュバス王の復活が紙一重だと示唆《しさ》する情報に、ミホトへの警戒を解いていない楓《かえで》はもちろん、宗谷《そうや》まで慎重な声を漏らす。

それはアーネストから「パーツを集めるとサキュバス王が復活する」と言われたときから俺たちの間でくすぶっていた答えの出ない懸念。

誰を信じればいいのか。もっと言えばこのミホトという謎の霊体を完全に信用していいのかという、いままで棚上げしてきた問題だ。

アザゼルという上位神族が魔族と結託していると判明した以上、ミホトから漏れ出る異常な神性も彼女の信用を保証するものではなくなっている。

宗谷たちが慎重になるのも当然だった。

『え、え、いや、確かにそれはそうなんですけど、でも私は、本当にパーツを消滅させたくて……！』

それに対してミホトは慌てたように言葉を紡《つむ》ぎ、必死に俺たちを説得しようとするのだが、虫食いの記憶が前提では楓たちの反応も鈍い。

だけど、

「いや……俺はミホト《こいつ》を信じるよ」

俺の口からは、自然とそんな言葉が漏れていた。

え!?　と驚いたような顔をする楓たち。そして目を丸くするミホトを俺は見返す。

『あんな厄災、二度と起こさせない！』

サキュバス王を名乗る神族アザゼルに絶頂させられ、精神世界に取り込まれていた際に聞こえたこいつの声。

あのときの記憶は夢のように薄れかけてはいるが……ミホトのあの切実な叫びはいま思い返しても痛々しいくらいに本物だったのだ。

あとでミホトにあの叫びはなんだったのかと訊《たず》ねてみても、返ってきた答えは『それが……胸のうちから湧き上がってくるままに叫んだだけで、自分でもよくわからなくて……』という胡散臭《うさんくさ》いもので。あのときの超然とした雰囲気もいまはどこかに消え去ってしまってはいたけれど。

ミホトがなにかしら、サキュバス王に反目する存在であることは間違いないと思うのだ。

だから俺はアーネストと絶頂司法取引したときとは違い、迷うことなくこう言った。

「まあなんだかんだ、何度も一緒に死線をくぐってきた仲だしな。ミホトの言葉を信じて、そのサキュバスの穴とやらに全部のパーツを持ってってやるよ。この呪《のろ》いから解放されるには、そもそもそれに賭《か》けるしかねえんだし」

『フ、フルヤさんが私を信じて……っ』

俺の言葉にミホトが感極まったように声を震《ふる》わせる。

そして俺の手をぎゅっと握り、

『じゃあこれからは私が常に全力で戦えるよう、そこら辺の人を絶頂させまくってくれるってことですね⁉』

「なんでそうなるんだよふざけんな⁉」

調子に乗っていきなりとんでもないことを要求しだした悪霊《あくりよう》に俺は声を張り上げる。

やっぱそう簡単に信用しちゃ駄目だこいつ！

……いや、けど、まあ。

敵の強大さを考えたら、ミホトが常に全力でいられることは重要なわけで。

「…………まあ、魚とかネズミくらいなら、日常的に絶頂させてもいい、かな」

『なんですかそれはーっ⁉　私を信用してくれたんじゃないんですか⁉』

「いやそれとこれとは別だろ！　つーかこれでも譲歩してんだぞ！」

『魚やネズミじゃ腹持ちがイマイチなんですよ！』

精一杯譲歩する俺の言葉にミホトが抗議めいた声を漏らす。

そんな俺とミホトに「まったく、なれ合うなと言っているのに」と呆《あき》れたような目を向けてくる楓《かえで》たちのほうもどうにか宥《なだ》めつつ――俺は一緒に困難を乗り越えてきた仲間たちとひとまずの安息を享受するのだった。

想像を遥《はる》かに超えていた敵の脅威に、再び立ち向かえるように。

●

「アンドロマリウスを見捨ててきただと……!?」

この世のどこでもない場所にそびえる城の地下に、甲高《かんだか》い声が響いた。

声の主はアンドロマリウスにパーツの収集を命じていた次期魔王候補。外見の可愛《かわい》らしさに反して強い力を持つ上位魔族の少年だ。

「馬鹿な！　予想外の事態で苦戦したにしても、回収する余裕くらいはなかったのか!?」

彼が声を張り上げている相手は、いましがた城に帰還してきたサキュバス王ことアザゼルだ。

彼女が帰還してきた際、アンドロマリウスの姿が見えないことを不審に思い訊《たず》ねてみれば、返ってきた答えは「あの役立たずは捨ててきた」の一言。

人間に敗北してパーツを奪われたため、そのまま放置してきたというのだ。

あまりにも勝手な判断だった。

（さすがに消滅処分とまではいかないだろうし、念のため強固に施《ほどこ》しておいた言霊《ことだま》制限で情報が漏れることもないだろう。だがこれではなんのために《サキュバス王の尻《しり》》による捕食から

アンドロマリウスを助け出したのかわからんではないかっ）

憤りが胸中を満たす。

いまさら無駄とはわかっているが、さらに抗議しようと少年は拳を握った。

だが、

「仕方あるまい。あそこで無理をしてはすべてのパーツを奪われる可能性さえあったのだから。……それよりも、見よ！」

少年の言葉を遮《さえぎ》るように、サキュバス王ことアザゼルが声を張り上げた。

いままでの厳《おごそ》かな雰囲気からは想像もできないほど高揚した様子に面食らう少年へ、アザゼルが下腹部を強調するようにしてまくし立てる。

「手に入れたぞ。パーツの中でもっとも強い力を持つ部位、《サキュバス王の子宮》だ。さすがに四つ目ともなると負担が大きく、これまで以上に活動時間が制限されそうだが……それでも溢《あふ》れてくる力に笑いが止まらん。くふ、ふふふ、素晴らしい、子宮から流れ込んでくる情報から〝サキュバスの穴〟の位置もおおよそわかってきたぞ!?」

人体に影響がないようパーツの力を丁寧に制御するミホトとは違い、荒ぶるパーツの力をそのまま受け入れているアザゼルが身体《からだ》を震《ふる》わせながら不敵に笑う。

「あの人間どもが思いのほか厄介《やっかい》だったことは計算外だが……あの二人からパーツを奪う方法にも心当たりはある。私の完全復活もそう遠くはないだろう」

す。

「……っ」

爛々《らんらん》とした瞳で「私の完全復活」と語るアザゼルを見て、次期魔王候補の少年は冷や汗を流す。

手を組んだ当初はこうではなかった。

天界の激務に心が折れた結果、『だったらパーツの力で正エネルギーを集めてやるよ！』と天界を飛び出し、実際に発見したパーツを身に宿したアザゼル。そんな彼女が天界への腹いせもかねて正エネルギーの独占計画を持ちかけてきたとき、まだ彼女は自分をサキュバス王などとは名乗っていなかったように思う。

だがいまのアザゼルは……恐らく本気で自分をサキュバス王だと思っている。それこそパーツに自我を侵食されているかのように。

サキュバス王を名乗りだした当初は少年も戯《たわむ》れに調子を合わせていたが、もはや彼女の瞳は半ば正気を失っているようにも見えた。

そんなアザゼルを尻目《しりめ》に、次期魔王候補の少年は呟《つぶや》く。

「魔界の未来のため、パーツを集めて正エネルギーを独占する計画には乗った。天界屈指の実力者であるアザゼルと私、それから私が秘密裏に開発したエネルギー制御装置の力を合わせれば、復活したサキュバス王の力を操れる自信もある。だが……」

これは、本当に大丈夫なのか。

パーツに飲み込まれていくようなアザゼルの様子に不安を抱《いだ》かずにはいられない。

だがすでに天界と魔界がこちらの動きに気づいている以上――計画はもう止められない。

「ならばもう、突き進むだけだ」

次期魔王候補の少年は改めてそう覚悟を決めて、再びパーツ集めの算段をはじめるのだった。

あとがき

お久しぶりです、赤城《あかぎ》です。

前巻から少し間が空いてしまいましたが、絶頂除霊《ぜっちょうじょれい》9巻、いかがだったでしょうか。

僕は今回、ひたすら黒ギャルの魅力を再認識していました。

ニヤニヤとからかってくる露出度高めのエッチな黒ギャル……今回の絶頂除霊のように日常パートを引っかき回してくれるポジションから、もちろんメインヒロインまで、全ラブコメに完備してほしいですね（性癖《せいへき》）。

また今巻は作者の趣味が暴発してやたらと褐色率の高い状況となってしまいましたが、褐色ヒロインはエッ……可愛《かわい》いから仕方がないですよね……。

今後も男根の導きに従って物語を紡《つむ》いでいこうと思います。

さて、その一方で本編のほうはパーツがほぼ出そろい、そろそろラストも見えてきた感があります。

とはいえまだもう少しだけ続く予定なので、晴久《はるひさ》たちの戦いがどういった決着を見るのか、最後までお付き合いいただければ幸いです。

――といったところで今回はちょっと長めの告知が。

既にWEB上では告知されていますが、二月にガガガ文庫様より完全新作「淫魔《いんま》追放」が発売いたします。

これは僕が去年の秋頃からカクヨム様にてこっそりシコシコ執筆していたもので、最強女師匠と絶頂除霊が悪魔合体したような作品になっています。

ざっくり内容を説明すると、生き恥能力〈淫魔〉を授かって追放された清廉潔癖な主人公が、身分を捨ててついてきてくれた幼なじみのために男根で戦いエッチな行為で爆速成長していく英雄譚《たん》です（ホントだよ）。

いわゆるなろう系ファンタジーではありますが、絶頂除霊ファンの皆様にも確実に楽しんでいただけるノリになっていますので、是非《ぜひ》チェックしてみてください。

……などと断言できるのには、実はちょっとした理由があります。

先にも書いたようにこの淫魔追放という作品は誰にも秘密で執筆してたのですが、ある日ランキング上位に浮上することがありまして。舞い上がった僕はお世話になっている作家さんに、タイトルやペンネームを伏せたうえでそのことを話したのですが――翌日には一発で作品を特定されていたのです。

他に候補を挙げることすらなく、完全なる一発正解。

当時は他にもエロ系作品がランキングに上がっていましたし、そもそも僕は作品ジャンルすら明かしてなかったのになぜ……僕が健全作品を書いてる可能性もあるのに……とビビり散らして理由を訊《たず》ねてみたところ――

「この作品だけ読者の反応が絶頂除霊《ぜっちょうじょれい》とまったく同じだった」

――だそうで。


実際コメント欄には絶頂除霊とのコラボを望む勘の鋭い方も出現する始末。

というわけで今回、この場でがっつり宣伝したほうがいいかなと思った次第でした。

書き下ろしに加え、素晴らしいイラストに彩られた書籍版は二月発売予定。

しかしＷｅｂ版の淫魔《いんま》追放は現在もドラゴンタニシ名義で公開中ですので、カオスな感想欄も含め、試し読みがてら覗《のぞ》いてみていただけますと幸いです。

まあちょっと過激表現が過ぎてあらすじ掲載になってるエピソードとかもあるのですが……とりあえず「カクヨム　淫魔追放」で検索してみてください！

（そしてもし面白いと思ってくださったら、☆とかで評価していただけると作者が絶頂します）。


さて告知は他にも。

現在、コミカライズ版絶頂除霊の１巻が発売されている他、一月にはコミカライズ版最強女師匠の1巻も発売予定ですので、この機会に是非《ぜひ》！

どちらもキャラの解釈が原作と完全一致の凄《すご》いクオリティで、原作ファンの方にも楽しんでいただけること請け合いの出来になっておりますので！


それから最後に謝辞を。

今回もまた、担当編集さん、イラストレーターの魔太郎さんをはじめ、たくさんの人に支えられて9巻の発売に漕ぎ着けられました。

なにかと規制が厳しい昨今、関係者の皆様には頭が上がりません。

また絶頂除霊を長く追ってくださり、さらには感想やレビューで評価していただいている読者の皆様にも繰り返し感謝を。絶頂除霊は特に電子で色々と反響が大きく、作者のモチベーションと幸福度にがっつり直結しております。

思えば1巻の発売から結構経っている絶頂除霊ですが、ここまで来れたのは間違いなく皆様のおかげです。今後ともよろしくお願いいたします！


それでは、次回は絶頂除霊の10巻か、二月発売の淫魔追放でお会いしましょう。

ぼへええええええええええっ！（鳥取の方言で「またね」の意）

エピローグ2

「くふっ、いひっ、いひひひひひひっ」

地下深くの暗い部屋で、タガの外れたような笑い声をあげる女がいた。

様々な霊具や禍々《まがまが》しい気配を纏《まと》った品が転がるその部屋は、とある霊護団体が所有する秘密の地下室だ。

「やった……ロリコンスレイヤーに引き続き、今回のショタ化怪異《かいい》における人体実験で、狙《ねら》った能力を持つ人工怪異の発現と植え込み技術はほぼ確立されたと言っていい……っ」

その部屋の主である女は笑いをかみ殺しながら、興奮したようにまくし立てる。

「現状、霊的上位存在の力を借りなければ満足な出力には至らないのが難点だが、理論自体はほぼ完成だ。あとはトライ&エラーで技法をさらに洗練させ、上位存在に頼らずに出力をあげる方法を模索していくだけ」

さしあたっては実験協力者である魔族の注文に従って怪異を作製するのがもっとも手っ取り早いだろう。長年の共同研究パートナーだったアンドロマリウスは捕まってしまったが、その上司との繋《つな》がりは保たれたままだ。

「さて、確か送られてきた注文は……そうそう、魂の欠片《かけら》を混ぜ合わせられる怪異だったか」

　これまた難解な。だがそのぶん約束された検体の数と報酬は桁《けた》違いで、いまからワクワクと胸が躍る。

「しかし魂を混ぜ合わせるか。どうしたものか……む、そうだ！　ならパーツ持ちの少年には処女懐胎を経験してもらおうか。面白そうだし」

　そうだそうしよう。そんな怪異を作りだそう。

　そうして脳内で怪異作製のロードマップを描きながら……呪殺《じゅさつ》法師と呼ばれるその凶悪犯はぐしゃりと、破綻《はたん》した笑みを浮かべるのだった。

出会ってひと突きで
絶頂除霊!
@comic
マンガワンにて
コミカライズ連載中!!
原作
赤城大空
(小学館「ガガガ文庫」刊)
キャラクター原案
魔太郎
漫画
柚木N'
コミックス2巻
2022年2月発売予定!

最新作
『僕を成り上がらせようとする最強女師匠たちが
育成方針を巡って修羅場』1～3巻好評発売中!!
赤城大空
赤城大空
赤城大空
マンガワンにて
コミカライズ連載中
!!!!!
『最強女師匠たちが
育成方針を巡って修羅場』
漫画：小野洋一郎
タイトルが小説と
ちょっと違うよ！
コミックス1巻
2022年1月12日
発売予定！
イラスト：小野洋一郎

GAGAGAGAGAGAGAGAGAGAGAG

弥生ちゃんは秘密を隠せない

著／ハマカズシ

イラスト／パルプピロシ
定価 682 円（税込）

美人と学内で評判だが、いつも一人で無愛想な弥生ちゃん。

本当なら接点もない彼女だが、サイコメトリー能力を持つ俺は、ある日弥生ちゃんの気持ち「皐月くん、かっこいい……」そんな心の声を聞いてしまって……？

きみは本当に僕の天使なのか

著／しめさば

イラスト／緜《わた》
定価682円（税込）

〝完全無欠〟のアイドル瀬在麗……そんな彼女が突然僕の家に押しかけてきた。
遠い存在だと思っていた推しアイドルが自分の生活に侵入してくるにつれ、
知る由もなかった〝アイドルの深淵〟を覗くこととなる。

嘘つき少女と硝煙の死霊術師

著／岸《きし》馬《ば》鹿《か》緑《えん》

イラスト／ノキト

定価 682 円（税込）

死霊術――それは死者を蘇らせ使役する魔導の秘奥。それを繰る術師たちは国にあだなす存在を密かに粛清するという役割をもって、国家の基盤となった。これは一人の死霊術師の少年と、少年が蘇らせた少女の物語。

GAGAGA
ガガガ文庫

出会ってひと突きで絶頂除霊！9

赤城大空

発行　2021年12月22日　初版第1刷発行

発行人　鳥光 裕

編集人　星野博規

編集　小山玲央

発行所　株式会社小学館
〒101-8001 東京都千代田区一ツ橋2-3-1
［編集］03-3230-9343　［販売］03-5281-3556

カバー印刷　株式会社美松堂

印刷・製本　図書印刷株式会社

Printed in Japan　ISBN978-4-09-453046-9

第17回小学館ライトノベル大賞 応募要項!!!!!!!!!!!!!!!!!!!!!!!!!!!!!

ゲスト審査員は武内 崇氏!!!!!!!!!!!!!!!!

大賞：200万円＆デビュー確約
ガガガ賞：100万円＆デビュー確約
優秀賞：50万円＆デビュー確約
審査員特別賞：50万円＆デビュー確約

第一次審査通過者全員に、評価シート＆寸評をお送りします

内容 ビジュアルが付くことを意識した、エンターテインメント小説であること。ファンタジー、ミステリー、恋愛、ＳＦなどジャンルは不問。商業的に未発表作品であること。
（同人誌や営利目的でない個人のWEB上での作品掲載は可。その場合は同人誌名またはサイト名を明記のこと）

選考 ガガガ文庫編集部＋ゲスト審査員 武内 崇

資格 プロ・アマ・年齢不問

原稿枚数 ワープロ原稿の規定書式【１枚に42字×34行、縦書きで印刷のこと】で、70～150枚。
※手書き原稿での応募は不可。

応募方法 次の3点を番号順に重ね合わせ、右上をクリップ等（※紐は不可）で綴じて送ってください。
① 作品タイトル、原稿枚数、郵便番号、住所、氏名（本名、ペンネーム使用の場合はペンネームも併記）、年齢、略歴、電話番号の順に明記した紙
② 800字以内であらすじ
③ 応募作品（必ずページ順に番号をふること）

応募先 〒101-8001 東京都千代田区一ツ橋 2-3-1
小学館　第四コミック局　ライトノベル大賞係

Webでの応募 GAGAGA WIREの小学館ライトノベル大賞ページから専用の作品投稿フォームにアクセス、必要情報を入力の上、ご応募ください。
※データ形式は、テキスト（txt）、ワード（doc、docx）のみとなります。
※Webと郵送で同一作品の応募はしないようにしてください。
※同一回の応募において、改稿版を含め同じ作品は一度しか投稿できません。よく推敲の上、アップロードください。

締め切り 2022年9月末日（当日消印有効）
※Web投稿は日付変更までにアップロード完了。

発表 2023年３月刊『ガ報』、及びガガガ文庫公式WEBサイトGAGAGAWIREにて

注意 ○応募作品は返却致しません。○選考に関するお問い合わせには応じられません。○二重投稿作品はいっさい受け付けません。○受賞作品の出版権及び映像化、コミック化、ゲーム化などの二次使用権はすべて小学館に帰属します。別途、規定の印税をお支払いいたします。○応募された方の個人情報は、本大賞以外の目的に利用することはありません。○事故防止の観点から、追跡サービス等が可能な配送方法を利用されることをおすすめします。○作品を複数応募する場合は、一作品ごとに別々の封筒に入れてご応募ください。